文学与玄学

唐翼明 著

SPM
南方出版传媒
广东人民出版社
·广州·

图书在版编目（CIP）数据

文学与玄学／唐翼明著．—广州：广东人民出版社，2020．1
（世界华文大家经典）
ISBN 978 – 7 – 218 – 13894 – 7

Ⅰ．①文… Ⅱ．①唐… Ⅲ．①古典文学研究 – 中国 – 魏晋南北朝时代②玄学 – 研究 Ⅳ．①I206．2②B235．05

中国版本图书馆 CIP 数据核字（2019）第 228741 号

WENXUE YU XUANXUE

文学与玄学

唐翼明　著

出 版 人：肖风华

主　　编：李怀宇
责任编辑：李展鹏　张　静
装帧设计：张绮华
责任技编：周　杰　吴彦斌

出版发行：广东人民出版社
地　　址：广州市海珠区新港西路 204 号 2 号楼（邮政编码 510300）
电　　话：(020) 85716809（总编室）
传　　真：(020) 85716872
网　　址：http:// www.gdpph.com
印　　刷：恒美印务（广州）有限公司
开　　本：787mm×1092mm　1/32
印　　张：10　字　数：220 千
版　　次：2020 年 1 月第 1 版
印　　次：2020 年 1 月第 1 次印刷
定　　价：59.00 元

自題

為學弓緣乾乾晉
應時無藝入文玄
耽思輔麗有宏論
愛誦淵明歸去篇

梁明

自　序

　　1978 年 10 月，我考进武汉大学中文系研究班，是"文革"后的所谓首届研究生，那时专业的名称是"魏晋南北朝隋唐文学"，导师是胡国瑞先生，1981 年毕业。后来我去了美国，1982 年进入纽约哥伦比亚大学东亚语言文化系，师从夏志清先生。夏老师是研究近现代小说的名家，但他还是鼓励我把大部分研究时间化在魏晋南北朝上，不过我的兴趣却从文学转向思想，先是对魏晋清谈发生浓厚的兴趣，后来又进一步深入到魏晋玄学的领域。从哥大毕业后到台北任教，教学之余也颇写了一些有关魏晋南北朝文学与玄学的文章。我对魏晋清谈的研究成果集中反映在专著《魏晋清谈》（1992 年台湾版，由东大图书公司出版；2002 年大陆版，由人民文学出版社出版）一书中。收集在本书中的则是那本书以外关于魏晋南北朝时期文学、清谈与玄学的单篇论文。其中文学的部分是我先前走过留下来的旧迹，清谈与玄学的部分则可视为对《魏晋清谈》的延伸与补足。

唐翼明

2004 年 7 月于台北

目　　录

"通侻"

　　——建安时代的思想解放与文学革新 ……………………… 1

从建安到太康

　　——魏晋文学的演变 ……………………… 23

陶诗"任真"说 ……………………… 104

陆机与六朝文学中的唯美思潮 ……………………… 120

清谈与文会

　　——魏晋南北朝时代学术与文学传播的新方式 ……… 141

关于魏晋清谈研究中的几个问题 ……………………… 160

"清议"词义考 ……………………… 189

从王弼答裴徽问论魏晋玄学的思想纲领与论述策略 ……… 197

略论魏晋玄学的宗旨及相关问题 ……………………… 211

魏晋玄学与清谈之先驱人物荀粲考论 ……………………… 223

刘宋"四学并建"考论 ……………………… 242

附一：评《世说新语》英译本 ……………………… 267

附二：《世说新语》近代校笺注疏择要评议 ……………………… 280

"通侻"
——建安时代的思想解放与文学革新

刘师培在《中国中古文学史讲义》第三课《论汉魏之际文学变迁》中说，"建安文学，革易前型"，并列举建安文学四大特点，曰清峻、通侻、骋词、华靡。其后鲁迅先生在《魏晋风度及文章与药及酒之关系》一文中赞同刘师培的意见，仅易数字，使更确切，曰清峻、通侻、华丽、壮大。

建安文学这四大特点中，清峻、华丽、壮大都是好理解的，且为人们所习知。独"通侻"一词的内涵不易把握，除建安文学外，似乎也不见此词用于评论其他时代或作家的风格。

因此，弄清"通侻"一词所包含的思想内容和时代意义，以及它用于文风时究竟指出一种什么样的文学现象，这对于我们深入学习和研究建安文学是必要的、有益的。

一

"通侻"这个词本来是用来形容一种作风或处世态度的。"通"，《说文》："达也。""侻"，《广韵》："轻也。"有简易、疏略等含义。"侻"，有时也写作"脱"。"通侻"（或"通脱"）作为连语，就现有资料来看，始见于汉魏之际。如《三国志·魏书·王粲传》：

（粲）乃之荆州依刘表，表以粲貌寝而体弱通侻，不甚重也。

《晋书·袁耽传》：

耽字彦道，少有才气，俶傥不羁，为士类所称。桓温少时游于博徒，资产俱尽，尚有负进，思自振之方，莫知所出，欲求济于耽，而耽在艰，试以告焉。耽略无难色，遂变服怀布帽，随温与债主戏。耽素有艺名，债者闻之而不相识，谓之曰："卿当不办作袁彦道也。"遂就局，十万一掷，直上百万。耽投马绝叫，探布帽掷地，曰："竟识袁彦道不？"其通脱若此。

《北史·卢思道传》：

思道字子行，聪爽俊辩，通侻不羁。……然不持操行，好轻侮人物。

《北史·文苑李文博传》：

又有魏郡侯白，字君素，好学有捷才，性滑稽，尤辩俊。……通侻不持威仪，好为俳谐杂说，人多爱狎之。

《南史·任昉传》：

性通脱，不事仪形。喜愠未尝形于色，车服亦不鲜明。

皆是其例。

从上面几个例子来看，"通脱"或表现为"不事仪形"，或表现为"俶傥不羁"，或表现为"滑稽"、"俳谐"。它们的共同特点是不讲究威重，不拘守礼仪。《左传·僖公三十二年》载王孙满评论秦师的话，有"无礼则脱"一语，杜注曰："脱，易也。"又《史记·礼书》云："凡礼始乎脱，成乎文，终乎税。"司马贞《索隐》曰："脱，犹疏略也。始，初也。言礼之初尚疏略也。"似乎"脱"（或"侻"）这词从一开始就是同"威重"、"礼仪"对立的。"脱"（或"侻"）就是"无礼"或"疏乎礼"，加上一个"通"字，就更明确了这一词语摆脱礼仪束缚的含义。

"通侻"作为一种为人处世的作风或态度，显然有悖于正统儒家重视礼法的主张。儒家最讲"威重"、最重"礼仪"，所谓"君子不重则不威"，"非礼勿视，非礼勿听，非礼勿言，非礼勿动"。[①] 要"服有常色，貌有常则，言有常度，行有常式。立则磬折，拱若抱鼓。动静有节，趋步商羽。进退周旋，咸有规矩"。[②] 而"通侻"的核心是求简易、不拘束，正是要打破繁文缛节的束缚，甚至于对这些加以渺视。"礼岂为我辈

---

① 分别见《论语·学而》、《论语·颜渊》。
② 见阮籍《大人先生传》。

设也!"① 阮籍这话很能代表一般通侻之士的态度。

汉朝自武帝以后，儒术独尊，东汉以还，经学尤甚。儒学从内容到形式，都变得愈来愈烦琐，愈来愈僵化，愈来愈成为思想的桎梏。班固指出当时烦琐的章句竟达到"说五字之文，至于二三万言"② 的地步。西汉经学家秦延君以十余万字释"尧典"二字，以三万字释"曰若稽古"四字，即其显例。岂但章句之学如此，吉凶宾军嘉各种礼仪也都是烦琐得叫人难以忍受的。晋葛洪《抱朴子外篇·省烦》追述两汉礼仪烦碎之病说："人伦虽以有礼为贵，但当令足以叙等威而表情敬。何在乎升降揖让之繁重，拜起俯伏之无已邪？往者天下乂安，四方无事，好古官长，时或修之。至乃讲试累月，督以楚挞，昼夜修习，废寝与食；经时学之，一日试之，执卷从事，案文举动；黜谪之罚，又在其间，犹有过误，不得其意。"结果是"五礼混挠，杂饰纷错，枝分叶散，重出互见，更相贯涉。旧儒寻案，犹多所滞，驳难渐广，异同无已，殊理兼说，岁增月长。"两汉儒门礼仪之烦琐、虚伪于斯可见。

物极则反。东汉末年，大规模的农民起义冲击了正统的封建秩序，上下颠倒，尊卑混乱，礼法的传统地位开始动摇。由于天下不安，四方多事，儒生们失去了皓首穷经的条件，烦琐的章句之学也就行不通了，学术不得不起变化；统治阶级也不再有升降揖让、拜起俯伏的暇闲，烦琐的礼仪同样行不通了，习惯不得不起变化。一些有识之士（特别像居于领袖地位的曹氏父子）也看到了儒术的弊病，便有意无意地提倡刑名之学，

---

① 见刘义庆《世说新语·任诞》。
② 见班固《汉书·艺文志序》。

4

以补救儒术之偏。同时，汉末社会的动乱不安、百姓的流离死亡，使许多士人产生了死生无常的感叹，发出了及时行乐的呼声。这些人往往到老庄的齐物出世的思想中去寻求寄托。这些条件汇集到一起，终于使儒学衰落，异端兴起。老庄玄学、外来佛教，渐煽渐炽，以至盛极一时。清谈、奉佛为南朝统治阶级所崇尚而终于成为一种时髦的社会风气，固然是害民误国，弊病丛生，但是当老庄、释氏兴起的初期，它们无疑起着动摇儒家正统地位、促进思想解放、在政治上配合新兴的门阀士族阶级登上历史舞台的作用。

对儒门繁琐虚伪的礼教的厌恶，想要摆脱这种礼教拘束的愿望，同老庄的自然无为、佛家的清静寡欲的主张结合起来，便很容易形成一种凡事求简易、不喜拘束、率真任情、反对矫饰的作风和处世态度，这便是"通侻"。从"通侻"再进一步，加上些及时行乐的成分，便是"放达"。从某种意义上说，在魏晋时代，言行"通侻"就意味着思想解放，它包含着对传统礼法的轻视，颇有一点要求"个性自由"的味道。

魏晋时代，"通侻"、"放达"的人很不少，其著者如三曹、嵇阮都是。《三国志·魏书·武帝纪》裴注引《曹瞒传》曰："太祖为人佻易无威重，好音乐，倡优在侧，常以日达夕。被服轻绡，身自佩小鞶囊，以盛手中细物，时或冠帢帽以见宾客。每与人谈论，戏弄言诵，尽无所隐，及欢悦大笑，至以头没杯案中，肴膳皆沾污巾帻，其轻易如此。"曹植史称其"性简易，不治威仪。輿马服饰，不尚华丽"，又说他"任性而行，不自雕饰"。[1] 他自己在诗里也写道："滔荡固大节，时俗多所

---

① 并见陈寿《三国志·魏书·陈思王传》。

拘。君子通大道，无愿为世儒。"① 这真是够通侻的了，所以吴淇说："其曰'滔荡固大节'，晋室放诞之风已肇于此矣。"② 只有曹丕复杂一点。《三国志·魏书·陈思王传》中说他"御之以术，矫情自饰"，似乎是并不通侻的。其实这不过是为了政治斗争而化了妆，并不是本来面目。试看他在王粲死的时候，竟要送葬者每人学一声驴鸣来纪念王粲，就可知道他也并不那么矫情，并不那么一本正经。③ 傅玄在《举清远疏》里说："魏武好法术，而天下贵刑名；魏文慕通达，而天下贱守节。"就明明说他也是尚通侻的。傅玄是西晋人，去建安不远，我们应该相信他的话吧。至于阮籍，《晋书》说他"任性不羁"，"不拘礼教"，其子阮浑"有父风，少慕通达，不饰小节"；④ 嵇康呢，《晋书》说他"土木形骸，不自藻饰"⑤，嵇康自己也说他"不涉经学，性复疏懒"，"不堪""人伦"之"礼"、"朝廷"之"法"，⑥ 可见嵇阮也是尚通侻，或说放达的。

　　类似的例子还很多，《世说新语》一书就载有不少。如《任诞》篇云："刘伶恒纵酒放达。"又注引《晋阳秋》曰："（谢）尚性轻率不拘细行。"又注引《名士传》曰："（阮）修性简任。"又注引《竹林七贤传》曰："后（阮）咸兄子简亦以旷达自居。"又云："张季鹰纵任不拘，时人号为江东步

----

① 见曹植《赠丁翼》。
② 见吴淇《选诗定论》。
③ 见《世说新语·伤逝》。
④ 并见房玄龄等撰《晋书》本传。
⑤ 见《晋书》本传。
⑥ 见《与山巨源绝交书》。

兵。"又《德行》篇云:"王平子、胡毋彦国诸人皆以任放为达,或有裸体者。"又《简傲》篇注引邓粲《晋纪》曰:"（王）澄放荡不拘,时谓之达。"总之,在魏晋时代,"通侻",或"放达",的确是上层人士,尤其是所谓"名士"中的普遍风气。这风气是从建安开始的。

"通侻"之士除不讲究威重、不拘守礼仪之外,还有一个显著的特点是尚情。因为厌恶礼教的虚伪矫饰,他们便提倡自然率性、欣赏真情流露,而不顾忌这种"情"（及表达这种情的方式）是否合于"礼",或者说不愿意用"礼"来规范自己的"情"。他们自认为"情之所钟,正在我辈"①。《世说·伤逝》载王徽之奔丧,索琴而弹;《任诞》篇载阮籍哭邻家处子,尽哀而去,都是好例。

因为"通侻"是同礼法名教相对立的,所以通侻之士同正统的儒士便互相瞧不起,在政治上地位也往往站在互相反对的地位。例如刘表是汉末儒门"八及"之一,是正统派人物,在政治上则是豪门世族割据势力的代表,而被刘表所瞧不起的"通侻"的王粲终于离他而去,依附于新兴的曹氏集团,这是意味深长的。又如依附司马氏集团的何曾不满内心忠于曹魏的"通侻"的阮籍,骂他"恣情任性",是"败俗之人",② 屡次劝司马昭杀掉他。再如依附司马氏的嵇喜,尽管是嵇康的哥哥,却被阮籍加以"白眼",被吕安目为"凡鸟"。③

---

① 见《世说新语·伤逝》载王戎语。
② 见《世说新语·伤逝》注引干宝《晋纪》。
③ "白眼"事见《世说新语·简傲》注引《晋百官名》;"凡鸟"事见《世说新语·简傲》。

当然，"通侻"在不同的人身上有不同的表现，未可一概而论，其动机也很复杂。魏晋以降，上层权力斗争愈演愈烈，"通侻"之士其所以表现"通侻"，除反抗礼法名教之外，常常包含着佯狂远祸、消极避世的成分，而仿效沽名者亦不乏其人。末流甚至表现为纵情声色，那自然更不可取。但就其总的趋向而言，其精神是打破正统教条的，是解放的，是向前的。

二

刘勰说："文变染乎世情，兴废系乎时序。"① 这是一个很卓越的见解。作为意识形态方面的上层建筑之一的文学，不仅在内容上必然反映那个时代的变化及其思潮，而且在形式上，在其自身变化的轨迹上也必然打上那个时代及其社会思潮的深刻的烙印。

两汉，尤其是东汉的文学，在僵化教条的儒学、繁琐章句的经学笼罩之下也同当时的思想界一样地使人感到窒闷。除了少数杰出的作家如司马迁等人之外，只有民间文学尚透露出一些新鲜活泼的气息（这主要表现在汉乐府中）。两汉的文人们给后人留下的作品主要是那些诘屈聱牙，以铺张词藻为能事，而内容空洞、思想苍白的辞赋。所以钟嵘感叹说："自王杨枚马之徒，词赋竞爽，而吟咏靡闻。"这里说的是西汉的情况：有赋而无诗。东汉呢？他说："东京二百载中，惟有班固《咏史》，质木无文。"② 这话也许说得过分了一点，其时尚有梁鸿

---

① 见刘勰《文心雕龙·时序》。
② 见钟嵘《诗品序》。

的《五噫》、张衡的《四愁》、秦嘉的《赠妇》、赵壹的《疾邪》等等，也并不都"质木无文"。但如果不以辞害意的话，钟嵘的意见大体上还是对的，因为那毕竟是一个经学盛行的时代，少数几篇诗歌汇成的潺潺小溪同风靡当时的辞赋以及经师的章句比较起来简直是微不足道的。所以刘勰也说："自哀平陵替，光武中兴，深怀图谶，颇略文华"，"磊落鸿儒，才不时乏，而文章之选，存而不论"，"其余风遗文，盖蔑如也"。①

到汉末魏初，这种情况开始有了变化。一个重要的转机到来了。社会的变动和进步促进了思想上的解放，这个思想解放运动以"通侻"为其特征，已如前节所述。思想界的解放运动不可能不影响到文坛上来，思想解放的结果必然引起文学的解放。同时，急剧变动的现实要求文学更好地反映它，同它一道前进。这就需要一种新的作风，一种自由的作风，一种解放的作风。这种作风就是"通侻"。思想的通侻引起了文风的通侻，文风的通侻也反过来促进思想的通侻，而这两者，都植根于急剧变动、迅速前进的现实。

这种新的文风，到建安时代，在思想通侻、身居领袖地位而又富于文学才能的曹氏父子的倡导之下，终于发展成为一个普遍的风气，使建安文学呈现出一个与其他时代文学迥然不同的风貌。

现在我们要问：这种通侻的文风包含着怎样的内容？它同传统的文学现象有什么联系，又有什么区别？它在中国文学的发展史上起着怎样的作用？

汉魏之际文学的主流是诗歌。那么，让我们试从诗歌的发

①　见《文心雕龙·时序》。

展这个角度来探讨上述问题吧。

中国古代诗歌理论中有两个很重要的概念，一个叫"诗言志"，一个叫"诗缘情"。"诗言志"是一句很古老的话，见于《今文尚书·尧典》。此外，《左传·襄公二十七年》也有"诗以言志"之语。"诗缘情"却是后起的概念，它的滥觞也许可以追溯到《诗大序》的"吟咏情性"，但它正式被铸成一个词则是在陆机的《文赋》里。情和志本来是同义词，"言志"和"缘情"从语义学的观点来看，它们本当指同一回事。《诗大序》说："诗者，志之所之也。在心为志，发言为诗。情动于中而形于言。""在心"的是什么东西呢？无非是思想感情，可见，这个"志"指的就是思想感情。也可以说"情"，所以前面讲"在心为志"，后面说"情动于中"。《左传·昭公二十三年》"子太叔见赵简子"条，孔颖达正义云："此'六志'《礼记》谓之'六情'，在己为情，情动为志，情、志一也。"既然"情、志一也"，那么"言志"与"吟咏情性"即后来所说的"缘情"也应当是同义语，它们的意思都不过是说：诗歌是用来表达思想感情的。所以直到李善注《文赋》时还说："诗以言志，故曰缘情。"他就把"言志"与"缘情"看成一事。他用的当是情、志的本来含义。

但是，我们试观察中国文学史的事实，却又觉得"言志"与"缘情"并非始终是一个概念，二者的关系是由合而分的。

据近代学者们考证，《尧典》是战国时才有的书，那么"诗言志"这话的出现也当是"诗三百"编定之后。可以有根据地设想，"诗言志"同"兴观群怨"、"事父事君"、"多识于鸟兽草木之名"、"思无邪"、"温柔敦厚"等①，都是孔子或孔门弟子对于"三百篇"从各个不同的角度所作的总结性与分析性的按语。而"三百篇半是劳人思妇率意言情之事"②，那么"诗言志"这话最初也应当是包括了"缘情"一层意思的，否则便无以概括"三百篇"。或者说，在那时，"言志"与"缘情"本是一回事，没有分家，也无需分家。

但这种情况后来显然有了变化。渐渐地，"诗言志"同"兴观群怨"、"事父事君"、"温柔敦厚"、"思无邪"等一道，被儒家信徒们奉为神圣的"诗教"③，事情就起了变化了。儒家的整个学说都是重政治教化的，诗教也不例外。"事父事君"自不待说，就是"兴观群怨"、"温柔敦厚"、"思无邪"等也都同政治教化有密切的关系。这种情况自然也要影响到"诗言志"的内涵，或者说，使"诗言志"的内涵逐渐起变化。慢慢地，"诗言志"中的"志"不再是本来意义的那个"志"（即一般的思想感情）了，而变成了带上儒家色彩的、受礼教所规范的志了。这个"志"是反映儒家理想的志，是士君子之志，是要"表见德性"的，非关修身，即关治国，总之同政教分不开。而一己的哀乐之情无关乎政教或有悖于礼义的便都从这个

---

① 《论语·阳货》："子曰：'小子何莫学夫诗？诗，可以兴，可以观，可以群，可以怨。迩之事父，远之事君，多识于鸟兽草木之名。'"又《论语·为政》："子曰：'诗三百，一言以蔽之，曰：思无邪。'"又《礼记·经解》："孔子曰：'入其国，其教可知也。其为人也，温柔敦厚，诗教也。……'"

② 见袁枚《随园诗话》卷一。

③ 这里的"诗教"当然是就广义而言，狭义地讲，则只有"温柔敦厚"才是诗教。

"志"里排除了出去。这样，"志"的义域就削减了，"志"和"情"不再是同义词了。

既然"言志"的概念已经起了变化，那么酝酿一个新的概念以代替原始的"言志"就有了必要。这新的概念便是"缘情"，而不自觉地发其端倪的则是《诗大序》。《诗大序》的作者大概已经感到其时"言志"已经无法概括三百篇了，才不得不用"吟咏情性"一语来取代"诗言志"。不过《诗大序》的作者毕竟是儒家信徒，他虽然不直说"言志"，但还是要奉行"言志"的诗教，所以我们看到，在"吟咏情性"之后，作者立刻加上"以风其上"的尾巴，在"发乎情"之后，赶快加上"止乎礼义"的话。这是因为"情"的义域必须加上某种限制，才不悖于儒家的"志"。但"吟咏情性"一语后来竟成为"缘情"的滥觞，自然是作者始料所不及的。

观念的进展要靠现实的推动，在儒术独尊的两汉，还没有产生"诗缘情"的概念的可能。《诗大序》虽然提出了"吟咏情性"的话，但是加了那么些尾巴，还附带着"明乎得失之迹，伤人伦之废，哀刑政之苛"之类的条件，自然和"缘情"还差得很远。那时占统治地位的观念仍然是作为儒家诗教的"诗言志"。

相对稳定的观念对现实有着巨大的反作用，尤其是属于占统治地位的意识形态中的观念更是如此。在重儒尊经的风气格外浓厚的两汉，作为儒家诗教的"诗言志"在文学领域内不能不产生巨大的影响。在这个思想的熏陶教育之下，文人诗的题材便愈变愈狭窄。他们的诗不再是从生动的现实生活以及自己对这种生活的新鲜活泼的感受出发，而是从观念的儒家之"志"出发，不离"风上"、"化下"的目的。他们作诗，不是心中有话，非这样说不可，而是根据"言志"的诗教，应当这样说才对。他们的诗中，自然也有感情，但这种感情都被严格地纳入了封建伦理的规范，所谓"节之以礼义"，仿佛被统一的模压机压过似的，一一失去了自己独特的模样；又好比榨干的水果，那精华的部分果汁——诗人自我的真实感情——都被挤出去了，必然变成枯燥无味、"质木无文"的东西，显得既不美也不真。几乎全部的汉赋，都是这样的作品；至于汉诗（汉末的除外），本来就不多，在这为数不多的汉诗中，占主要地位的也还是这一类的东西，像唐山夫人《安世房中歌》、传为武帝时作的《柏梁诗》、韦孟的《讽谏诗》、东方朔的《七谏》、司马相如的《封禅颂》、班固的《咏史》等。也有少数几篇精彩之作，但这少数的例外适足以说明前述规律的普遍。再说此类作品出现的时代已近汉末，社会情况已渐起变化，这点下文还要论及的。而此时的民间文学，如乐府，却继承了三百篇的传统，保留了"缘情"的成分。它们大都是"感于哀乐，缘事而发"，"饥者歌食，劳者歌事"的产物，并不去管言志不言志的那一套，显得活泼而有生命力。

东汉末年，大规模的农民起义所带来的社会变动，使得许多知识分子接触到社会的底层，自己也饱尝了流离之苦，对于社会的黑暗、人生的苦难、普通人民的悲惨遭遇都有了许多痛切的感受。他们要呼号，要表现，于是便顾不得儒家的"温柔敦厚"之类的诗教了，他们转而向民歌乐府学习。这种学习的结果，表现在形式上，便开始出现"五言腾踊"的局面；表现在内容上，便是文人诗中出现了大量的"缘情"之作。古诗十九首就是这一时期文人诗的优秀代表。这些诗大半成于汉末桓、灵之世，出于下层知识分子之手。从它们的内容上来看，可以说是"想说什么便说什么"①，比较无顾忌、无掩饰地抒发了作者个人的哀乐之情，叹老嗟卑、愤世嫉俗、感叹人生无常、要求及时行乐，乃至赤裸裸地唱出："荡涤放情志，何为自结束？""何不策高足，先据要路津？""荡子行不归，空床难独守。"这些，已经远远不是"诗言志"的儒家教条所能范围的了。

这种自由抒写感情的作风，对于旧的传统，是一个大胆的突破，而且是一个有深远意义的突破。它给近于窒息的文坛吹进了一股新鲜的空气，给僵化苍白的文人诗注入了年青的血液。古诗十九首在中国诗歌史上的重要地位正是表现在这里：它突破了"言志"的藩篱，透露了诗歌由"言志"转向"缘情"的新消息，为建安风气开了先河。

前人激赏十九首，许为"五言之冠冕"②，说它"可谓一字千金"③，也注意到了它抒情味重的特色④，但可惜未能从诗歌发展史的角度给予说明，使人觉得犹有遗憾。而近代某些论者，则似乎只敢从艺术上肯定十九首，说它的"高度艺术成就

_____

① 见鲁迅《魏晋风度及文章与药及酒之关系》。

② 《文心雕龙·明诗》："观其结体散文，直而不野，婉转附物，怊怅切情，实五言之冠冕也。"

③ 《诗品》上："文温以丽，意悲而远，惊心动魄，可谓一字千金。"

④ 如刘勰说它"怊怅切情"（《文心雕龙·明诗》）；钟嵘说它"意悲而远"、"多哀怨"（《诗品》上）；沈德潜说它"反覆低回，抑扬不尽"，"言情不尽，其情乃长"（《古诗源》卷四）；陆时雍说它"深衷浅貌，短语长情"（《古诗镜》）；陈祚明说它"能言人同有之情"（《采菽堂古诗选》）；等等。

是五言诗已经达到成熟阶段的标志"①，"代表汉代五言抒情诗的最高峰"②，对它的思想内容则批判多于肯定。诚然，十九首中某些篇章所表现出来的某些具体思想是消极的，但这并不重要，也不难辨别；重要的是它作为一个整体所具有的打破旧传统、开创新风气的意义。不从这个角度来观察，就无法解释十九首在中国古代诗歌中何以有这样高的地位，对后世何以有这样大的影响。

古诗十九首所反映出来的这种摆脱传统拘束、自由抒写感情的新风气，到了建安时代，便大大发扬起来。

刘勰说："暨建安之初，五言腾踊，文帝陈思，纵辔以骋节；王徐应刘，望路而争驱。并怜风月，狎池苑，述恩荣，叙酣宴，慷慨以任气，磊落以使才。"③ 又说三曹七子之辈"傲雅觞豆之前，雍容衽席之上，洒笔以成酣歌，和墨以藉谈笑；观其时文，雅好慷慨，良由世积乱离，风衰俗怨，并志深而笔长，故梗概而多气也"。④

从这些话看来，三曹七子的诗大半是"侈陈哀乐"的"缘情"之作，而不是"表见德性"的"言志"之篇，这是很明

① 见游国恩等主编《中国文学史》第一册，北京：人民文学出版社，1979 年，第 188 页。

② 见中国社科院文学研究所编《中国文学史》第一册，北京：人民文学出版社，1962 年，第 182 页。

③ 见《文心雕龙·明诗》。

④ 见《文心雕龙·时序》。

显的了。① 当然，我们也应当注意到，建安作家生活在一个"世积乱离，风衰俗怨"的时代，他们自己又或是半生戎马，或是备尝忧患，对于社会的苦难有着深刻的感受，他们的感情同那个动荡多事的时代息息相通，因而他们那些"侈陈哀乐"的作品也就不仅仅是一己感情的宣泄，而且是那个风云变幻的时代的一面镜子。而且，建安作家几乎全都处在那个时代漩涡的中心，全都怀着强烈的建功立业、拯世济物的热望，因而他们的作品大都充满积极向上的精神，有一种高昂悲壮的调子，这是古诗十九首所无法比拟的。这些"慷慨任气"的作品当然也包含着"言志"的成分，但这种"志"带有强烈的"情"的色彩，具有作家自己的鲜明的个性，既不抱说教或讽谏的目的，也没有"止乎礼义"的框框，同儒家所倡导的"言志"的诗教有着显著的不同。

例子无需多举，三曹七子之作俱在，可以覆按。我们只来列举一些突出的"缘情"诗的篇名，以证不诬。曹操《短歌行》、《气出唱》、《精列》、《苦寒行》、《塘上行》；曹丕《短歌行》、《燕歌行》、《秋胡行》、《善哉行二首》(《上山》、《有美》)、《芙蓉池作》、《于玄武陂作》、《杂诗二首》、《清河作》；曹植《公燕》、《七哀》、《吁嗟篇》、《斗鸡》、《侍太子座》、《箜篌引》、《弃妇诗》、《七步诗》、《送应氏》、《赠王粲》、《赠丁仪》、《赠白马王彪》；王粲《七哀诗》、《公燕》；徐幹《室思》；刘桢《公燕》；繁钦《定情诗》。最有味的是曹

---

① 至于"志深笔长"的"志"当然是"情志"的"志"，也就是下文"梗概多气"的"气"，而不是儒家"诗言志"的"志"，这是很清楚的。

丕诗中还有这样一类题目——《于清河见挽船士新婚与妻别作》、《代刘勋出妻王氏作二首》、《寡妇诗》（序云：友人阮元瑜早亡，伤其妻孤寡，为作此诗），"这都是代别人言情，好像作者凡遇言情的题目都不肯放过似的"（余冠英《三曹诗选》前言）。他不仅自己作，还命别人同作。潘岳《寡妇赋》序曰："阮瑀既没，魏文悼之，并命知旧作寡妇之赋。"即指此事。沈约在《宋书·谢灵运传论》中说："至于建安，曹氏基命，二祖陈王，咸蓄盛藻，甫乃以情纬文，以文被质。"正是特别看出了建安文学注重"缘情"的特色。

不过，那个时候的诗人多半还没有"诗缘情"的自觉，"诗缘情"这个新的作为同儒家诗教的"诗言志"相对立的提法也还没有出世。"诗缘情"这个意念还在酝酿之中，差不多还要过一百年之后，才正式出现在陆机的《文赋》里。建安诗人只是努力在摆脱"诗言志"的束缚，他们不屑于受那些烦琐的、鄙陋的礼教的限制，他们要自由地描写自己的见闻，抒写自己的怀抱，发舒自己的感情。换言之，他们的写作是"发乎情"而不要"止乎礼义"，他们的作品是"吟咏情性"的，但不一定有"以风其上"的目的，不像汉代诗赋那样以颂扬鉴戒为主。这一时期文人诗的主流正处在由"言志"向"缘情"的转变之中。

而这，便是"通侻"。

三

"通侻"还表现在形式和体裁上。如果说，在内容上，"通侻"表现为"想说什么便说什么"的话，那么，在形式上，

"通侻"则表现为"想怎样说便怎样说"。文体随便、造语自然、用字简易、勇于学习和采取民间新兴的文学形式、不避俗语等等,都是"通侻"的文风在形式上的表现。

《文心雕龙·通变》篇说:"魏晋浅而绮。"我以为,这"浅绮"便是就形式说的。"浅"正是指的上述文体随便、出语自然、用字简易、采用民歌、不避俗语等特色。"绮"意为精美,指的是魏晋以来诗崇藻丽的现象,在建安是"华丽",晋以后就渐渐发展为"绮靡"了。这"绮"是同"浅"联系在一起的,即是作家们从民间文学的语言中提取了大量生动活泼的词语而加以修饰雅化的结果。正是这"浅而绮"构成了建安文学"清新流利"的一面,大大不同于汉赋的"深覆典雅"。

鲁迅先生说曹操"是一个改造文章的祖师","他胆子很大,文章从通脱得力不少,做文章时又没有顾忌,想写的便写出来"。[①] 这个,我们只要读一读他的《让县自明本志令》、《求贤令》、《求逸才令》就很清楚了。当我们读这些文章的时候,首先感到惊异的自然是作者思想的"通侻",简直是毫无顾忌,想说什么便说什么,没有一点条条框框。同时,如果我们拿它们同建安以前的诏令比较着读,还不能不惊异于它们文体的"通侻",完全是想怎样说便怎样说,简易浅显,直截了当,同从前诏令的典雅矜重大不一样。《文心雕龙·章表》篇说:"昔晋文受册,三辞从命,是以汉末让表,以三为断。曹公称为表不必三让,又勿得浮华。所以魏初表章,指事造实,求其靡丽,则未足美矣。"这种要求表章指事造实、不事浮华、

---

① 见鲁迅《魏晋风度及文章与药及酒之关系》。

18

不求靡丽的作风，也正是文体通侻的表现。

建安作家都不鄙视民歌。曹植说："街谈巷议必有可采，击辕之歌有应风雅。"① 这很可以代表他们对民歌的一般看法，建安诗人并且善于向民歌学习，在通俗语言的运用上，在把民间语言提炼为文学语言上，在歌谣各体的仿作上，他们都作了相当的努力，也取得了可观的成绩。

黄侃《诗品讲疏》说：

> 详建安五言，毗于乐府。魏武诸作，慷慨苍凉，所以收束汉音，振发魏响。文帝兄弟所撰乐府最多，虽体有所因，而词贵新创；声不变古，而采自己舒。……若其述欢宴、愍乱离、敦友朋、笃匹偶，虽篇题杂沓，而同以苏李古诗为原；文采缤纷，而不能离闾里歌谣之质。故其称物则不尚雕缕，叙胸情则唯求诚恳，而又缘以雅词，振其美响，斯所以兼笼前美，作范后来者也。②

这段话很精辟地说明了建安五言诗同乐府民歌的关系，说明了建安诗人善于学习民歌的语言而加以新创、雅化。钟嵘《诗品》说曹植的诗"其源出于国风"，说曹丕的诗"百余篇率皆鄙质如偶语"，也是看出了它们同民歌的亲缘关系。试读曹丕的《钓竿行》、《临高台》、《陌上桑》、《大墙上蒿行》、《艳歌何尝行》、《上留田行》，曹植的《当墙欲高行》、《野田黄雀行》、《美女篇》、《当来日大难》，陈琳的《饮马长城窟

---

① 见曹植《与杨德祖书》。
② 见范文澜《文心雕龙注·明诗》所引。

行》，阮瑀的《驾出郭北门行》等篇，就会感到诗人们学习民歌的努力。这些诗篇都是出语自然，用字简易，力求通俗化、口语化，读起来同民间乐府几乎没有什么差别。建安诗人们的其他作品也都是自然、明白、诚恳的，即使是很雅驯的作品，也没有艰涩或雕镂的毛病。《文心雕龙·练字》篇说："自晋以来，用字率从简易。"其实，用字简易、不避俗语是从建安开始的。从这时起，在汉赋中屡见的那种堆砌怪词僻字、有如类书的恶劣文风逐渐得到彻底的清除。

建安作家思想通侻、大胆学习乐府民歌的另一重要成果，便是使得五言诗这种新的更便于抒情写物的诗歌形式在文人诗中生下根来，逐渐文人化，逐渐臻于成熟，此后便成为中国古典诗歌的一种主要形式。而在此以前，中国诗歌的主要形式是四言（中间虽有杂言体的楚辞出现，但却往赋的方向发展了，没有成为诗歌的主要形式），四言的表达力当然不及五言。钟嵘在《诗品序》里论及此点说："夫四言文约意广，取效风骚，便可多得。每苦文繁而意少，故世罕习焉。五言居文词之要，是众作之有滋味者也；故云会于流俗。岂不以指事造形、穷情写物，最为详切者耶！"从四言到五言，这是诗歌形式上的一大革新，创始之功虽不属于建安作家，但说他们广泛地、坚实地奠定了五言诗的基础，应当是不过分的。

不独五言如此，在对其他各体歌谣的仿作上建安诗人也作了许多大胆的可贵的尝试，并且力图在学习中有所创造。这可以举曹丕作代表。他的最出名的《燕歌行》是现存最古的完整的七言诗。七言诗在汉代谣谚中是普遍的，但出现在文人笔下，除极不可靠的《柏梁联句》和尚有骚体痕迹的张衡的《四愁》之外，这似乎是第一次。《令诗》和《黎阳作》是六言诗，《陌上桑》以三三七句式为主，这些都是新的尝试。最引人注目的是杂言诗《大墙上蒿行》，全篇三百六十四字，句式从三言到十三言，参差变化，形式新颖。王夫之评此诗说："长句长篇，斯为开山第一祖。鲍照、李白领此宗风，遂为乐府狮象。"

在建安诗人所创造的伟大的文学业绩中，我们看到有一种极为可贵的创造革新精神在其中闪烁，也许这种精神比他们的作品本身更值得我们注意和学习。

四

综上所述，我们可以说，建安文学"通侻"的实质是摆脱旧传统、旧教条的束缚，是文学从内容到形式的全面解放。以诗而言，"通侻"的核心是把诗歌从儒家的"诗言志"的教条中解放出来，使之变成一个更有生命力的更便于抒发感情即"缘情"的工具。这实在是对中国诗歌发展的一个大贡献。沈约《宋书·臧焘传论》说："自魏氏膺命，主爱雕虫，家弃章句，人重异术。自黄初至于晋末，百余年中，儒教尽矣。"他正是看出了从建安开始（他说"自黄初至于晋末"，其实应该说"自建安至于晋末"）的，在思想上、文学上那种反儒家正统的精神。不过他是站在传统的立场上说话，不免有些感伤和不满；而我们要说，这实在是一件大好事。试想想，如果中国文学一直在"言志"之类的教条中转来转去，那会是一个什么样子呢？

由于诗歌摆脱"言志"的束缚走向"缘情"的结果，作家才有可能在诗歌中表现出鲜明的个性，表现出"我"来。大批不同风格的作家、不同风格的作品才有可能蓬蓬勃勃地生长出来。事实也正是如此，在中国诗歌史上，建安以前，可以说是只有诗而没有诗人（只有屈原是一个例外），民间诗歌发达而文人诗不发达，建安以后，文人诗才繁盛起来，出现了作家辈出的局面。从这个意义上讲，可以说从建安开始，中国诗坛上"才真有了诗人"①。中国诗歌才真正进入自己的繁荣的青壮年时期。

　　冲破传统束缚，补救时弊，可以说是所有进步文学，所有适应历史变化的诗文革新运动的共同特点。但由于具体的历史背景的不同，每次诗文革新运动都呈现出不同的风貌，有着自己独特的旗帜和精神。建安诗文革新运动的旗帜和精神便是"通侻"，这是同别的时代（例如盛唐及北宋中叶以复古为革新的旗帜）不一样的。因此，我想说，"通侻"实在是建安文学最重要和最本质的特征。建安文学之所以能够"革易原型"，在内容上、形式上都特别富于创造性，其主要原因盖在于此。正是从这个角度，我们看出建安文学在中国文学史上的崇高地位：它不仅仅是一个"俊才云蒸"的黄金时代而已，它当之无愧地是中国文学史上一个重要的转折点、里程碑。

（写于 1980 年）

---

① 　见朱自清《诗言志辨》，上海：开明书店，1947 年，第 35 页。

从建安到太康
——魏晋文学的演变

引　言

在我们面前展开的是整整的一个文学时代，它的起点应在汉季，而终结则在唐初。习惯上称之为"魏晋南北朝文学"、"魏晋六朝文学"① 或"中古文学"。这一个文学时代以其鲜明的特色区别于它前后的文学时代，并且以它的特定的贡献在中国文学发展史上占有它自己的地位。

然而要对这一文学时代作出科学的、不抱偏见的、令人信服的清理和说明正复不易，隋唐迄于清末，千余年中，论者甚夥，毁誉不一，但大抵品评的多，说明的少；从主观好恶出发的多，从客观情势出发的少；从思想内容着眼的多，从艺术形

① 清焦循《易余籥录》："一代有一代之胜，欲自楚骚以下，撰为一集，汉则专取其赋，魏晋六朝至隋则专录五言诗……"；此"魏晋六朝"犹言"魏晋等六朝"，即魏、晋、宋、齐、梁、陈，与"魏晋南北朝"的概念差不多。但文学方面"六朝"一词习惯指晋、宋、齐、梁、陈、隋，如明张溥编的《汉魏六朝百三家集》，其中"六朝"即此意。本文合言"魏晋六朝"时与焦循同，单言"六朝"时与张溥同。

式着眼的少；从文学自身观察的多，从文学和各方面的联系来观察的少。近世学者，如刘师培、鲁迅、黄侃、王瑶、余冠英、萧涤非、胡国瑞等，已在魏晋南北朝文学研究的各个方面作了许多宝贵的开创性的工作。还有一些学者，例如汤用彤、唐长孺、王仲荦、牟宗三、李泽厚等，则从哲学或历史的角度进行了开拓，使我们有可能从更广阔的视野上来观察和研究这一个文学时代。但是，显然还不能说问题都已经解决了，例如下面这些问题都还有待进一步探讨：这一代文学的发展同当时的社会变化、阶级变动究竟有什么关系？它的主要思潮是什么？它经历了哪几个主要的发展阶段？发展的主要脉络是什么？引起这些发展的内外因素（社会因素和文学自身的因素）是什么？其中什么是最关键的？这些因素是必然性的，还是偶然性的？是持久的，还是暂时的？等等。

本文也不敢奢望完全解决这些问题，这是需要许多学者从各方面共同努力，在一个相当长的时间里才能解决或者基本解决的。但我们总应当有所前进，这也同样是没有疑义的。为此，我认为可取的方法是把这一个文学时代再划分成若干段落，抓住其中的重点来开始我们的研究。因为文学的发展是一个变速曲线运动，我们应当首先把注意力放在加速度最大、曲度最大的点上，其次把注意力放在加速度较大、曲度较大的点上。这样地做下去，我们就有可能逐渐准确地、客观地把握整个文学发展史。至于那些接近于停滞的时代或接近于匀速直线发展的段落，即使稍稍马虎些，也就无伤大雅了。

用这个办法来考察魏晋南北朝文学的发展状况，我们不难发现，汉末的建安文学、晋初的太康文学①和齐梁文学是我们应当注意的三个重点。

历来论者对慷慨的建安风骨可说是备极赞美，而对艳薄的齐梁文风则一致挞伐。然而无可分辩的历史事实是，艳薄的齐梁文学正是从慷慨的建安文学发展过来的；在不更动历史背景的前提下，这甚至是一种必然的发展，显然，从建安到齐梁，文学所经历的发展道路也仍然是一个变速曲线运动，那么我们要问：在这一段变速曲线运动中，哪一点加速度最大、曲度最大因而需要我们首先加以注意的呢？我以为就是太康。

从建安到太康这一段文学的发展变化对于整个中古文学史是至关重要的，这一段弄清楚了，整个中古文学的发展趋势也就"思过半矣"了。因此本文就试图对这一段文学的发展变化轨迹作一个粗略的探索，而将重点放在太康，这一方面是因为前人对建安论述较多而对太康则注意较少，另一方面也是因为立足于太康更便于瞻前顾后的缘故。

第一章　建安的回顾

先让我们来回顾一下建安。

汉魏之际是中国历史上极其重要的篇章，这是一个天地翻覆、风云浩荡的时代。历史发展到此刻，有如一个炽热的炼钢炉，整个社会从上至下都处在它的痛苦而伟大的鼓荡冶铸之

---

① "太康文学"是一种习惯说法，它实际上指的是从泰始到元康末将近四十年间的文学，即晋初的文学。西晋不久即亡，故"太康文学"又与"西晋文学"差不多也是同义词。

中，从经济基础到上层建筑，以至整个意识形态，无不一方面在急速地崩溃、解体，一方面又在急速地融合、重造。待到"曹氏基命"的建安时代，动乱虽然还没有平息，但是一个新社会的雏形却已经在血与火中，带着朦胧的曙色出现在中国的地平线上了。

这个社会就是封建社会。①

一个相当长的时期以来，战国秦汉的繁盛城市和奴隶制商品经济相对萎缩，而东汉以来的庄园经济则日益巩固和扩展，大量个体小农和大规模的工商奴隶经由不同渠道，变而为束缚在领主土地上，人身依附极强的农奴或准农奴。于是以使用奴隶劳动的盐铁业、大商业、大农业居支配地位的奴隶制经济便逐渐让位于以占有土地，役使农奴劳动的自给自足的庄园经济居支配地位的封建制经济。封建地主阶级中最先成熟尚带有奴隶制残余的一个阶层——门阀士族地主阶级经过东汉两百余年的发展，这时无论在经济上、政治上都已经足够强大了，于是起而代替秦汉以来以宫廷贵族为中心的奴隶主阶级，占据了历

----

① 中国古代何时进入封建社会，史学界一直有争论。主要约有：一、西周封建说；二、春秋战国之际封建说；三、秦汉之际封建说；四、魏晋封建说。本文采魏晋封建说。东汉是奴隶社会向封建社会过渡的时期。参阅王仲荦《魏晋南北朝史》、何兹全《汉魏之际封建说》（载《历史研究》1979 年第一期）及王思治《中国古代史分期问题分歧的原因何在？》（载《历史研究》1980 年第五期）。

2019 年月翼明补按：目前史学界主流意见认为中国的封建时期仅止于周朝，即秦统一后即已废封建而立郡县制，此后到清末中国社会都是皇权专制社会。详细论述可参考冯天瑜《封建考论》（武汉大学出版社，2006 年 2 月）。我亦认同此说，但此处暂不改动以存原貌，亦可由此窥见中国史学理论近年进步之一斑。

史舞台的中心。汉末的"党锢之祸"实质上就是这个新兴阶级同以皇族、外戚、宦官为代表的奴隶主阶级矛盾激化的表现，结果引起了一场大规模的农民起义以及由此而来的社会大动乱。表面上看来较量的双方是两败俱伤，同归于尽，实质上却是新兴的门阀士族阶级从劫灰中站起来，控制了整个社会，在农民起义被镇压后建立起来的曹、刘、孙三个割据政权的主要活动家和经济支持者都是门阀士族的头面人物，① 那时操纵社会舆论、影响社会风气的也都是出身于世家大族的"名士"，亦即这个新兴阶级的知识分子领袖。

随着门阀士族地主阶级的登上历史舞台，整个社会的意识形态和文化心理都起了变化，这个变化在学术思想上的反映是以儒学正统身份出现的两汉经学的崩溃和魏晋玄学的勃兴，在文学上的反映则是两汉宫廷文学的没落和朝气勃勃的建安文学的出现。

历来为文学史家所津津乐道、交口称赞的建安文学究竟有些什么特色呢？关于这个问题，前人论及者可谓多矣，让我们先摘引几段并加简略的评介。

刘勰《文心雕龙·明诗》：

> 暨建安之初，五言腾踊，文帝陈思，纵辔以骋节，王徐应刘，望路而争驱。并怜风月，狎池苑，述恩荣，叙酣宴，慷慨以任气，磊落以使才，造怀指事，不求纤密之巧；驱辞逐貌，惟取昭晰之能，此其所同也。

---

① 参阅王仲荦《魏晋南北朝史》，上海：上海人民出版社，1979年，第148页。

又《时序》：

> 自献帝播迁，文学蓬转，建安之末，区宇方辑。魏武以相王之尊，雅爱诗章；文帝以副君之重，妙善辞赋；陈思以公子之豪，下笔琳琅：并体貌英逸，故俊才云蒸。……傲雅觞豆之前，雍容衽席之上，洒笔以成酣歌，和墨以藉谈笑。观其时文，雅好慷慨，良由世积乱离，风衰俗怨，并志深而笔长，故梗概而多气也。

钟嵘《诗品序》：

> 降及建安，曹氏父子，笃好斯文，平原兄弟，郁为文栋。刘桢王粲，为其羽翼。次有攀龙托凤，自致于属车者，盖将百计，彬彬之盛，大备于时矣。

沈约《宋书·谢灵运传论》：

> 至于建安，曹氏基命，二祖陈王，咸蓄盛藻，甫乃以情纬文，以文被质。

刘师培《中国中古文学史讲义》第三课《论汉魏之际文学变迁》：

> 建安文学，革易前型，迁蜕之由，可得而说：两汉之世，户习七经，虽及子家，必缘经术，魏武治国，颇杂刑

28

名，文体因之，渐趋清峻，一也；建武以还，士民秉礼，迨及建安，渐尚通脱，脱则侈陈哀乐，通则渐藻玄思，二也；献帝之初，诸方棋峙，乘时之士，颇慕纵横，骋词之风，肇端于此，三也；又汉之灵帝，颇好俳词，下习其风，益尚华靡，虽迨魏初，其风未革，四也。

"慷慨以任气"、"志深而笔长"、"不求纤巧，惟取昭晰"、"以情纬文，以文被质"、"文质彬彬"、"清峻、通脱、骋辞、华靡"，这些便是建安文学的主要特点。因为出于多人的论述，这些评语自然不无交叉重叠的地方。刘勰的评语偏重于那一时代文学的内涵，主要指建安作家的作品充满感时伤乱的情怀和拯世济物的宏愿；沈约则偏重于艺术自身，主要指建安作家重视真实感情的抒发和语言的文采；刘师培则是分别各体并同两汉相比较来说的："清峻"指论说奏议各体文字的注重简约严明，"骋辞"指书檄公文的繁富铺张，"华靡"则指诗赋文辞华丽，多慷慨之音。

比较起来，刘师培的四点颇能概括建安文学的全貌，所以后来鲁迅先生在《魏晋风度及文章与药及酒之关系》一文中赞同他的提法，仅稍易数字，使更确切，曰清峻、通脱、华丽、壮大。骋词改为壮大，便可兼指诗赋，把刘勰说的"志深而笔长"、"梗概而多气"及"造怀指事，不求织密之巧；驱辞逐貌，惟取昭晰之能"的特点，都包括进去了。华靡改为华丽，是因为崇藻丽固然是建安诗赋的特点，但它恰到好处，"文质彬彬"（包咸《论语》注曰：彬彬，文质相半之貌）还未至于"靡"，"靡"就文胜于质了。

在前人论述的基础上，本文想进一步提出两个问题来加以研究：第一，究竟什么是建安文学最本质的特征？或者说，什么是"建安风力"的核心和灵魂？第二，建安文学中究竟有哪些因素是较为持久的，因而后来的晋宋文学得以在这个基础上"变其本而加厉"？

这两个问题都同门阀士族分不开，所以我们得先从门阀士族谈起。

本文不同意这样一种流行观点，认为门阀士族地主阶级从一开始出现就是一个腐朽的反动的阶级。笔者认为恰恰相反，门阀士族地主阶级虽然因为刚刚从奴隶制经济中脱胎出来因而带着颇为浓厚的奴隶制度的残余，但它毕竟是一个新兴的阶级，同所有曾经在历史舞台上占据过统治地位的阶级一样，有一个从兴起到发展到没落的过程，它起初也是朝气勃勃的。它是带着自己的人生观和世界观，带着自己的哲学体系，带着自己的审美趣味，带着自己的气派和风格登上历史舞台的，简言之，它有着自己的一套意识形态。而这一套，同秦汉以来的以宫廷贵族为中心的奴隶主阶级那一套比较起来要先进得多。

农奴制庄园经济是这个阶级赖以生存的主要经济形态，从东汉末崔寔所著的《四民月令》到南北朝时颜之推的《颜氏家训·治家篇》的叙述里，我们都可以看出这种庄园经济是典型的自给自足的经济。在一个充分发展的庄园里，不仅有农业，而且有手工业和以物易物的简单贸易；一个庄园不仅是一个经济单位，甚至也是一个文化单位与军事单位，庄园主不仅是经济的组织者与管理者，也是文化与军事的组织者与管理者。在庄园内部，他俨然就是一个以家长身份出现的小国王。① 这种

---

① 参阅王仲荦《魏晋南北朝史》第二章第一节。

独立的自给自足的庄园经济在一定程度上甚至摆脱了中央集权的皇权的绝对控制与管辖，汉末魏晋南北朝时代的社会割据同这种独立的在一定程度上摆脱了皇权绝对控制与管辖的庄园经济正是一种互为因果、互相促进的现象。

门阀士族地主阶级在这种庄园里，过着一种优裕的、尊贵的、几乎万事不求人的生活，正如《颜氏家训·治家篇》里所说的那样，只要"能守其业"，则"闭门而为生之具以足"，只差一口"盐井"了。随着庄园经济的巩固和扩大，特别是在其后，这个阶级取得政治上的统治权以后，他们不仅"富"，而且"贵"，不仅一代富贵，而且代代富贵。这个阶级中的许多人可以不做官而依旧过好的生活，可以不倚靠朝廷、政府而在自己的家里受到良好的文化教育。人的贵贱荣辱甚至贤愚完全取决于帝王（及其政权系统）的情况相应减弱。

与这种状况相应，门阀士族地主阶级的意识也就有了一种不同过去的特色。在汉代，在强固的奴隶制君主集权以及与此相适应的思想形态——定于一尊的正统儒学（以后发展为烦琐僵化的两汉经学和荒唐迷信的谶纬神学）的铁幕笼罩下，人的意识的两个方面——内心自省和外界观察都处于一种沉睡或半醒状态，人只是作为一种奴隶制皇权的附属物（奴隶和官吏都一样）而意识到自己。现在不同了，至少对于门阀士族地主阶级来说是不同了，他们由于经济上的自主而产生了精神上的自主，对于外界事物有可能做客观的处理和考虑了；同时，主观方面也相应地强调表现他自己，人成了精神上独立的个体，一方面，他开始意识到自己就是自己的主宰，而不是其他更高意志（例如皇权、圣人之教等等）的奴隶，他开始要求按照自己的意志而不是按照其他更高的意志（当然由于历史的惰力，他不可能完全做到这一点）来思考，来行动；另一方面，他开始意识到自己存在的价值，意识到没有比自我存在更有价值的东西，因为他就是他，他不是作为某种别的东西的附属物而存在，他的价值正在于他的存在，而不在于他是某种别的东西的附属物。他要求珍惜自我的存在，尽可能延长自我的存在，尽可能提高这个存在的价值。在魏晋时代的上层人士（亦即门阀士族阶级的代表人物）中，我们看到一种要求摆脱传统礼教拘束、要求个性解放、主张率真任情的思想和作风，当时叫"通脱"或"放达"，就是前一方面意识和要求的反映。同时，在魏晋时代的上层人士中，我们还看到普遍弥漫着一种性命短促、人生无常的感叹，积极的便想建功立业以求不朽，消极的就想服药饮酒，及时行乐，这便是后一方面的意识和要求的反映了。

这两方面的意识和要求便构成了门阀士族阶级上升时期意识形态的基本音调。所以，在哲学上，我们看到以探索人的内在蕴蓄（例如关于才性、言意、养生、圣人有情无情等的辩论）和外在本原（例如关于有无本末以及名教、自然的辩论）为指归的魏晋玄学便代替为皇权、为政教服务的两汉经学应运而生；而在文学上，我们看到一种要求摆脱秦汉以来作为宫廷玩物和经学附庸（也就是政教和道德的附庸）的地位，要求以抒发自我感情，咏叹人生为主旨而不再以取悦君王、歌颂功德、讽喻鉴戒为主旨，要求想说什么便说什么，而不必老是祖述圣贤、"斟酌经辞"（前人说的"以气为主"、"以气质为体"也部分含有这方面的意思）的强烈欲求出现了。

这种欲求在开始时还是涓涓细流，到建安便汇成澎湃的大江，它冲击着文学上旧传统、旧教条、旧价值、旧风气的堤防，表现出一股生气勃勃的解放精神、革新精神、创造精神，而这，正是建安文学的本质特征，建安文学的核心与灵魂。

同以宫廷贵族为中心的奴隶主阶级的衰亡过程相一致，两汉文学，在烦琐僵化的经学与荒诞迷信的谶纬学笼罩之下也同当时的思想界一样地使人感到窒闷，除了民间文学尚透露出一些新鲜活泼的气息（这主要表现在汉乐府中）外，两汉四百余年，表面上看来，文坛也颇热闹，但真正好的经得起历史考验的作品是很少的（史传与诸子本非文学，不在此例），两汉的文人们只给后人留下若干篇诘屈聱牙，以铺张词藻为能事，而内容空洞，感情苍白的辞赋，所以钟嵘感叹说："自王杨枚马之徒，词赋竞爽，而吟咏靡闻。"① 这里说的是西汉的情况：有赋而无诗。东汉呢？他说："东京二百载中，惟有班固《咏史》，质木无文。"② 这话也许说得过分了一点，但如果不以辞害意的话，钟嵘的意见大体上还是对的，因为那毕竟是一个经学盛行的时代，少数几篇诗歌汇成的潺潺小溪同章句的浩浩荡荡比较起来简直是微不足道的，所以刘勰也说："自哀平陵替，光武中兴，深怀图谶，颇略文华。""磊落鸿儒，才不时乏，而文章之选，存而不论"，"其余风遗文，盖蔑如也。"③

到东汉末叶，这种情况开始有了变化。随着社会形态和阶级关系的变异，一个重要的转机到来了，首先代表新兴的阶级在文学上表现出反传统的勇气，发出强烈的呼喊的是古诗十九首（广义地说，则包括产生于十九首前后的一系列古诗，例如

① 钟嵘《诗品序》。

② 钟嵘《诗品序》。

③ 刘勰《文心雕龙·明诗》。

钟嵘所说的四十五首，相传为苏武、李陵作的苏李诗以及拟苏李诗等等）。

十九首的作者已不可考，但从这些诗的内容和文字技巧来看，作者显然是一些有良好文化修养的知识分子，根据东汉以来社会文化已为门阀士族所把持的情形来推断，则这些作者多半属于这个新兴阶级是没有多大疑问的。前面已经说过，这个阶级由于自身经济地位的优裕与特别，已渐渐萌发了一种人格的觉醒，而现在呢，由于大规模的农民起义所带来的社会变动进一步动摇了压制这种觉醒的外界权威，同时巨大的动乱使得这个阶级中的许多人接触社会的底层，甚至自己也饱尝了流离之苦，对于社会的黑暗、人生的苦难、生命的宝贵而又毫无保障都有了许多痛切的感受。他们要叫喊，要表现，传统的教条，例如"诗言志"、"思无邪"、"温柔敦厚"① 等等成了阻止他们叫喊、表现的桎梏，传统的形式，例如典雅庄重的四言、深奥浮夸的辞赋，也都显然不适合作这种叫喊和表现的工具，他们便开始抛弃旧的教条和旧的形式，寻求新的理论和新的形式。他们终于在民间文学里发现了他们所需要的东西，于是便勤奋地向乐府民歌学习。这种学习的结果，表现在形式上，便是五言诗的大量涌现；表现在内容上，便是文人诗中出现了大量的呼号式没遮拦地表现自我感情的作品，例如十九首，叹老嗟卑，愤世嫉俗，感叹生命短促、人生无常，要求及时行乐，乃至赤裸裸地唱出："荡涤放情志，何为自结束?"

---

① 《尚书·尧典》："诗言志，歌永言。"《论语·为政》：子曰："诗三百，一言以蔽之，曰'思无邪'。"《礼记·经解》："孔子曰：'入其国，其教可知也。其为人也，温柔敦厚，《诗》教也……'"

"昼短苦夜长，何不秉烛游？""何不策高足，先据要路津？""荡子行不归，空床难独守。"这些同两汉辞赋那种华而不实的铺排，浮夸阿谀的颂扬，劝百讽一的"讽喻"，缺乏真实感情、装腔作势的"言志"是多么的不同啊。

这种"想说什么就说什么"，自由抒写真实感情的作风，对于旧的传统是一个大胆的突破，而且是一个有深远意义的突破，它给近于窒息的文坛吹进了一股新鲜的空气，给僵化衰飒的文人诗注入了年青的血液，古诗十九首在中国诗歌史上的重要地位正是表现在这里，它是一种解放，它是新文学的嚆矢。

即使在外在形式上，这种明白通俗，"深衷浅貌"①、"结体散文"②、"油然善入"③、"若秀才对朋友说家常话"④ 的新诗风同两汉诗赋那种咬文嚼字、诘屈聱牙、"深覆典雅，指意难睹"⑤ 以及"华实所附，斟酌经辞"⑥ 的旧习气也是多么不同啊！

前人激赏十九首，许为"五言之冠冕"，说它"可谓一字千金"⑦，也注意到了它抒情味重的特色，但可惜未能从诗歌

---

① 陆时雍《古诗镜》："十九首深衷浅貌，短语长情。"

② 刘勰《文心雕龙·明诗》："观其结体散文，直而不野，婉转附物，惆怅切情，实五言之冠冕也。"

③ 沈德潜《古诗源》卷四："十九首……反覆低徊，抑扬不尽，使读者悲感无端，油然善入，此国风之遗也。"

④ 谢榛《四溟诗话》卷三："古诗十九首平平道出，且无用工字面，若秀才对朋友说家常话。"

⑤ 王充《论衡·自纪》。

⑥ 刘勰《文心雕龙·明诗》。

⑦ 钟嵘《诗品》上。

发展史的角度给予说明，使人觉得犹有遗憾，而近三十年来的论者，则似乎只敢从艺术性上肯定十九首，说它的"高度艺术成就是五言诗已经达到成熟阶段的标志"①，"代表汉代五言抒情诗的最高峰"②，对它的思想内容则批评多于肯定。诚然，十九首中某些篇章所表现出来的某些具体思想从表面来看是消极的，但这并不重要，也不难辨别；重要的是在这种消极的表面下所蕴藏的积极的内涵。生命短促、人生无常的感叹正是来自否定了外界权威（皇权与经学）之后的人格的觉醒、对生命价值的新认识，对"自我"的把握和执着。在看来如此颓废、悲观的叹息中，深藏着对生命和生活的欲求与热爱。③ 我们尤其应当看到十九首作为一个整体出现在中国诗歌史上所具有的打破旧传统、开创新风气的革命性意义，不从这个角度来观察，就无法解释十九首在中国古代诗歌中何以有这样高的地位，对后世何以有这样大的影响。

古诗十九首所反映出来的这种摆脱传统拘束，自由抒写感情的新风气，到了建安时代，在思想通脱，身居领袖地位而又富于文学才能的曹氏父子的倡导之下，便大大地发扬起来，终于成为一个普遍的潮流，使建安文学呈现出一个与其他时代文学迥然不同的风貌。

刘勰描写建安作家们吟诗作赋的神态是："傲雅觞豆之前，雍容衽席之上，洒笔以成酣歌，和墨以藉谈笑。"而他们作品

---

① 游国恩等主编《中国文学史》第一册，北京：人民文学出版社，1979年，第188页。

② 中国社科院文学研究所编《中国文学史》第一册，北京：人民文学出版社，1962年，第182页。

③ 此本李泽厚说，见《魏晋风度》，载《中国哲学》第二辑。

的内容则多半是"怜风月，狎池苑，述恩荣，叙酣宴"（平心而论，这几句话实在不如黄侃"述欢宴、悯乱离、敦友朋、笃匹偶"的概括来得更准确），作风则是"慷慨以任气，磊落以使才"，从这些描写里，我们不难看出以三曹七子为代表的建安作家的确是一群思想解放、作风通脱、才气横溢、意气风发的才子，他们既不是循规蹈矩的经学先生，也不是可怜巴巴的御用文人，他们的作品大半是抒写自我、侈陈哀乐的"缘情"之作，而不是什么止乎礼义、表现德性的"言志"之篇。

事实上，从现存的建安作家的诗文来看，抒情性的作品的确占了绝大部分。我们无法一一举例，只能把一些抒情意味最浓的诗的篇名列举如次，以证不诬。

曹操：《短歌行》（对酒当歌）、《苦寒行》（北上太行山）、《精列》（厥初生）、《塘上行》（蒲生我池中）。

曹丕：《短歌行》（仰瞻帷幕）、《秋胡行二首》（朝与佳人期、泛泛绿池）、《善哉行二首》（上山采薇、有美一人）、《燕歌行二首》（秋风萧瑟天气凉、别日何易会日难）、《陌上桑》（弃故乡）、《于谯作》（清夜延贵客）、《芙蓉池作》（乘辇夜行游）、《杂诗二首》（漫漫秋夜长、西北有浮云）、《清河作》（方舟戏长水）。

曹植：《箜篌行》（置酒高殿上）、《妾薄命》（携玉手）、《薤露行》（天地无穷极）、《美女篇》（美女妖且闲）、《吁嗟篇》（吁嗟此转蓬）、《种葛篇》（种葛南山下）、《浮萍篇》（浮萍寄清水）、《公宴》（公子敬爱客）、《七哀》（明月照高楼）、《送应氏诗二首》（步登北邙坂、清时难屡得）、《杂诗六首》（高台多悲风、转蓬离本根、西北有织妇、南国有佳人、仆夫早严驾、飞观百余尺）、《杂诗》（揽衣出中闺）、《弃妇

诗》（石榴植前庭）、《赠徐幹》（惊风飘白日）、《赠丁仪》
（初秋凉气发）、《赠王粲》（端坐苦愁思）、《赠白马王彪》（谒
帝承明庐）。

王粲：《公宴诗》（昊天降丰泽）、《杂诗四首》（吉日简清
时、列军息众驾、联翩飞鸾鸟、鸷鸟化为鸠）、《七哀诗三首》
（西京乱无象、荆蛮非我乡、边城使心悲）。

陈琳：《游览二首》（高会时不娱、节运时气舒）。

徐幹：《情诗》（高殿郁崇崇）、《室思》（沉阴结愁忧）。

刘桢：《公宴诗》（永日行游戏）、《赠五官中郎将四首》
（昔我从元后、余婴沈痼疾、秋日多悲怀、凉风吹沙砾）、《赠
徐干》（谁谓相去远）。

阮瑀：《杂诗二首》（临川多悲风、我行自凛秋）、《七哀
诗》（丁年难再遇）、《苦雨》（苦雨滋玄冬）。

缪袭：《挽歌》（生时游国都）。

繁钦：《定情诗》（我出东门游）、《蕙咏》（蕙草生山北）。

应玚：《待五官中郎将建章台集诗》（朝雁鸣云中）、
《别诗二首》（朝云浮四海、浩浩长河水）、《斗鸡》（戚戚
怀不乐）。

最有味的是曹丕诗中还有这一类题目：《于清河见挽船士
新婚与妻别》、《代刘勋出妻王氏作二首》、《寡妇诗》（序云：
友人阮元瑜早亡，伤其妻孤寡，为作此诗）。曹植集中也有
《寡妇诗》和《代刘勋妻王氏见出为诗》（据丁晏《曹集诠评》
所录逸文），"这都是代别人言情，好像作者凡遇言情的题目都
不肯放过似的"（余冠英《三曹诗选》前言）。曹丕不仅自己
作，还命别人同作，潘岳《寡妇赋》序曰"阮瑀既没，魏文悼
之，并命知旧作寡妇之赋"，即指此事，曹植的《寡妇诗》大

约也就是这次作的。

不仅诗是如此，赋也是如此。赋在建安时代起了一个大变化，以颂扬讽喻为宗旨，以"述客主以首引，极声貌以穷文"①为特色的两汉大赋一变而为以抒发情感为宗旨，篇制短小的"邺中小赋"。祢衡的《鹦鹉赋》寄托身世之悲，王粲的《登楼赋》抒发思乡之苦，曹植的《洛神赋》表达爱慕之情，并为古今传诵的名篇。

在建安时代，文学作品中抒情因素的增长是一个非常突出的现象。沈约说，诗文至建安"甫乃以情纬文"，正是特别看出了建安文学尚情的特色。

建安作家努力摆脱旧传统旧教条的束缚，力求真实地自由地描写自己的见闻，抒写自己的怀抱，发舒自己的感情，这正是继承了十九首的精神，同时我们看到，建安作家的"情"同十九首作者的"情"也有同有异，具体来说，十九首消极表面下掩盖着的执着人生的内涵，到建安时代乃向更明朗更积极的方向展开：正因为生命短促而可贵，更应该及时建功立业；正因为人生无常，丧乱相寻，更需要有英雄豪杰出来拯世济物。而这些，正是构成建安文学"慷慨之音"的主要内容，从十九首到建安文学，表面上看来，一消极颓废，一慷慨高扬，其实是同一个基调的两个发展阶段，曹操在发完"对酒当歌，人生几何？譬如朝露，去日苦多"的感慨之后，唱出"山不厌高，海不厌深。周公吐哺，天下归心"的高歌，②曹丕在感伤朋友

---

① 刘勰《文心雕龙·诠赋》。
② 曹操《短歌行》。

们"数年之间，零落略尽"之后得出"少壮真当努力"的结论，① 这不是很合乎逻辑的吗？

从十九首到建安之音的这种发展，自然也是时代进展的反映，除了刘勰说的"世积乱离，风衰俗怨"的社会背景之外，应该着重指出的是，这种进展正是门阀士族阶级逐渐占据历史舞台中心的一种反映，感时伤乱、建功立业、拯世济物的"慷慨之音"正是历史主角的责任感在文学中的回响。

即使是在纯粹的艺术形式（包括表现手法）上，建安作家也表现出一种勇于打破旧传统风气的解放精神、革新精神和创造精神。这主要表现在他们对待民间文学的态度上，他们勇于学习和采取民间新兴的文学形式，不怕不典雅、不怕不庄重，甚至还有意地力求用字简易，造语自然，不避俗语，《三国志·魏书二十一》裴注引《魏略》载邯郸淳初次见曹植，"时天暑热，植因呼常从取水自澡讫，傅粉，遂科头拍袒，胡舞五椎锻，跳丸击剑，诵俳优小说数千言讫，谓淳曰：'邯郸生何如邪？'"这故事很有点象征的意义，可以看作建安文人的一般生活画，思想解放、作风通脱，没有什么清规戒律、意气风发、果敢自信……这正是门阀士族阶级上升时期的面貌。不过，我们这里想要强调的是他们对待民间文学（例如"俳优小说"）的态度。曹植在另一处还说过："街谈巷论，必有可采，击辕之歌，有应风雅。"② 就更正面地表明了他对民间歌谣的看法，这也正是建安作家的普通态度，唯其如此，我们看到他们在通俗语言的运用上，在把民间语言提炼为文学语言上，在歌谣

----

① 曹丕《与吴质书》。

② 曹植《与杨德祖书》。

各体的仿作上,都作出了相当的努力,成绩斐然。

黄侃《诗品讲疏》说:

> 详建安五言,毗于乐府,魏武诸作,慷慨苍凉,所以收束汉音,振发魏响,文帝兄弟所撰乐府最多,虽体有所因,而词贵新创,声不变古,而采自己舒。……若其述欢宴、愍乱离、敦友朋、笃匹偶,虽篇题杂沓,而同以苏李古诗为原;文采缤纷,而不离闾里歌谣之质,故其称物则不尚雕镂,叙胸情则唯求诚恳,而又缘以雅词,振其美响,斯所以兼笼前美,作范后来者也。①

这话很精辟地说明了建安五言诗同乐府民歌的关系,说明了建安诗人善于学习民歌的语言而加以创新、雅化,钟嵘《诗品》说曹植的诗"其源出于国风",说曹丕的诗"百余篇率皆鄙质如偶语",也是看出了它们同民歌的亲缘关系,试读曹丕的《钓竿行》、《临高台》、《陌上桑》、《大墙上蒿行》、《艳歌何尝行》、《上留田行》,曹植的《门有万里客行》、《野田黄雀行》、《美女篇》、《当来日大难》,陈琳的《饮马长城窟行》,阮瑀的《驾出郭北门行》,繁钦的《定情诗》等篇,不难感到诗人们学习民歌的努力,这些诗篇都是出语自然,用字简易,力求通俗化、口语化,读起来同乐府民歌几乎没有什么差别,建安诗人们的其他作品也都是自然、明白、诚恳的,即使是很雅驯的作品,也没有艰涩或雕镂的毛病。《文心雕龙·练字》篇说:"自晋以来,用字率从简易。"其实,用字简易,不避俗

---

① 转引自范文澜《文心雕龙注·明诗》。

语，是从建安开始的，从这时起，在汉赋中屡见的那种堆砌怪词僻字，有如类书的恶劣文风逐渐得到彻底的清除。

《文心雕龙·通变》篇又说："魏晋浅而绮。""浅"正是指的上述造语自然，用字简易、采用民歌、不避俗语等特色，"绮"意为精美，指的是魏晋以来诗崇藻丽的现象，在建安是"华丽"，晋以后就渐渐发展为"绮靡"了。这"绮"是同"浅"联系在一起的，即是作家们从民间文学的语言中提取了大量生动活泼的词语而加以修饰雅化的结果，正是这"浅而绮"构成了建安文学"清新流丽"的一面，大大不同于汉赋的"深覆典雅"。

建安作家思想通脱、大胆学习乐府民歌的另一重要成果，便是使得五言诗这种新的更便于抒情写景的诗歌形式在文人诗中生下根来，逐渐文人化，逐渐臻于成熟，此后便成为中国古典诗歌的一种主要形式，而在此以前，中国诗歌的主要形式是四言（中间虽有杂言体的楚辞出现，但却往赋的方向发展了，没有成为诗歌的主要形式），四言的表达力当然不及五言，钟嵘在《诗品序》里论及此点说：

> 夫四言文约意广，取效风骚，便可多得，每苦文繁而意少，故世罕习焉，五言居文词之要，是众作之有滋味者也；故云会于流俗，岂不以指事造形、穷情写物，最为详切者耶！

从四言到五言，这是诗歌形式上一大革新，创始之功虽不属于建安作家，但说他们广泛地、坚实地奠定了五言诗的基础，我想是不过分的，刘勰不也说"建安之初，五言腾踊"吗？

不独五言如此，在对其他各体歌谣的仿作上建安诗人也作了许多大胆的可贵的尝试，并且力图在学习中有所创造。例如曹丕，他的最出名的《燕歌行》是现存最古的完整的七言诗，七言诗在汉代谣谚中是普遍的，但出现在文人笔下，除极不可靠的《柏梁联句》和尚有骚体痕迹的张衡的《四愁》之外，这似乎是第一次。《令诗》和《黎阳作》是六言诗，《陌上桑》以三三七句式为主，这些都是新的尝试，最引人注目的是杂言诗《大墙上蒿行》，全篇三百六十四字，句式从三言到十三言，参差变化，形式新颖，王夫之评此诗说："长句长篇，斯为开山第一祖，鲍照、李白领此宗风，遂为乐府狮象。"又如曹植，他的诗也是几乎各体都有，《妾薄命》基本是六言，开头两句作三言；《大魏篇》基本是五言，而中间夹上三句七言，两句六言；《当事君行》是六五相间；《当车以驾行》前半四言，后半五言；《平陵东行》是三三七式；《桂之树行》则从三言句到七言句都有，交错使用，读来也很和谐。

　　在建安诗人所创造的伟大的文学业绩中，我们看到有一种极为可贵的创造革新精神在其中闪烁，也许这种精神比他们的作品本身更值得我们注意和学习。前人喜谈"建安风力"、"汉魏风骨"，那主要是就内容方面来说的，我以为更全面更本质地来看，不如说"建安气派"或"建安精神"更为醒豁而确切。"建安气派"是一种什么样的气派呢？"建安精神"是一种什么样的精神呢？这气派便是解放的气派、革新的气派、创造的气派，这精神便是解放的精神、革新的精神、创造的精神。如果借用传统的说法，则也可以叫做"通脱"的气派、"通脱"的精神，作为这种气派、精神的本质或本原的东西，是在否定了外在权威之后对人生价值（首先是自我价值）的充分认识，同时又把自我的存在同历史的责任紧紧融为一体（并不一定自觉）的那种境界（当然是在那个时代和那个阶级所能达到的范围内，人即是门阀士族的人，责任即是门阀士族的历史使命）。

这种精神在理论上的结晶则是曹丕的《典论·论文》，这篇文章最值得注意的是如下这一段话：

> 盖文章，经国之大业，不朽之盛事。年寿有时而尽，荣乐止乎其身，二者必至之常期，未若文章之无穷。是以古之作者，寄身于翰墨，见意于篇籍，不假良史之辞，不托飞驰之势，而声名自传于后……而人多不强力，贫贱则慑于饥寒，富贵则流于逸乐，遂营目前之务，而遗千载之功，日月逝于上，体貌衰于下，忽然与万物迁化，斯志士之大痛也。

这正是从人的价值认识到作为人的精神产品的文的价值，反过来又以强调文的价值来肯定人的价值，以文的不朽来追求人的不朽。这真是大不同于两汉时代了。那时辞人们作赋的目的不过是取悦人主（说得好听一点是"讽喻"），文学（如果说还有文学的话）不过是宫廷贵族的玩物，文学家们的地位比"俳优"好不了多少，《汉书·王褒传》说：

> 上令褒与张子侨等并待诏，数从褒等放猎，所幸宫馆，辄为歌颂，第其高下，以差赐帛。议者多以为淫靡不急，上曰："不有博弈者乎，为之犹贤乎已。辞赋大者与古诗同义，小者辩丽可喜，譬如女工有绮縠，音乐有郑

卫，今世俗犹以此娱悦耳目，辞赋比之，尚有仁义讽谕，鸟兽草木多闻之观，贤于倡优博弈远矣。"

这不说得非常清楚吗？所以司马相如因狗监的推荐而进入宫廷，扬雄奚落自己的作品不过是"童子雕虫篆刻"，东方朔疯疯癫癫，便都不奇怪了。

文的解放是人解放的结果，文的独立是人独立的结果，从建安时代开始，文学才真正摆脱宫廷玩物、经学附庸（亦即政教与道德的附庸）的地位而成为一个独立的艺术门类。从这个意义上来讲，也可以说中国自建安以后才有真正的文学。

文的价值被认识了，文学独立了，这样，文学的规律才有可能被研究、被认识；而且，什么都不缺少，仅仅长生乏术的门阀贵族们，认识到通过文章（亦即文学），而且只有通过文章才能达到"不朽"，那么怎样才能做好文章，什么文章才算好文章，这些便成为他们非常关心的问题。同时，门阀士族累世富贵，又累世经学，既有余闲来从事文学的研究，又有能力来从事文学的创作，建安以后文学理论研究的勃兴，特别是重视艺术技巧的讲求，其原因盖在于此，鲁迅说："曹丕的时代可说是文学的自觉时代，或如近代所说，是为艺术而艺术的一派。"（《而已集·魏晋风度与文学及药与酒之关系》）所说的就是这一层意思吧。

文学中对形式美和艺术技巧的自觉追求确乎是从建安发端的，十九首那个时代都还看不出来，前人每叹建安以前的诗纯是"天造"，而建安以后渐见"人力"，建安以前的诗通篇"浑成"，而建安以后渐可"句摘"，也就是感觉到了这个变化，例如胡应麟《诗薮·内编》卷二《古体中》说：

> 两汉之诗，所以冠古绝今，率以得之无意。……神圣
> 工巧，备出天造。……建安、黄初，才涉作意，便有阶级
> 可寻，门户可入，匪其才不逮，时不同也。

又说：

> 汉人诗不可句摘者，章法浑成，句意联属，通篇高
> 妙，无一芜蔓，不着浮靡故耳。子桓兄弟努力前规，章法
> 句意，顿自悬殊，平调颇多，丽语错出，王、刘以降，敷
> 衍成篇，仲宣之淳，公幹之峭，似有可称，然所得汉人气
> 象音节耳，精言妙解，求之邈如，严氏往往汉魏并称，非
> 笃论也。

胡氏指出这个变化是对的，但褒贬尚值商榷，从"无意"
到有意，从"不可句摘"到可以句摘，是不是就是退步，就是
"不逮"？我以为恰好相反，这是一种进步。文学是一种艺术，
艺术在本质上是人的活动，表现人力（思虑与技术）之巧是艺
术最根本的要求之一。能巧到完全不露痕迹，那当然是理想的
境界，但这种理想境界也是有意追求的结果，崇拜"无意"，
无异于否定艺术本身。"文章本天成，妙手偶得之"，"天成"
也须"妙手"，"偶得"不过是长期追求骤然邂逅的同义语，
其实被胡氏赞为"天造"、"浑成"的汉人诗也还是人工的产
物，只是不自觉罢了。建安诗人就自觉了，从不自觉到自觉，
无疑是一种进步，也是人类一切观念发展的必由之路。"明月
照高楼，想见余光辉"（《拟苏李诗》）是不自觉的美，"明月

照高楼，流光正徘徊"（曹植《七哀》）是自觉的美，难道后者就不如前者吗？

细读建安诸作，不难发现作者们的自觉努力已经涉及到语言（例如注意炼字造句，追求警句，追求词藻华赡、音韵和谐，以及前面说过的对民歌语言的提炼与雅化等等）、体裁（例如创作各种句式的诗体以及前面说过的对各体歌谣的仿作等等）、结构（例如注意剪裁、讲究布置、重视起结等等）等文学形式的各个方面了。曹植表现得最明显。

曹植集中有许多佳句，历来为人传诵。例如：

惊风飘白日，忽然归西山。（《赠徐幹》）

白日西南驰，光景不可攀。（《名都篇》）

原野何萧条，白日忽西匿。（《赠白马王彪》）

高台多悲风，朝日照北林。（《杂诗》）

明月照高楼，流光正徘徊。（《七哀诗》）

鸱枭鸣衡轭，豺狼当路衢。（《赠白马王彪》）

丈夫志四海，万里犹比邻。（《赠白马王彪》）

捐躯赴国难，视死忽如归。（《白马篇》）

利剑不在掌，结友何须多。（《归田黄雀行》）

凝霜依玉除，清风飘飞阁。（《赠丁仪》）

攘袖见素手，皓腕约金环。（《美女篇》）

秋兰被长坂，朱华冒绿池。（《公宴》）

白日曜青天，时雨静飞尘。（《侍太子坐》）

孤魂翔故域，灵柩寄京师。（《赠白马王彪》）

这些句子或秀拔、或警策、或华丽、或工致，看出作者是经过反复锤炼的，其中有些字（打着重号者）下得特别准确、生动，后世诗人研究"诗眼"，看来曹植已兆其端了。"凝霜"以下五联已经是工整的偶句，其中"孤魂"一联连平仄都合律。

这些诗句，作者大多把它们安排在开头（如"惊风"、"高台"、"明月"、"白日"等句）、结尾（如"捐躯"句）或篇中紧要之处（如"鸱枭"句在高潮，"丈夫"句在转折），可见作者对篇章结构已经很注意。沈德潜曾经指出："陈思最工起调。"（《古诗源》卷五）。其实曹诗的收结也很出色。除"捐躯"句外，他如《杂诗》其二以"去去莫复道，沉忧令人老"结，《杂诗》其四以"俯仰岁将暮，荣曜难久恃"结，《杂诗》其五以"闲居非吾志，甘心赴国忧"结，《美女篇》以"盛年处房室，中夜起长叹"结，都显得笔力雄强。此外，《美女篇》取古辞《陌上桑》大意而加以裁剪，表现另一主题（思报国自效而不得）；① 《赠白马王彪》分七解，解解钩连，夹叙夹议，一放一收（杜甫的《北征》显然受到此诗的启发），都可以看出作者在结构方面的匠心。

建安作家在创作各种诗体方面的尝试和提炼民间文学语言方面的努力，前面已经谈过，这里就不再重复了。

总之，建安作者是在有意作诗文了。正是这种自觉追求，使他们对文学的性质和特点有了比前人更多的认识，曹丕《典论·论文》中区分诗文四科及其特点（"奏议宜雅，书论宜理，铭诔尚实，诗赋欲丽"），提出"文以气为主"，就是这种认识的反映。

---

① 参阅余冠英《三曹诗选》前言。

通过上述分析，我们可以来回答本章前半所提出的那两个问题了。随着社会形态和阶级关系的变异，门阀士族的人的觉醒和解放带来了文的觉醒和解放，从而在文学的形式、内容和理论各方面广泛地体现出一种解放精神、革新精神和创造精神（刘师培所说的"通脱"大致近之），这就是建安文学最本质的特征，建安风力的核心与灵魂。

在内容方面，文学作品中抒情因素突出增长，作者们开始抛弃"言志"的教条而转向强调个性的自我抒情（沈约说的"以情纬文"大致近之）；在形式方面，文学作品的形式美和艺术技巧问题开始被提出来，作者们开始了对形式美和艺术技巧的自觉追求（沈约说的"以文被质"大致近之）。这两点是建安才开始出现的新倾向，同时又是影响最为持久的两个因素，为了简单起见，前者不妨称之为"尚情"的倾向，后者不妨称之为"唯美"的倾向。在"慷慨任气"的风骨笼罩之下，这两种倾向以及它们同后来的联系往往容易被人们所忽略，因而我们有特别加以提出的必要。

第二章　太康的变化

建安以后，"嵇康师心以遣论，阮籍使气以命诗"（《文心雕龙·才略》）。他们的诗，或"清峻"或"遥深"、"颇多感慨之词"；他们的文章，也大抵"艳逸壮丽"。① 总之，以嵇阮为代表的"正始之音"，多少还继承了一些建安文学的解放精神和慷慨风骨。特别是阮籍的八十二首《咏怀诗》，从质和量两个方面进一步确立了五言诗在诗坛的统治地位。从十九首到八十二首，经过百余年的里程，五言诗已从下层阶级的茅屋登上了上流社会的殿堂。"厥旨渊放，归趣难求"② 的"咏怀诗"使人觉得五言诗的文人化程度加深了，特别是因为要借古人古事来隐蔽地寄托自己的思想感情，所以用典非常之多，这是同建安作风颇不相同的。但阮籍身处易代之际，时有不测之祸，忧时悯乱的情怀一寓于诗，便同十九首与建安诗歌精神相通，不过建安诗歌慷慨而高扬，《咏怀诗》则使人感到虽慷慨却压抑。此外，《咏怀诗》尽管"文多隐避"③，但语言本身却还是明白流畅的，并不艰涩，也不雕琢，而且抒情意味极浓，这些，也还是十九首和建安的作风。总之，"正始之音"基本上是十九首和"建安风力"的延伸，除了创造革新精神稍逊于前外，别的尚无显著的变化。

但是到了晋初，情形便不同了，一个转折点——太康，出现在我们的面前。

————————

① 《文心雕龙·明诗》："嵇志清峻，阮旨遥深。"《诗品》上："阮籍……颇多感慨之词。"《三国志·魏书二十一》："（阮）瑀子籍，才藻艳逸。"又："时又有谯郡嵇康，文辞壮丽。"刘师培《中国中古文学史讲义》第四课："嵇阮之文，艳逸壮丽，大抵相同。"

② 《诗品》上。

③ 《文选》卷二十三阮籍《咏怀诗》"夜中不能寐"下李善注云："嗣宗身仕乱朝，常恐罹谤遇祸，因兹发咏，故每有忧生之嗟。虽志在刺讥，而文多隐避。百代之下，难以情测。"

50

关于太康文学，前人也有论到的，例如：

《文心雕龙·时序》：

> 晋宣始基，景文克构，并迹沉儒雅，而务深方术。至武帝惟新，承平受命，而胶序篇章，弗简皇虑。降及怀愍，缀旒而已。然晋虽不文，人才实盛，茂先摇笔而散珠，太冲动墨而横锦，岳湛耀联璧之华，机云标二俊之采，应傅三张之徒，孙挚成公之属，并结藻清英，流韵绮靡。前史以为运涉季世，人未尽才，诚哉斯谈，可为叹息！

又《明诗》：

> 晋世群才，稍入轻绮，张潘左陆，比肩诗衢，采缛于正始，力柔于建安，或析文以为妙，或流靡以自妍，此其大略也。

《诗品序》：

> 太康中，三张二陆两潘一左，勃尔复兴，踵武前王，风流未沫，亦文章之中兴也。

《宋书·谢灵连传论》：

> 降及元康，潘陆特秀，律异班贾，体变曹王，缛旨星稠，繁文绮合，缀平台之逸响，采南皮之高韵，遗风余

烈，事极江右。

这些论述向我们展示了太康文学的一般面貌，指出了太康文学风气（主要是艺术风格）的基本特色。

现在我们希望在前人论述的基础上再前进一步，我们要仔细研究一下处在转折点上的太康文学究竟有些什么特点，它是怎样一方面接续着前面（主要是建安）的轨迹，一方面又改变着原来的方向，以及是怎么样的社会历史条件使它偏离了原来的方向。

公元 280 年，即太康元年，三月，王濬自武昌"举帆直指建业"，"戎卒八万，方舟百里"，"兵甲满江，旌旗烛天"，"鼓噪入于石头"（《资治通鉴》晋武帝太康元年），"孙皓大惧，面缚舆榇，降于军门"（《晋书·武帝纪》）。建安以来四海鼎沸，变乱纷乘，群雄割据，逐鹿中原的悲壮史剧至此演完了它的最后一幕，曹、刘、孙的三足鼎立终于让位于司马氏的一统天下。

太康年间，由于司马氏政权多少实行了一些符合当时人民利益的政策，如罢州郡兵，使农民免服兵役；废屯田制、立占田制和课田制、定赋税制，以减轻农民负担，调动农民生产的积极性；限制王公官员占田以抑制兼并；招抚流亡，恢复户口；改定律令，去其苛税；等等。社会因此出现了一个相对繁荣稳定的局面。① 据《晋书·食货志》说，其时"天下无事，赋税平均，人咸安其业而乐其事。"的确，自汉末以来，这总算是一个较为光明的时期。

---

① 参见范文澜《中国通史简编》第二编第四章第一节。

但是，也因为暂时的太平取代了长期的纷乱，表面的一统取代了群雄的逐鹿，社会状况不同了，社会风气也跟着变了。

以司马氏为首的门阀士族阶级陶醉在虚假的繁荣中，自以为天下已经坐稳，可以为所欲为了。在庄园制经济基础上繁殖起来的门阀士族阶级本来就具有剥削性、割据性、保守性等天生的弱点，在同奴隶主争夺统治权的过程中，在农民起义引起的社会大动乱中，这些东西被压抑着、克制着，而现在则恶性发展起来。以司马氏为首的西晋统治集团，亦即门阀士族的上层，是一个非常腐朽的集团。这个集团是靠欺人孤儿寡妇，以阴谋和杀戮的手段夺取政权而上台的。他们既没有看到过农民起义的风暴，也没有进行过削平群雄的艰苦努力，平蜀、平吴不过是摘下两个熟透的果子，并没有费多大力气。平吴之前它还有所顾忌，不敢乱来，平吴之后，这个集团一切丑行都发展起来、暴露出来，凶恶、狠毒、阴险、虚伪、奢侈、荒淫、放荡，几乎无所不有。平吴之后不到十年，杨、贾之祸，八王之乱相继起来，西晋王朝很快就在自相残杀中灭亡了。

纵观西晋一朝历史，使人感到门阀士族这个阶级正在以惊人的速度走向保守和腐败。从建安到太康不过百余年，这个阶级就已经从朝气勃勃的青年时代进入已露衰态的中年时代了。

社会思潮和学术思想也在迅速地走向保守。建安时代的人思想很解放，作风很通脱。三曹七子差不多都是如此，曹植就公开宣告："滔荡固大节，时俗多所拘。君子通大道，无愿为世儒。"（《赠丁翼》）那时儒术是不吃香的，经学几乎没有人问津了，异端的老庄思想乘机兴起，外来佛教也乘虚而入，无论是社会思潮还是学术思想都出现一个活泼的解放的时期。所谓"家弃章句，人重异术"（《宋书·臧焘传论》），两汉之世儒术独尊，经学特甚的局面结束了，沉闷僵化的空气一扫而空。这同曹操所执行的政策自然也分不开。曹操有鉴于东汉以来儒教虚伪烦琐之弊，提倡一种"名立实从，循名责实"的"名理学"，以刑名治国，即刘勰所谓"魏之初霸，术兼名法，傅嘏王粲，校练名理"（《文心雕龙·论说》）。同时，曹操虽然也是靠着世家大族的支持才得以巩固自己的政权（例如陈群、荀彧、许褚、李典、田畴等人，参阅王仲荦《魏晋南北朝史》第二章第一节），他自己也是豪门子弟，但是由于他的家族不是清门（陈琳所谓"赘阉遗丑"），起初不为一般名士所拥护，所以他同一部分门阀士族是有矛盾的。他的压抑豪强的政策以及有名的唯才是举的三诏令（建安十五年令、十九年令、二十年令），其主观动机乃在于摧抑名门士族的反对势力，客观上却帮助了门阀士族从陈旧的观念中解放出来，同时又遏止了这个阶级身上保守、腐败因素的增长。

曹操死后，曹丕行九品中正制，一方面是为了加强中央集权，抑制浮华，用中正制把私人的月旦评变作官家的品第，强迫清议与政府一致（门阀士族阶级由于其本身所固有的割据性，必然同中央集权有矛盾，魏晋南北朝时期始终不能建立一个强大的中央集权的王朝，显然与此有关）；另一方面也是为了调整同与曹魏有矛盾的世家大族的关系（政府通过中正控制舆论，而中正仍由大族名士来当），向他们妥协，以换取他们的支持灭汉立魏。① 但是随着门阀士族势力的发展，九品中正制便完全被他们掌握在手里，成了巩固门阀士族势力，压迫其他阶级的有力工具。同时这种制度也加深了统治阶级内部的矛

---

① 参阅唐长孺《魏晋南北朝史论丛·九品中正制度试释》。

盾，它使得少数的高门不仅高踞于被压迫阶级之上，也高踞于统治阶级内部其他阶层之上。这个阶层囊括了最高权力，富贵荣华，世代相沿。政治、经济、文化基本上全被他们垄断了。这种状况对于文化发展的影响，一方面是使他们有很多的余暇来从事精雕细刻的玩意儿，从事对虚玄奥渺的哲理的探讨（例如"清言"、"玄谈"），另一方面则是因高高在上、安富尊荣，脱离社会，脱离人民而变得思想保守、腐化甚至堕落。

在曹魏后期，在政治上代表这一高门阶层利益的便是司马氏。正始十年（240年），司马懿杀曹爽，魏的政权全部落入司马氏手中。司马氏出身高级士族，掌握政权以后，高门阶层迅速地簇拥在他们周围，举起"名教"的旗帜来同曹魏集团的残余势力进行斗争。所谓"名教"，即以名为教，依魏晋人解释，却以官长君臣之义为教。用现在的话来说，就是把符合封建统治阶级利益的政治观念、道德观念等等立为名分，定为名目，号为名节，制为功名，以之来进行"教化"，即以之来辅助政治统治和实施思想统治。① 这种思想导源于孔子的"正名"思想和董仲舒的"事各顺于名，名各顺于天。天人之际，合而为一"（《春秋繁露·深察名号》）的"天人合一"思想。很显然，"名教"的核心就是儒家的"礼教"。这一现象反映了门阀士族的思想正在向保守倒退的路上走过去，他们已经到先前被他们否定的两汉奴隶主阶级意识形态里去寻找理论武器了。

---

① 参阅陈寅恪《陶渊明之思想与清谈之关系》（见《陈寅恪先生文集》之二）及庞朴《名教与自然之辩的辩证发展》（载《中国哲学》第一辑）。

当司马氏举起"名教"这面旗帜向曹氏集团进攻的时候，眷怀魏室的嵇、阮等人便愤而倒向道家思想，提出"礼岂为我辈设"、"越名教而任自然"的口号与之相对抗，在行动上表现为"任达"不仕，即不与司马氏合作。建安时代的思想解放精神主要由他们继承下来，因而他们的诗文中也就多少还回荡着建安文学的慷慨之音，但是他们既处于司马氏集团的高压之下，随时有杀头灭族的危险，他们的歌声自然也就不能不显得闪烁压抑了。

晋移魏鼎之后，高门大族的统治全面确立，曹操的刑名之治被彻底抛弃，尊儒、守礼又渐渐被提倡起来了。这一点我们读《晋书·傅玄传》可以看得非常清楚：

> 帝初即位，广纳直言，开不讳之路。……玄上疏曰："……近者魏武好法术，而天下贵刑名；魏文慕通达，而天下贱守节。其后纲维不摄，而虚无放诞之论盈于朝野，使天下无复清议，而亡秦之病复发于今。陛下圣德，龙兴受禅。……惟未举清远有礼之臣，以敦风节，未退虚鄙，以惩不恪，臣是以犹敢有言。"诏报曰："举清远有礼之臣者，此尤今之要也。"

紧接这段文字下面还载傅玄另一疏，提倡"尊儒尚学"，也为武帝所嘉纳。

在这样的政治背景之下，学术思想也自然起而与之相适应，于是"名教"与"自然"之辩以郭象的"合名教自然而为一"的结论结束。郭象思想的精髓是自然即名教，名教即自然，任自然即任名教；万物现存的状态就是它应有的状态，一切现存的，都是合理的。他说："夫时之所贤者为君，才不应世者为臣，若天之自高，地之自卑，首自在上，足自居下，岂有违哉！""臣妾之才，而不安臣妾之任，则失矣。故知君臣上下，手足内外，乃天理自然"。（《庄子·齐物论》注）很显然，这实际上是"名教"强奸了"自然"，这种思想立刻成为司马氏门阀士族政权的统治思想，成为社会思潮和学术思想中的主宰成分。于是，建安以来的反儒学正统运动中的积极面被抛弃了，而消极面却以某种方式继承下来了；作为"通脱"的灵魂和精华的思想解放的精神被抛弃了，而作为"通脱"之外壳和糟粕的"放达"的处世态度和生活作风却借了"任名教即任自然"的口号保存下来，并且由于统治贵族腐朽生活的需要而进一步向坏的方面发展，变为"放荡"、"玩世不恭"，变为纵情声色，放纵肉欲。戴逵说："竹林之为放，有疾而为颦者也，元康之为放，无德而折巾者也。"这是很中肯綮的。又说："儒家尚誉者，本以兴贤也，既失其本，则有色取之行。怀情丧真，以容貌相欺，其弊必至于末伪。道家去名者，欲以笃实也，苟失其本，又有越检之行。情礼俱亏，则仰咏兼忘，其弊必至于本薄。"（《晋书·隐逸传》）这时的士风正是"色取"和"越检"并存，而且渐渐地合二而一了。东晋以后，更每下而愈况。六朝淫靡之风正自太康始。

"文变染乎世情，兴废系乎时序。"作为意识形态方面的上层建筑之一的文学，不仅在内容上必然反映那个时代的变化及其思潮，而且在形式上，在其自身变化的轨迹上也必然打上那个时代及其社会思潮的深刻的烙印。上述的思潮与世风播及文坛，太康文学的面貌因而就与建安大异了。当然历史总是连续的，从建安到太康，其中也有一以贯之的东西在。

首先，我们看到洋溢在建安诗文中那种感时伤乱的慷慨之音在太康文学中绝响了，建安作家们那种济世拯物的慷慨之志在太康作家身上也看不到了。纵横之风息，阿谀之俗起，没有建功立业之志，却有攀龙附凤之心，于是敷颂功德之作大量出现，溢美粉饰之辞也多起来了。

试读《晋书·潘岳传》，开头便载"泰始中，武帝躬耕籍田，岳作赋以美其事"。赋中尽是谀辞，甚至说老百姓"莫不忭舞乎康衢，讴吟乎圣世"，而国家富足到"我簟斯盛，我簋斯齐，我仓如陵，我庾如坻"的地步。实际上呢，据同书《傅咸传》载傅咸的话说："泰始开元以暨于今，十有五年矣，而军国未丰，百姓不赡，一岁不登，便有菜色"，可见潘岳是怎样地在拍马屁了。潘岳后来为了追求富贵，与石崇等谄事贾谧，"每候其出，与崇辄望尘而拜"，"谧二十四友，岳为其首"，潘岳当然是晋初文人中最无耻的一个，但他的情况还是相当有代表性的。贾谧"友"而至于"二十四"，并不是偶然的（二十四友中也有不少品节正直的人，如左思、刘琨等，不可一概而论，这里只是就其一般意义而言）。如果把《三国志·王粲传》取来同读，便很可以看出两个时代的差异。传中载王粲被曹操辟为丞相掾以后，有一次曹操置酒汉滨，王粲奉觞贺曰：

> 方今袁绍起河北，仗大众，志兼天下，然好贤而不能用，故奇士去之。刘表雍容荆楚，坐观时变，自以为西伯可规。士之避乱荆州者，皆海内之俊杰也；表不知所任，故国危而无辅，明公定冀州之日，下车即善其甲卒，收其豪杰而用之，以横行天下；及平江、汉，引其贤俊而置之

列位，使海内回心，望风而愿治，文武并用，英雄毕力，
此三王之举也。

也是吹捧，但并无拍马屁的味道；而且话说得很气派，有战国
策士之风，读来令人神旺。王粲等人当年同曹丕兄弟"行则同
舆，止则接席"，"每至觞酌流行，丝竹并奏，酒酣耳热，仰而
赋诗"（曹丕《与吴质书》），组成一个"邺下文人"的集团，
也颇像贾谧的"二十四友"，但何曾听到"望尘而拜"这类
事！王、潘之优劣并不仅仅是人品不同，实在也是社会风气有
以致之。为了证明这点，我们且摘引一些诗句来看看：

　　赫赫大晋，奄有万方，陶以仁化，曜以天光。（张华
《祖道征西应诏诗》）
　　年丰物阜，丰禋孝祀。……有肉如丘，有酒如泉，有
肴如林，有货如山，率土同欢，和气来臻，祥风叶顺，降
祉自天，方隅清谧，嘉祚日延。与民优游，享寿万年。
（傅咸《大蜡诗》）
　　光我晋祚，应期纳禅，位以龙飞，文以虎变……峨峨
列辟，赫赫虎臣。内和五品，外威四宾。（应贞《晋武帝
华林园集诗》）
　　荡荡大晋，奄有八荒。畿服既宁，守在四疆。桓桓诸
侯，镇彼遐方，变文膺武，虎步龙骧。（挚虞《赠褚武良
以尚书出为安东》）
　　时文惟晋，世笃其圣。钦翼昊天，对扬成命。九区克
咸，讴散以咏。（陆机《皇太子宴立圜猷堂有令赋诗》）
　　于皇时晋，受命既固，三祖在天，圣皇绍祚，德博化

光，刑简枉错。（潘岳《关中诗》）

我政既平，我化惟嘉，肃之斯威，绥之斯和，卓公化密，国侨相郑。名垂载籍，勋加百姓。（潘尼《献长安君安仁》）

于明圣晋，仰统天绪，易以明险，简以识阻。（王赞《侍皇太子宴始平王》）

朝钦厥庸，出尹京畿。回授大仆，四牡骈骈。绿耳盈箱，翠华葳蕤。勋齐庭实，增国之辉。（孙楚《太仆座上诗》）

以上不过是在太康诗人的诗中随便摘取几句，这样的诗还多着呢。大量的应诏诗、侍坐诗、祖道诗、赠答诗、公燕诗充斥他们的集中，作品多半是这类东西。有的诗人（如陆云），集中除了这一类诗外，几乎就没有别的诗。建安诗人也写了很多"怜风月、狎池苑、述恩荣、叙酣宴"的侍坐诗、公燕诗、赠答诗，太康诗人正是继承这一传统而变本加厉的。但是建安诗人是"慷慨以任气，磊落以使才"，太康诗人却是用来歌功颂德，吹牛拍马，真所谓貌同而神异。试取曹植的《公宴》、《斗鸡》、《送应氏》、《赠丁仪》、《赠徐幹》、《赠王粲》、《赠白马王彪》读读，不难感到那味道同上引各诗是何等的不同了。

读太康诗文，还有一个突出的感觉是，闪烁在建安文学中的那种打破传统，勇于立新的解放精神、创造精神几乎看不到了，倒有一种保守的倾向出现了。即以形式一端而论，建安诗人大胆模仿、采用、学习乐府民歌，尝试用各种体裁来写作，对于传统的四言，他们就用得较少（曹操是例外，他实际上是旧传统的结束者）；翻翻太康诗人的集中，却发现他们乐府写得很少（傅玄、陆机是例外），而四言倒显著地多起来。有的诗人几乎全用四言来写作，例如陆云，丁福保所辑的《全汉三国晋南北朝诗》收他的诗约三十首，其中四言二十四首，占五分之四；又如傅咸，共收二十一首，四言十八首，占七分之六。又如赋，建安作家写得不少，但几乎全是抒情小制；晋初赋风格外炽盛，太康作家除了继续写小赋外，还写了不少规摹汉人的大赋，例如潘岳的《西征赋》、《籍田赋》、《笙赋》、《射雉赋》，成公绥的《啸赋》，木华的《海赋》，最著名的当然是左思"精思十年"而作的《三都赋》，篇中主客问答，穷极铺张，纯然是两汉遗风。而"豪贵之家竞相传写，洛阳为之纸贵"（《晋书·文苑传》），孙绰甚至说："三都二京，五经鼓吹。"（《世说新语·文学》）这种对于旧形式的爱好和向着旧时代的回复，同整个社会思潮趋向保守是一致的，也同他们诗文内容的变化分不开，例如前面举的那些歌颂粉饰之作几乎全是"雍容典雅"的四言，这当然不是偶合。从五言诗来看，则文人化的程度比起阮籍的时代进一步加深了，而且开始向"典雅"的方向发展，向雕琢的方向发展，陆机是这一方面的代表，下一章还要谈到。建安五言"毗于乐府"，"不离闾里歌谣之质"，明朗、自然、清新，社会内容丰富，生活气息浓厚，太康便渐渐失去这些宝贵的特色了，这当然也是门阀士族阶级取得政治、经济、文化各方面的绝对垄断权以后逐渐脱离社会、脱离人民的状况在文学中的必然反映。

建安文学尚情的倾向，太康作者倒是继承下来了，甚至还有发展，不过，"情"的内容却随着时代的变化而起了变化。例如同是写美女的诗，我们可以拿傅玄的《艳歌行有女篇》和曹植的《美女篇》来比较：

傅诗：

　　有女怀芬芳，媞媞步东厢。蛾眉分翠羽，明目发清扬。丹唇曜皓齿，秀色若珪璋。巧笑露权辅，众媚不可详。客仪希世出，无乃古毛嫱。头安金步摇，耳系明月珰。珠环约素腕，翠爵垂鲜光。文袍缀藻黼，玉体映罗裳。容华既已艳，志节拟秋霜。徽音冠青云，声响流四方。妙哉英媛德，宜配侯与王。灵应万世合，日月时相望。媒氏陈素帛，羔雁鸣前堂。百两盈中路，起若鸾凤翔。凡夫徒踊跃，望绝殊参商。

曹诗：

　　美女妖且闲，采桑歧路间，柔条纷冉冉，落叶何翩翩；攘袖见素手，皓腕约金环，头上金爵钗，腰佩翠琅玕。明珠交玉体，珊瑚间木难。罗衣何飘飘，轻裾随风还。顾盼遗光彩，长啸气若兰。行徒用息驾，休者以忘餐。借问女何居，乃在城南端，青楼临大路，高门结重关。容华耀朝日，谁不希令颜？媒氏何所营？玉帛不时安。佳人慕高义，求贤良独难。众人徒嗷嗷，安知彼所观？盛年处房室，中夜起长叹。

　　二诗在主题、结构、表现手法乃至语言、词藻、篇幅上都很相似，傅诗明显是模仿沿袭曹诗，艺术性则不及曹诗，这些诗都是借美人以托兴，曹诗结穴在"佳人慕高义，求贤良独难"及"盛年处房室,中夜起长叹"四句,傅诗结穴在"妙哉英媛德,宜配侯与王"及"凡夫徒踊跃,望绝殊参商"四句。结合曹植的生平和志向,我们不难体会他那种急切地要为国效力,建功立业,然而却横遭猜忌,不得自试,因而忧愤无端的感情。傅诗呢?傅诗所表达的顶多不过是"待价而沽"、"择主而仕"之情而已。两首各方面都近似的抒情诗,所抒的情却显然并不一样,仅仅是人的差异吗?还有一点可以点出的是,曹诗脱胎于古乐府《陌上桑》,傅诗脱胎于曹诗,曹诗的主题虽已不同于古辞,但写的还是一个采桑的劳动妇女,而傅诗所写的却纯然是一个贵族妇女,民歌的特色已经丧失殆尽了。从古乐府到曹诗到傅诗这个变化的历程,不仅很鲜明地反映了五言诗文人化程度的逐步加深,而且很清楚地说明了太康诗人比起建安诗人来,离开社会,离开人民的距离远得多了。

我们不妨再把张华的《博陵王宫侠曲二首》之二同曹植的《白马篇》来做个比较,这两首诗都是写壮士的。

张诗:

> 雄儿任气侠,声盖少年场。借友行报怨,杀人租市旁。吴刀鸣手中,利剑严秋霜。腰间叉素戟,手持白头镶。腾超如激电,回旋如流光。奋击当手决,交尸自纵横。宁为殇鬼雄,义不入圜墙。生从命子游,死闻侠骨香。身没心不惩,勇气加四方。

曹诗:

> 白马饰金羁,连翩西北驰。借问谁家子,幽并游侠

儿。少小去乡邑，扬声沙漠垂。宿昔秉良弓，楛矢何参差。控弦破左的，右发摧月支。仰手接飞猱，俯身散马蹄。狡捷过猴猿，勇剽若豹螭。边城多警急，虏骑数迁移。羽檄从北来，万马登高堤。长驱蹈匈奴，左顾陵鲜卑。弃身锋刃端，性命安可怀？父母且不顾，何言子与妻？名在壮士籍，不得中顾私。捐躯赴国难，视死忽如归。

请看这两个壮士形象是多么不同！曹植写的是一个真正的国殇式的英雄，有着捐躯报国的壮志和视死如归的精神；张华的诗尽管有"宁为殇鬼雄"和"身没心不惩"这类句子，但实际上刻画出来的只是替朋友报私怨，乱砍乱杀的都市"好汉"的形象。为什么有这样的不同呢？难道不是建安和太康两个时代的差异所造成的吗？也许读者会说，曹诗是自况，张诗是观人，那么好，我们再来看张华另一首诗《壮士篇》吧：

天地相震荡，回薄不知穷。人物禀常格，有始必有终。年时俯仰过，功名宜速崇。壮士怀愤激，安能守虚冲。乘我大宛马，抚我繁弱弓。长剑横九野，高冠拂云穹。慷慨成素霓，啸咤起清风。震响骇八荒，奋威曜四戎。濯鳞沧海畔，驰骋大漠中。独步圣明世，四海称英雄。

这首诗当是张华的某种自况吧，其中壮士的形象也同曹植《白马篇》中所写的形象更接近些，但是两首诗所流露出来的感情却仍然有很大的差异。曹诗说："弃身锋刃端，性命安可怀？""名在壮士籍，不得中顾私。"张诗说："年时俯仰过，功名宜速崇。壮士怀愤激，安能守虚冲？"曹诗说："捐躯赴国难，视死忽如归。"张诗说："独步圣明世，四海称英雄。"二人志意、情趣之高下，不是昭然若揭吗？

建安诗人几乎全都经过社会动乱的洗礼，他们生活在一个"世积乱离，风衰俗怨"的时代，自己又或是半生戎马，或是备尝忧患，他们的感情同那个动荡多事的时代息息相通，因而他们那些"侈陈哀乐"的作品也就不仅仅只是一己感情的宣泄，而是有着丰富的时代内容，有着一定的人民性的。太康诗人则不然，他们大都出身世家，生长在一个"承平"的时代，没有尝过乱离之苦，他们不具备建安诗人那样的"情"，文化是他们的祖传专利品，由于家庭的教养，父兄的传授，往往年轻时就以诗文知名，相互之间以文才相高。长大后则依附权贵，跻身于统治贵族之列。文学才能是他们为权贵服务的手段，也是他们用以猎取功名富贵的资本，他们需要大量地作"文"，但却没有大量的、真实感人的、与人民相通的"情"，所以尽管他们也懂得"以情纬文"，甚至很强调"以情纬文"，但"以情纬文"的建安传统终于在太康诗人手上失了色，变了质，以致于常常被人批评为"浅于情"，这也许是他们自己始料所不及的。

但是在写儿女之情这一方面，太康作者倒是完全继承了曹丕、曹植等人的传统，并且"踵其事而增华，变其本而加厉"了。建安诗人中曹氏兄弟是擅长写男女相恋和离别之情的，前面已经提到过，太康诗人则普遍善言儿女之情，例如张华，钟嵘说他"儿女情多"，他集中《情诗五首》、《杂诗三首》都是颇为感人的言情诗，试举一首来看看：

游目四野外，逍遥独延伫，兰蕙缘清渠，繁华萌绿渚。佳人不在兹，取此欲谁与？巢居觉风飘，穴处识阴雨。未曾远别离，安知慕俦侣？

《情诗五首》作夫妇赠答之辞，这是第五首，男答女，首二句发端，同时隐含孤独之意，三四句触物起兴，"佳人不在兹，取此欲谁与？"语气很平和，而感情却非常深挚，七八句以比喻引出结尾两句，将诗意推进一层，"未曾远别离，安知慕俦侣？"正是反射自己现在已经深深懂得离别的况味了，全诗真挚、含蓄，格调、意境都高，是言情诗的上乘。

又如傅玄，陈沆《诗比兴笺》云："昔人称休奕（傅玄字）刚正疾恶而善言儿女之情"，丁福保所辑《全汉三国晋南北朝诗》收傅玄诗六十四首，其中"言儿女之情"的诗就有二十一首，占三分之一，而且其中不乏佳作，如：《短歌行》、《苦相篇豫章行》、《饮马长城窟行》、《吴楚歌》、《西长安行》、《车遥遥篇》、《昔思君》、《拟四愁诗四首》、《云歌》等篇都是情文并优的。尤其难得的是他能替处于弱者地位的妇女说话，同情她们的不幸遭遇，指责男子负心二德，代他们喊出心中的不平，因而他这一类诗就有着较强的思想意义和较多的社会内容。应当说，在这一方面，太康诗人中只有傅玄是继承了建安优秀传统并有所发扬。他的《苦相篇豫章行》展示了一个女子从初生至于婚后的悲酸命运，是我国封建社会中所有女子人生遭遇的完整概括，这首诗为人们所熟知，不多说了。我们来看一首不大为人所提到的诗：

长安高城，层楼亭亭。干云四起，上贯天庭，蜉蝣何整，行如军征，蟋蟀何感，中夜长鸣。蚍蜉愉乐，粲粲其荣，寤寐念之，谁知我情？昔君视我，如掌中珠；何意一朝，弃我沟渠！昔君与我，如影如形；何意一去，心如流星！昔君与我，两心相结，何意今日，忽然两绝！

这首诗前半触物兴情，后半连用三个排比句写出今昔对比，然后戛然而止，不着半句议论，而读来惊心动魄，女子的忧愤、男人的负心都已淋漓尽致了。傅玄还有的诗写对爱情的忠诚和对真挚爱情的向往，如《车遥遥篇》、《拟四愁诗四首》、《朝时篇怨歌行》，也都很感人。又有写思念、猜疑、犹豫之情的，如《吴楚歌》、《西长安行》，也曲折尽意。陈沆说这些诗都有所寄托，那或许是对的，但似乎也不必过于深求，就作爱情诗读有何不可呢？

再如潘岳，黄子云《野鸿诗的》云："安仁情深而冗繁，唯《顾内诗》独悲云云一首，《悼亡诗》曜灵云云一首，抒写新婉，余罕佳构。"今按《顾内》、《悼亡》二诗都不出"言儿女之情"的范围，潘岳集中现在还可以读读的也正是这几首诗，《悼亡诗》人所共知，我们且取《顾内诗》第二首来看看：

独悲安所慕，人生若朝露。绵邈寄绝域，眷恋想平素。尔情既来追，我心亦还顾。形体隔不达，精爽交中路。不见山上松，隆冬不易故。不见陵涧柏，岁寒守一度。无谓希见疏，在远分弥固。

这里所抒发的对妻子的思恋之情是真挚的，尤其在男尊女卑，男性视女性为玩物的封建社会里，"在远分弥固"的表白就弥觉珍贵。用松柏耐寒来比喻对爱情的坚贞，也堪称创获。潘岳集中尚有《哀诗》、《寡妇赋》，也都是这一类作品。

不是寄兴式的香草美人之思，而是直接地抒写夫妇男女之情，这传统也许要追溯到东汉秦嘉、徐淑夫妇的赠答诗，苏伯玉妻的《盘中诗》（一说傅玄作），建安时代多起来，而太康则似乎已很普遍了，有的诗就干脆题名为"伉俪"（例如嵇含就有一首题为"伉俪"的诗）。《世说新语·文学篇》载："孙子荆除妇服，作诗以示王武子。王曰：'未知文生于情，情生于文，览之凄然，增伉俪之重。'"孙楚这首诗现在尚存，全诗是："时迈不停，日月电流，神爽登遐，忽已一周，礼制有叙，告除灵丘。临祠感痛，中心若抽。"这诗实在不怎么样，但王济的话却很有点"时代意义"，说明太康时门阀士族阶级对于夫妇男女之情的看重，这也预示着一种"未来趋势"呢。

钟嵘说张华的诗"儿女情多，风云气少"（《诗品上》），其实倘将这八个字移来作太康诗人在抒情这方面的总按语也很合适，尤其同建安比较而言，更是确切不移。太康文学继承了建安文学尚情的特色，而情的内容有不同，这不同之处正表现在上述一多一少上。

至于在建安文学中刚冒了一点头的唯美倾向在太康文学中则以很快的速度发展起来，开始形成一个潮流。这是因为出身高贵，毕生在上流社会周旋的太康文人，没有丰富的社会阅历和广阔的精神世界，但又要以文才相高，当然就必须也只好在形式技巧上多下功夫了。这方面他们有十分优越的条件：第一，他们从小就在家庭里受到良好的文化熏陶，长大后又有优裕的经济基础可以让他们遨游在文学的园地里而不要操心衣食；第二，有先秦诗骚、两汉辞赋，特别是年代不远的建安与正始作家的丰富遗产可资学习揣摩、涉猎取用；第三，太康正处在建安诗歌复兴之后，流风未沫，建安诗人既为他们做出了榜样，又在加工程度上（特别是艺术技巧和形式美方面）给他们留下了可显身手的余地，尤其是五言诗，建安诗人主要做的是开疆拓土的工作，太康诗人正可以在那上面精耕细作；第四，他们生活中必不可少的宫廷唱和与上层应酬也在一定程度上给他们提供了驰骋文字技巧的天地，于是我们就看到，像用典隶事、排比对偶、词藻华艳、声调和谐、练字练句，这些中国古典文学的形式美方面的讲求，在建安时代开始由不自觉到自觉，但多少还带几分朦胧的色彩，到太康时代则普遍自觉起来了，有的作家（例如陆机）已经在刻意追求，并且这种追求还逐渐系统地反映到文学理论中来，例如《文赋》。

这种风气使诗文风格有了显著的变化：昭晰渐变为繁缛，华丽渐变为绮靡，壮大渐变为工巧，也就是更讲究"好看"。其间有因有革，或变本加厉，或踵事增华。总之，太康文学即使从纯粹的艺术风格这个角度来看，也已经同建安文学有许多的不同了。关于太康文学在艺术风格这方面的变化前人已经论及，例如前引刘勰《文心雕龙·明诗》篇的话，其中说"流靡自妍"，正是指的由华丽走向绮靡；说"缛于正始"则是指由昭晰渐趋繁缛，说"柔于建安"，说"析文为妙"，则是指由壮大渐变为工巧。总的趋势是"稍入轻绮"（稍、渐也），即在形式美方面表现出一种比建安、正始更为精巧细密的风格，同时却失去了建安、正始文学那种慷慨动人的力量。又前引沈约《宋书·谢灵运传论》的话，说潘陆的艺术风格是"缛旨星稠，繁文绮合"，这八个字可以说把晋初文风之渐入繁缛、绮靡、工巧都包括进去了。

太康诗人在文学形式美方面的努力以及因此取得的成就是应当给以充分的肯定的。至于与此相连的文风的变化也是魏晋文学中十分值得重视的现象，因为它对于后来的六朝文风影响甚大，六朝文人正是沿着太康作家所开辟的道路前进，并且愈走愈远的。关于这一点下章还要通过陆机作更具体的分析，因此这里就从略了。

第三章　陆机

在太康这个转折点上，领袖当时文坛，在实践和理论两方面都肇开新风的人物，首推陆机。

前人谈到太康文学，每举潘陆为代表。潘陆并称，潘居陆前，是因为潘比陆年长十三岁，宦达较早，又列贾谧二十四友之首的缘故。实际上，无论就才华的高低、作品的数量和质量、作品各体的完备程度以及在当时文坛上的地位和对后世的影响等各个方面来看，潘都不如陆。尤其是，陆机不仅有创作实践，而且有一篇完整的理论著作，也是中国文学史上第一篇最完整的理论著作，即《文赋》，这是潘岳所不能比拟的。此外，陆机出生于江左第一流高门，赫赫大名的陆逊、陆抗是他的祖父、父亲，在整个社会风气已十分注重门阀的晋初，这样的家庭背景自然会给他的才华加上一件更炫眼的外衣，使他的文名风流云走，遐迩皆知。我们只要看陆机还是一个初出茅庐的青年，就使当时已居显位的张华说出"伐吴之役，利获二俊"的话来，便可证明此点了。这样的背景条件也是潘岳所不具备的。

至于同时活跃在晋初文坛上的张华、傅玄、傅咸、夏侯湛、应贞、孙楚、挚虞、成公绥、张载、张协、张亢、潘尼、左思、陆云、欧阳建、束晳、王瓒、木华等人，代表性当然就更在潘陆之下了。这里面才力足以和潘陆相敌的只有张协和左思，但前者作品不如潘陆之丰富，影响亦不如潘陆之广远；后者虽别树一帜却不能代表当时文学的主要倾向。

因此，我们把陆机作为太康文学的主要代表人物是有充足理由的。通过对陆机的创作实践和创作理论的剖析，我们可以更具体更清楚地认识前章所论述的晋初文学风气的那些变化。有些问题，例如慷慨之气的消失和粉饰之风的出现，解放精神的消失和保守倾向的出现，尚情特色的继承和情的内容的变化，前章已经讲得较多，本章就从略；关于文学形式美和艺术技巧的追求，亦即唯美风气的发扬，前章已提及，尚未加以具体的说明，本章就力求详尽一点。

陆机在艺术风格上的明显特点是繁缛，这基本上是向有定评的。刘勰《文心雕龙·熔裁》篇云："士衡才优，而缀辞尤繁。"又《才略》篇云："陆机才欲窥深，辞务索广，故思能入巧，而不制繁。"又《体性》篇云："士衡矜重，故情繁而词隐。"又《哀吊》篇云："陆机之吊魏武，序巧而文繁。"又《议对》篇云："陆机断议，亦有锋颖，而腴词弗剪，颇累风骨。"《世说新语·文学》篇引孙兴公云："陆文若排沙简金，往往见宝。"又云"陆文深而芜"。又刘注引《文章传》载张华谓陆机曰："人之作文，患于不才，至子为文，乃患太多。"这都是说陆机诗文的繁缛的。甚至他的兄弟陆云也批评他这一点："兄文章之高远绝异，不可复称言，然皆欲微多，但清新相接，不以此为病耳。"又说："兄文方当日多，但文实无贵于多，多而如兄文者，人不厌其多也。"（《与兄平原书》）这不过是委婉一点罢了。

陆机的诗文究竟怎么个"繁"法？为了对此获得一个感性的认识，我们且从陆集中举诗、赋、文各一例来看看。先看一首诗：

> 玉衡固已骖，羲和若飞凌。四运循环转，寒暑自相承。冉冉年时暮，迢迢天路徵（当作澂）。招摇东北指，大火西南升。悲风无绝响，玄云互相仍。丰冰凭川结，零露弥天凝。年命特相逝，庆云鲜克乘。履信多愆期，思顺焉足凭？忼忾临川响，非此孰为兴？哀吟梁甫巅，慷慨独抚膺。（《梁甫吟》）

这诗的前半不过是说四时循环，今已岁暮而已，本来两句就足够了，而作者却写了十句之多。其中"玉衡"、"羲和"、"招摇"、"大火"都不过表示时序的迁移，显得既堆砌又拖沓。后半也不无可议，尤其是结尾一联，纯属蛇足。陈绎曾《诗谱》云："士衡才思有余，但胸中书太多，所拟能痛割舍，乃佳耳。"这话很有道理，倘将前诗删去一小半，成为下面这个样子：

> 四时循环转，寒暑自相承。冉冉年时暮，迢迢天路徵（当作澂）。丰冰凭川结，零露自相凝。年命特相逝，庆云鲜克乘。履信多愆期，思顺焉足凭？慷慨临川响，非此孰为兴？

岂不是好得多么？再来看一段赋：

> 伊天地之运流，纷升降而相袭。日望空以骏驱，节循虚而警立。嗟人生之短期，孰长年之能执。时飘忽其不再，老晼晚其将及。怨琼蕊之无征，恨朝霞之难挹。望阳谷以企予，惜此景之屡戢。悲夫，川阅水以成川，水滔滔而日度；世阅人而为世，人冉冉而行暮。人何世而弗新？世何人之能故？野每春其必华，草无朝而遗露。经终古而常然，率品物其如素。譬日及之在条，恒虽尽而不寤。

《叹逝赋》是陆集中较有内容较有分量的一篇赋。这一段从文字上看，确也写得很好。"日望空"二句警策动人；"时飘忽"六句音韵凄婉；"川阅水"六句对仗工巧，形象丰富；"譬日及"（日及，木槿花）二句更是比喻新颖而惊警。但是这一大段共二十四句只不过说了"人生几何"这一点并不太新的意思，不是"巧而繁"是什么呢？

诗赋如此，文也有此病。比如《吊魏武帝文》是陆集中有名的佳篇，它致慨于魏武的"曩以天下自任，今以爱子托人"，语含讥诮，读来觉情文并茂，但也嫌繁冗，试举其中一段：

> 悟临川之有悲，固梁木其必颠。当建安之三八，实大命之所艰。虽光昭于曩载，将税驾于此年。惟降神之绵邈，眇千载而远期。信斯武之未丧，膺灵符而在兹。虽龙飞于文昌，非王心之所怡。愤西夏以鞠旅，泝秦川而举旗。逾镐京而不豫，临渭滨而有疑。冀翌日之云瘳，弥四

旬而成灾。咏归途以反旆，登崤渑而揭来。次洛汭而大渐，指六军曰念哉。

这段文字不过是叙述建安二十四年曹操因出兵而得病的经过，实在与主题无大关系，应当略写，五六句就足够了，而陆机却写了二十二句。刘勰说它"序巧而文繁"，实在是中肯的批评。

繁缛只是一种现象，造成繁缛的原因乃在于作者不顾内容、情意的需要而片面追求形式上的绮靡、工巧。其实作者主观上也并不希望繁缛，陆机自己就明确地说过："要辞达而理举，故无取乎冗长。"（《文赋》）但是，既要追求形式上的好看，要"尚巧"，要"贵妍"（《文赋》），而又无丰足的情意以当之，便不可避免地走向繁缛。刘勰说："至魏晋群才，析句弥密，联字合趣，割毫析厘。然契机者入巧，浮假者无功。"（《文心雕龙·丽辞》）"割毫析厘"的结果，可能"契机入巧"，也可能"浮假无功"；情意丰足的时候便"契机入巧"，情意不足的时候便"浮假无功"。"浮假无功"的地方多了，诗文自然就显得繁缛了。这"浮假无功"的地方为什么不能删去呢？答曰：难以割爱。陆机《文赋》不是说吗："石韫玉而山辉，水怀珠而川媚，彼榛楛之勿剪，亦蒙荣于集翠。"为什么不剪去榛楛呢？因为那上面有翠鸟啊！

追求绮靡、工巧（或曰"轻绮"），即在形式美方面追求一种精巧细密的风格①，乃是那个时代的一般风尚，不独陆机

---

① "绮"与"靡"的本义都是"细绫"，引申为精细美好之意。《方言》："东齐言布帛之细者曰'绫'，秦晋曰'靡'。"郭注："靡，细好也。"又《文选·文赋》李善注云："绮靡，精妙之言。"

为然。所以刘勰说："晋世群才，稍入轻绮。"（《文心雕龙·明诗》）又说："晋虽不文，人才实盛：茂先摇笔而散珠，太冲动墨而横锦，岳湛曜连璧之华，机云标二俊之采，应傅三张之徒，孙挚成公之属，并结藻清英，流韵绮靡。"（《文心雕龙·时序》）而那时的文人，由于前章已讲过的原因，大都没有足够动人的情意，因而晋初的文风便普遍地陷于繁缛，也不独陆机为然。张华、潘岳、张协等人的诗文也都是既绮靡、工巧，又偏于繁缛的。只有左思、傅玄好像自拔于流俗之外，但左是气盛，傅是情丰，因而没有繁冗之弊，连绮靡、工巧也被掩盖了。其实我们只要把左、傅的诗同建安、正始诗歌对比着读，就不难看出它们也是在向着轻绮的方向走去的。

除了时代原因之外，就文学自身来看，这也是一种必然：在建安诗歌疆土既辟之后，随之而来的自然是精耕细作。对精巧细密风格的追求显示着作者们在语言上、表现技巧上刻意求工的努力。这种努力是应当肯定的，而且从长远来看，它的结果也是积极的。尽管由于太康作家的种种局限，这种努力产生了诸如繁冗纤巧、忽视内容等弊病，但我们还是应当具体分析，汲取精华，剔去糟粕，不要把孩子同洗澡水一起泼出去了。

下面我们就来看看太康作家在这方面的努力，仍然以陆机为代表。

综观陆机的全部诗文，语言上、表现技巧上刻意求工的痕迹是相当明显的（张华讥陆机"作文大治"，这"大治"就是太雕琢之意）；而其求工的手段则不外乎裁对、用事、敷藻、调声、练句，即后来骈文所特别讲究的几种功夫，应当说也是中国古典文学在追求形式美方面常用的几种手段。当然，这些手段也并非陆氏或其他太康作家始创，不过在他们那里已经发展到相当自觉和比较成熟的阶段，他们又以各自的艺术劳动丰富了这些手段的内容，使他们向着更完备、更精细的方向发展。

试以《豪士赋序》中间一段为例：

> 且夫政由宁氏，忠臣所为慷慨；祭则寡人，人主所不久堪。是以君奭鞅鞅，不悦公旦之举；高平师师，侧目博陆之势。而成王不遣嫌吝于怀，宣帝若负芒刺于背，非其然者与？嗟乎，光被四表，德莫富焉；王曰叔父，亲莫昵焉；登帝大位，功莫厚焉；守节没齿，忠莫至焉。而倾侧颠沛，仅而自全。则伊生抱明允以婴戮，文子怀忠敬而齿剑，固其所也。因斯以言，夫以笃圣穆亲，如彼之懿；大德至忠，如此之盛，尚不能取信于人主之怀，止谤于众多之口，过此以往，乌睹其可？安危之理，断可识矣。又况乎饕大名以冒道家之忌，运短才而易圣哲所难者哉！

这实在是一段很漂亮的文字，借古人故事说明功高震主，宠盛招祸的道理，真是淋漓酣畅，警策动人。辞采华赡、用事富博、组织工细、音调谐婉，是其显著的艺术特色。陆机在语言上刻意求工的努力在这里表现得非常明显。

首先，整段文字都是对仗工整的骈句，有两两相对的，也有两联相对的；句式有四有六，灵活间用。"政由宁氏，祭则寡人"，一个典故分用于两联，显得既工且巧。并且作者显然已经注意到音韵的调谐，如开头两联，以两字作一节，用平仄标示出来就是：

> 政由宁氏，忠臣所为慷慨；　　　　　—｜，——｜；

祭则寡人，人主所不久堪。　　　　　　｜一，｜｜一。

这已经是标准的律句了。我们完全有理由说陆机已开后世四六骈体之先河。有人说，陆机是骈文的创始者①，这并不确切，广义的骈文汉代已有。但那时多半是以散运骈，像《豪士赋序》这样通篇骈对，四六相间，注意用典隶事，注意对仗工巧，注意声韵调谐，陆氏倒的确是"始作俑者"。不过陆机这段文字每层小结的地方还适当运用了散句，所以读来只觉整饬而流畅，并无呆板滞塞之感，这是后世四六所不及的。

其次，这段文字用典很多，如卫献公、周公、霍光、伊尹、文种等人的故事，还用了许多古人的成言，如靸靸、师师之类，都各有特定的出处。借助古人的故事或成言来表达自己的思想，是陆机诗文的一个普遍特色。这当然也是古已有之的，阮籍《咏怀诗》用古人故事就特别的多。但陆机在用古事古典上有一个显著的特点，就是不只是叙述这些典故，由此生出教训或引出自己的意思，而且用特定的成言把这些典故巧妙地组织在自己的叙述或议论中，起一种暗示、提醒、替代的作用，像"政由宁氏"四句便是典型的例子。这些成言所包含的内容，不是从文字本身的含义就能完全懂得的，而要联系整个故事背景才能理解。这样一方面增加了文字的深刻和表现力，一方面也增加了语言的曲折和隐晦。刘勰说他"才欲窥深，辞务索广"（《文心·才略》）当是指的这种倾向。不过，单就本段文字而言，虽然连用了许多典故，但始终以周公、霍光二事

---

① 见郭绍虞《中国文学批评史》，上海：上海古籍出版社，1979年，第46页。

为主，紧扣所要说明的主题，所以并不给人一种堆砌的感觉，而只觉得酣畅淋漓，这是陆氏成功之处。

陆机在语言技巧上刻意求工的例子还很多，我们无需一一列举。这里我想就排偶再多谈几句。

偶对本是古代汉语的词汇绝大部分由单音构成这一特点必然产生的一种现象。它开始是在语言中自然出现，所谓"高下相须，自然成对"。因为偶对的句子整齐，易上口，易记忆，偶一出现，有警动读者的效果，所以后来便被文人们作为一种修辞手段有意识地运用起来。诗赋句式整齐，因此偶对首先多出现在诗赋中，《诗经》中像"汉之广矣，不可咏思；江之永矣，不可方思"这样的排偶句已很有一些了，尤其是赋，因为重铺张，更宜于使用这种句式。在司马相如、扬雄、班固等人的赋中我们可以找出许多偶对的句子。到曹植的作品里，这种现象更为普遍。比如《洛神赋》中间描写宓妃外貌的一段（从"其形也"起至"奇服旷世，骨象应图"止）便大部分是工整的对偶句，不过并不显出着意追求的痕迹，又因为是用在全赋中关键的地方，所以效果很好。

散文中间用骈句，也是其源甚古。《尚书·大诰》中的"谦受益，满招损"，《易传·文言》中的"水流湿，火就燥；云从龙，风从虎"都是骈句，其后战国纵横家的文章中已有相当多的骈句。秦汉时李斯《谏逐客书》、贾谊《过秦论》骈句更多。到东汉班固的《汉书》已以"善用复"（王闿运《湘绮楼集·答陈深之论文》）著称，其论赞部分几乎大都是通篇齐整骈对的。建安时代骈文已是习见的文体，尤其是在书信、论赞、表诔中。曹植集中此体尤多，几乎所有的书、论、表都是骈体，其著者如《与司马仲达书》、《与杨德祖书》、《与吴季重书》、《汉二祖优劣论》、《相论》、《魏德论》、《求自试表》、《求通亲亲表》、《陈审举表》都是。其他如曹丕的《典论·论文》、《与吴质书》，陈琳的《为袁绍檄豫州》、《檄吴将校部曲》、《为袁绍与公孙瓒书》，阮瑀的《为曹公作书与孙权》；王粲的《为刘荆州与袁谭书》、《为刘荆州与袁尚书》，应玚的《弈势》等等都是有名的骈文。兹录曹植《与吴季重书》开头一段，以见一斑：

> 若夫觞酌凌波于前，簫笳发音于后，足下鹰扬其体，凤观虎视，谓萧曹不足俦，卫霍不足侔也。左顾右盼，谓若无人，岂非君子壮志哉！过屠门而大嚼，虽不得肉，贵且快意。当斯之时，愿举太山以为肉，倾东海以为酒，伐云梦之竹以为笛，斩泗滨之梓以为筝，食若填巨壑，饮若灌漏卮。其乐固难量，岂非大丈夫之乐哉！然日不我与，曜灵急节，面有逸景之速，别有参商之阔。思欲抑六龙之首，顿羲和之辔，折若木之华，闭蒙汜之谷。天路高邈，良久无缘。怀恋反侧，何如何如！

这段骈文气势充沛，声色俱豪，读来有破竹之快。这根本的原因当然在于作者身上所具有的（也是时代所赋予的）那种慷慨纵横的气质；表现在语言自身的特色上则是骈散兼行、以奇带偶、随势变异的句法，其骈对部分也不着意于对偶的工巧，所以既具匀称之美，又有舒畅之气。这也正是建安骈文的普遍特色。

五言诗因为后起，建安时才从民歌蜕体不久，文人雕琢尚少，所以偶对并不多见。但在曹植的某些诗中也出现了很多工整的对偶句，例如《情诗》：

> 微阴翳阳景，清风飘我衣。游鱼潜绿水，翔鸟薄天
> 飞。眇眇客行士，徭役不得归。始出严霜结，今来白露
> 晞。游子叹黍离，处者歌式微。慷慨对嘉宾，凄怆内伤
> 悲。

十二句中就有六句是对偶的，其中"游鱼"、"始出"二联平仄也都完全合律，这也许是沈约说的"暗与理合，匪由思致"（《宋书·谢灵运传论》）吧。

在这方面陆机有什么特别的地方呢？或者说他在前人的基础上有些什么发展呢？

陆机与前人不同，或说发展了前人的地方在于：第一，他把排偶作为主要的修辞手段广泛地运用到诗、赋、文各体中，排偶成分在他的作品中所占的比重比他以前任何一个作家都大。第二，他往往有意"用复"，把一意展作两句，以构成偶对，已经不是前人那种较为自然的偶对了。第三，较多使用四六相间的句式进行偶对（在文与赋中）。第四，陆文中骈句增加，散句减少，建安中以散运骈的风气在陆文中已不多见了。第五，比前人更有意识地在运用排偶的同时使用用事、敷藻、调声等修辞手段。第六，他的偶对比前人更讲究工整。

前文已举了《豪士赋序》一文为例，现在再来看一些诗赋的例子。

陆集中几乎完全没有骚体赋，这可能是他偏爱句式整对的心理的一种反映。他有许多赋开头就用很工整的对偶句起，这在前人是极少见的。如"悲桑梓之悠旷，愧蒸尝之弗营。"

（《思亲赋》）"武定鼎于洛汭，胡受瑞于汝坟。"（《遂志赋》）"背故都之沃衍，适新邑之丘墟。"（《怀土赋》）"背洛浦之遥遥，浮广川之裔裔。"（《行思赋》）"时方至其悠忽，岁既去其婉晚。"（《愍思赋》）"挟至道之容微，狭流俗之纷沮。"（《凌霄赋》）"情易感于已揽，思难戢于未忘。"（《述思赋》）"有轻虚之艳象，无实体之真形。"（《浮云赋》）几乎占他全部赋（廿五首）的三分之一。曹植赋中也有一部分是以偶句起头的，但都是若有意若无意，半对半不对，这样着意工整的偶句却没有。至于工整的对偶句用于赋的中间在陆机就更多了。如《思归赋》共三十句，工整的对偶句就有十四句之多，几乎占了一半。而曹植一首内容相似的《归思赋》共十句，工整的对偶句不过两句，只占五分之一。

五言诗中有意大量地使用排偶，陆机或许是第一人，或者更准确地说，是首批作家之一。试检陆集五言诗，工整的对偶句几乎无篇无之，有不少篇甚至超过半数。像《赠弟士龙一首》共十句，除末二句外，其余八句都是工整的对偶句。又如《赠尚书郎顾彦先二首》之二共十四句，有十句是工整的对偶句；《于承明作与士龙》共二十二句，有十四句是工整的对偶句；《苦寒行》共二十句，有十句是工整的对偶句。此外尚多。

这些工致的偶句，或者用来写景，如"轻条像云构，密叶成翠幄。激楚伫兰林，回芳薄秀木。"（《招隐诗》）"凝冰结重涧，积雪被长峦。阴云兴岩侧，悲风鸣树端。"（《苦寒行》）"和风飞清响，鲜云垂薄阴。蕙草绕淑气，时鸟多好音。"（《悲哉行》）"回渠绕曲陌，通波扶直阡。""嘉谷垂重颖，芳树发华颠。"（《答张士然》）"山泽纷纡余，林薄杳阡眠。""虎啸深谷底，鸡鸣高树颠。"（《赴洛道中作二首》）或者用来写人，如"美目扬玉泽，蛾眉像翠翰。""金雀垂藻翘，琼佩结瑶瑶。""馥馥芳袖挥，泠泠纤指弹。"（《日出东南隅行》）或者用来抒情叙事，如"目感随风草，耳悲咏时禽。"（《悲哉行》）"思乐乐难诱，曰归归未克。"（《赴洛二首》）"永叹遵北渚，遗思结南津。""振策陟崇丘，案辔遵平莽。""夕息抱影寐，朝徂衔思往。"（《赴洛道中作二首》）"假翼鸣凤条，濯足升龙渊。"（《吴王郎中时从梁陈作》）也有的用来议论说理，如"天损未易辞，人益犹可欢。""福钟恒有兆，祸集非无端。"（《君子行》）"天道有迁易，人理无常全。"（《塘上行》）"寸阴无停晷，尺波岂徒旋。"（《长歌行》）"规行无旷迹，矩步岂逮人。"（《长安有狭邪行》）

应当说，陆机的排偶句中有不少秀句或警句，不仅对仗工致、音韵谐婉（有的平仄协调，俨然律句，如上举"激楚"二句，"福钟"二句，"规行"二句），而且或描写精细（如"轻条"二句，"嘉谷"二句），或气象雄浑（如"凝水"二句），或概括力强（如"天道"二句），或新警动人（如"寸阴"二句），或清新自然（如"和风"四句，"虎啸"二句）。但也不可避免地存在许多疵累，即使在我们上举的这些陆集中较佳的偶句中，可议的地方也已不少。如"夕息"二句颇伤纤巧；"美目"二句俗而不雅，"天损"二句枯燥呆板；"寸阴"二句、"规行"二句、"回渠"二句、"假翼"二句实际上都是一意展作两句，多少有"合掌"之嫌。这一方面是陆机才力不足所致，一方面也是偶对这种修辞手段尚未发展到十分成熟阶段的必有现象。

由于大量地运用排偶于诗文各体以追求文字的富丽精工，这就使得陆机的作品一则趋于绮靡工巧，一则趋于繁缛雕饰。

从艺术风格这个角度来看，大量运用排偶是建安文风变为太康文风的关键，也是诗文从古体趋向近体的关键之一。沈德潜《说诗晬语》云："士衡旧推大家，然通赡自足，而绚彩无力，遂开出排偶一家。降自齐、梁，专工对仗，边幅复狭，令阅者白日欲卧，未必非陆氏为之滥觞也。"这话有相当道理，但不全面。排偶不自陆机始，陆机只是把它大量地广泛地运用于各体罢了。但就诗而言，陆机则的确是"开出排偶一家"的巨擘，梁陈"专工对仗"也确从此发源，但南朝文风颓靡，责任不在陆机。作为修辞手法，排偶更是无可厚非，它丰富了古代汉语的表现能力，推动了诗文各体的新变，这有什么不好呢？沈氏《古诗源》又云："谢康乐诗亦多用排，然能造意，便与潘陆辈迥别。"这就道出问题的关键了，排偶不一定不好，排偶而不能"造意"，才是真正值得指责的。

还应当指出的是，太康作家大都喜欢排偶，并非只有陆氏一人如此。例如潘岳，他诗赋中就有很多排偶句，不少五言诗对偶句也超过半数。试看《在怀县作二首》之一：

> 南陆迎修景，朱明送末垂。初伏启新节，隆暑方赫曦。朝想庆云兴，夕迟白日移。挥汗辞中宇，登城临清池。凉飙自远集，轻襟随风吹。灵圃耀华果，通衢列高椅。瓜瓞蔓长苞，姜芋纷广畦。稻栽肃芊芊，黍苗何离离。虚薄乏时用，位微名日卑。驱役宰两邑，政绩竟无施。自我违京辇，四载迄于斯。器非廊庙姿，屡出固其宜。徒怀越鸟志，眷恋想南枝。

此诗共二十六句，开首十六句都是对偶句。其中"南陆"与

"朱明"、"伏"与"暑"、"飙"与"风"、"果"与"瓜"都有犯复之嫌。

又如张协，他有名的《杂诗十首》中就有五首对偶句在半数以上。他另有一首《杂诗》更典型，几乎通篇都是工整的对偶句：

> 太昊启东节，春郊礼青祇。鹰化日夜分，雷动寒暑离。飞泽洗冬条，浮飙解春澌。彩虹缨高云，文虹鸣阴池。冲气扇九垠，苍生衍四垂。时至万宝成，化周天地移。

即使是文风同潘陆很不相同的作家，例如左思，在追求排偶这一点上同潘陆也并无大异。左思最著名的八首《咏史诗》，其中有五首排偶句都在一半以上。例如"左眄澄江湘，右盼定羌胡"、"世胄蹑高位，英俊沉下僚"、"振衣千仞冈，濯足万里流"等等，不也都是很工整的对偶句吗？不过因为这些诗句感情强烈，笔力充沛，又能"造意"，读来只觉情丰意足，应接不暇，便忘记作者对于语言的修饰了。此外，我们发现左思的排偶有两个特点是潘陆所不具备的，其一是左思注意到使对偶句的意思尽可能向纵的方向进展，避免在横的方向平列，如"郁郁涧底松，离离山上苗，以彼径寸茎，荫此百尺条。""被褐出阊阖，高步追许由。振衣千仞冈，濯足万里流。"其二是左思常常使用两联相对的办法。即四句组成一对，如"吾希段干木，偃息藩魏君；吾慕鲁仲连，谈笑却秦军。""贵者虽自贵，视之若埃尘；贱者虽自贱，重之若千钧。""主父宦不达，骨肉还相薄；买臣困樵采，伉俪不安宅。""习习笼中鸟，举翮触四隅；落落穷巷士，抱影守空庐。""饮河期满腹，贵足不愿余；巢林栖一枝，可为达士模。"（以上均见《咏史诗》）"明月出云崖，皎皎流素光；披轩临前庭，嗷嗷晨雁翔。"（《杂诗》）（陆机文中有这种对法，见前引《豪士赋序》，但诗中没有）这样的对偶句，便显得一气贯注，而无俳弱纤细之感。直到唐以后，诗人们才总结出这两种句法，前者称之为"流水对"，后者称之为"扇对"或"隔句对"。可见左思不是不求语工，而是比潘陆辈更为高明。

钟嵘《诗品序》云："陈思为建安之杰，公幹、仲宣为辅；陆机为太康之英，安仁、景阳为辅"。《诗品》论陆机，"其源出于陈思"，潘岳，"其源出于仲宣"，张华、张协，"其源出于王粲"，左思，"其源出于公幹"。这些都说明太康文学正是从建安文学发展过来的，二者有着明显的继承关系。但同样也有明显的不同，前面已经说过一些了。现在我们试把"太康之英"的陆机同"建安之杰"的曹植再作一个比较，或者更有助于说明一些问题。

综观中外文学史，我们不难发现这样一种现象：在新旧交替的转折时代里，往往同时（或稍先后）出现两个伟大的人物，一个是旧传统的结束者，一个是新风气的开创人。建安三曹中，曹操就扮演着前者的角色，以"收束汉音"，而曹植则是后者，以"振发魏响"。建安文学之"革易前型"，其表征主要是在曹植的诗文中，其功劳也应当主要记在曹植的身上。比如五言诗，这是当时的新兴诗体，曹植便作得最多，他的诗绝大部分是五言；而曹操不过做了八首五言，不到他的诗作的三分之一，成就也不如他自己的四言。以品藻五言诗为目的的《诗品》把曹操置于下品，虽引起后世许多人的不平，其实是颇为自然的。

正因为曹植是新风气的开创者，所以他同太康诗人的亲缘关系最近。太康文风的许多特征，我们可以在曹植的作品中找到它们的前期形态。

曹植诗文向以华美富赡、音韵谐婉著称。钟嵘说他的诗"词采华茂"，华即华美，茂即富赡。陈祚明《采菽堂古诗选》卷六说："子建既擅凌厉之才，兼饶藻组之学，故风雅独绝。""藻组"自然也指华茂而言。又张戒《岁寒堂诗话》说："观子建'明月照高楼'、'高台多悲风'、'南国有佳人'、'惊风飘白日'、'谒帝承明庐'等篇，铿锵音节，抑扬态度，温润清和，金声而玉振之，辞不迫切而意已独至，与三百篇异世同律，此所谓韵不可及也。"即言其音韵谐婉。又沈德潜《古诗源》卷五云："子建诗，五色相宣，八音朗畅，使才而不矜才，用博而不逞博。"这是就辞采和音韵两方面说的。曹植诗还有精致、尚工的一面，前人也有指出的。如胡应麟《诗薮·内篇》卷二："子建《名都》、《白马》、《美女》诸篇，辞极赡丽，然句颇尚工，语多致饰，视东西京乐府天然古质，殊自不同。"又云："子建华赡精工类《左》、《国》。""华赡精工"四字可谓曹植诗文风格的确评。也正是这"华赡精工"变两汉"天然古质"之风，开太康繁缛、绮靡、工巧之先。华则近绮，赡则近繁，精工则近巧。钟嵘说陆机源出陈思，的确是精到之语。从上节对排偶的分析可略见一斑。同时，太康文学是怎样接续着建安文学的轨迹呢？我们也可以在这里找到部分答案。

但陆机同曹植毕竟不同，试读二人的作品，除了感觉到艺术风格上有点近似之外，其他方面则相距甚远。陆机之于曹植，颇有点像一个不肖之子，面貌近似，而精神已殊。所以历来评论家，除钟嵘外，对他们二人的评价都是轩轾相悬的。

那么，他们的差别在哪里呢？

明钟惺《古诗归》卷七评曹植诗云："子建柔情丽质，不减文帝，而肝肠气骨，时有块磊处，似为过之。"我看陆机的诗同曹植的诗比较起来，最重要的一个区别，也正是差这一点"块磊"之气。

曹植生当季世，饱经乱离，虽身为魏武公子，却一生不如意。尤其是父亲死后，他相继受曹丕、曹叡的猜忌、迫害，"十一年中而三徙都"（《三国志》本传），"连遇瘠土，衣食不继"（《迁都赋序》），"块然守空，饥寒备尝"（《社颂序》），正当血气方刚的盛年，却过着"块然独处，左右唯仆隶，所对唯妻子"（《求通亲亲表》）的"圈牢"式的生活。他是一个极有热情壮志而又非常自负的人，渴望"勠力上国，流惠下民，建不世之业，流金石之功"（《与杨德祖书》）。他屡求自试，但朝廷不用，结果还是"禽息鸟视，终于白首"，在四十一岁的壮年就"汲汲无欢"地死去了。由这种生平经历而产生的悲愤情怀一泄之于诗文，遂使得曹植的作品充满了"慷慨之音"和"忧生之嗟"。读他的《送应氏》、《泰山梁甫行》，我们可以感到诗人对"千里无人烟"的乱世的深切哀痛，对"剧哉边海民"的无限同情；读他的《白马篇》、《鰕鲺篇》，我们不能不为他那种"抚剑而雷音，猛气纵横浮"，"捐驱赴国难，视死忽如归"的报国壮志所感动；读他的《美女篇》，又为他怀才不遇、虚度"盛年"而惋惜；读他的《吁嗟篇》，我们抑制不住对诗人"当南而更北，谓东而反西，宕宕当何依，忽亡而复存"的流徙生活的深深同情；读他的《赠白马王彪》，又不禁对"鸱枭鸣衡轭，豺狼当路衢，苍蝇间黑白，谗巧令亲疏"的现实充满了愤恨。总之，我们读着曹植的诗，仿佛看到诗人把自己一颗热切多感的心捧出在我们面前，我们自己的心也无法不同它一起跳动。

但我们读陆机的诗却难得有这种感觉，陆机也有壮志，他说："但恨功名薄，竹帛无所宣。"（《长歌行》）"富贵苟难图，税驾从所欲。"（《招隐诗》）使人感到他的事业心就是追求一般的功名富贵。他的人生理想是青年时能"光车骏马游都城，高谈雅步何盈盈"；壮年时能"跨州连郡还帝乡，出入承明拥大珰"，"荷旄仗节镇邦家，鼓钟嘈赞赵女歌，罗衣璀粲金翠华，言笑雅舞相经过"；老年时则"骖驾四牡入紫宫"，"子孙昌盛家道丰"，然后"辞官致禄归桑梓，安居驷马入旧里"（《百年歌十首》）。为了这些，他明知"天道夷且简，人道险而难，休咎相乘蹑，翻覆若波澜"（《君子行》），但还是甘心冒危履险，只进不退，有时简直有点不择手段的味道。他在《长安有狭邪行》里就说："倾盖承芳讯，欲鸣当及晨。守一不足矜，歧路良可遵。规行无旷迹，矩步岂逮人！投足绪已尔，四时不必循！"你看，这是多么迫不及待啊！所以他和弟弟陆云在"闭门勤学，积有十年"之后，终于耐不住寂寞，不顾破国亡家之痛，渡江入洛，北仕暴朝，辗转依附于权豪之门，侧身于洛阳新贵之列，就绝非偶然了。杨、贾之祸，八王之乱相继起来，目睹着这种走马灯式的混乱政局，他还抱着侥幸的心理，以为"天损未易辞，人益犹可欢"，但结果还是未能幸免，终于在残酷的内部斗争中冤枉送命。当然，对于陆机我们大可不必苛责，像他那样，出身高门，自负才学，生当乱世而又不甘心与草木同朽，那么大概也只有这条路可走了。但这一切表现在诗里，要引起后世读者的感动，如同读曹植的诗那样，就难了。陆机的诗里也有一些淡淡的"忧生之嗟",但很少是为社会为人民而发,几乎都是一己之私。读他的《赴洛阳道中作二首》和《赴洛二首》,使人感到他对前途有一种吉凶不定的忧危之感;《猛虎行》则表现出一种徘徊于进退之间的心情:"人生诚未易,曷云开此矜?"他还几次说到自己的出仕有些不得已,有些矛盾:"借问子何之?世罔婴我身。"(《赴洛阳道中行》)"牵世婴时罔,驾言远祖征。"(《于承明作与士龙》)"曷为牵世务?中心若有违。"(《拟东城一何高》)但也仅此而已。读他的《门有车马客行》,可以感到他对故国沦亡的余痛,但欲言又止,显有苦衷。沈德潜说:"士衡以名将之后,破国亡家,称情而言,必多哀怨,乃词旨敷浅,但工涂泽,复何贵乎?"(《古诗源》卷七)这或许过苛,陆机如隐居不仕则已,既要出仕,他怎能对新朝大吐其哀怨呢?何况吴亡之后,他个人所受的打击并不是太大,哀怨本来就不多呢。沈氏言其"词旨敷浅,但工涂泽",缺乏真情,这批评却是完全正确的。我们读陆机的作品,总觉得他没有把自己的心和盘托出,没有把自己的全人整个儿地呈露在读者的面前,他和我们还隔着一层雾,我们看他不真切。唯其如此,他的诗文便不能像曹植的作品那样引起我们强烈的共鸣了。

同曹植比较起来,陆机还少一点创造精神,多一点贵族文人气。前面说过,建安诗人都有一种"通脱"精神,思想解放,文学也解放。在内容上,想说什么便说什么,在形式上,想怎样说便怎样说,没有什么框框,没有什么顾虑,特别富于创造性。曹植尤其如此。比如他们的乐府诗"虽体有所因,而词贵新创;声不变古,而采自己舒"(黄侃《诗品讲疏》)。就是说,体裁和声调虽因袭古人,而内容和辞藻却都是自己创造的。如《薤露行》本古之挽歌，而曹操用以写时事，曹植用来抒发"怀此王佐才，慷慨独不群"的情怀，就是一例。他们的五言则"毗于乐府"，虽"文采缤纷，而不离闾里歌谣之质"（同上），即勇于向民歌学习，而又"缘以雅词，振其美响"（同上）。其他各体也大多如此。

陆机则不然。前人说："平原拟古，步趋如一"（王夫之《古诗评选》卷四），"尚规矩"（钟嵘《诗品》上），"束身奉古，亦步小趋，在法必安，选言亦雅，思无越畔，语无溢幅！造情既浅，抒响不高"（陈祚明《采菽堂古诗选》卷十）。这些评语或褒或贬，但都道着了陆机的一个痛处，即缺乏创造性。尤其是他《拟古诗十二首》，虽然"名重当世"，读来却只觉"呆板"①。这些诗几乎全是依据古诗原意加以敷衍而成的，在主题上，十九没有什么新创。其中有些与其说是创作，无宁说是练习。从语言上看，一部分是蹈袭陈言，一部分是稍加改作，以雅易俗，以深易浅，结果反而弄巧成拙。只有极少数的佳句是陆机的创获而及堪称成功的。如《拟明月何皎皎》中的"照之有余辉，揽之不盈手"②，《拟庭中有奇树》中的"芳草久已茂，佳人竟不归"。在这十二首诗中，通篇不逊原诗的大概也只有这两首了。

我们试举两例来同原诗作一个比较。

古诗《青青河畔草》：

---

① 李重华《贞一斋诗说》："士衡拟古诗名重当世，余每病其呆板。"

② 这两句诗其实还是脱胎于曹植的《释愁文》："愁之为物……寻之不知其际，握之不盈一掌。"

青青河畔草，郁郁园中柳。盈盈楼上女，皎皎当窗牖。娥娥红粉妆，纤纤出素手。昔为娼家女，今为荡子妇。荡子行不归，空床难独守。

陆机拟作：

　　靡靡江蓠草，熠熠生河侧。皎皎彼姝女，阿那当轩织。粲粲妖容姿，灼灼美颜色。良人游不归，偏栖独只翼。空房来悲风，中夜起叹息。

　　前六句是亦步亦趋，只是换了几个词，几乎都换糟了。后四句则有较大变动，陆机自己或许很得意，但其实是点金成铁。本来"空房来悲风，中夜起叹息"也还是不错的句子，脱胎于曹植的"盛年处房室，中夜起长叹"（《美女篇》），但是同原诗"荡子行不归，空床难独守"一比较，则优劣自见。原诗不啻是一种不能遏止的呼号，挚而且真；拟诗虽则"温柔敦厚"，而光彩顿失矣。
　　古诗《涉江采芙蓉》：

　　涉江采芙蓉，兰泽多芳草。采之欲遗谁？所思在远道。还顾望旧乡，长路漫浩浩。同心而离居，忧伤以终老。

陆机拟作：

　　上山采琼蕊，穹谷饶芳兰。采采不盈掬，悠悠怀所

欢。故乡一何旷，山川阻且难。沉思钟万里，踯躅独
吟叹。

这里几乎通篇是亦步亦趋，每有改动，都不逮原诗。以
"饶"易"多"，以"沉思钟万里"，易"同心而离居"，自以
为雅，实在有画虎类狗之嫌。

但如果说陆机完全没有创造显然也是不公平的。比较而
言，陆机的乐府诗便比拟古诗好，成就较高。虽然其中人部分
篇章还是依约古辞，不敢"越畔"，但也有不少篇章寄寓了作
者自己的思想感情，内容比古辞丰富，篇幅亦较古辞为广。语
言上也有自己的特色，上节论排偶时所举的例句不少便出于乐
府。我们且举几首比较成功的来看看。

例如《猛虎行》，古辞只有四句："饥不从猛虎食，暮不从
野雀栖，野雀安无巢，游子为谁骄？"而陆机衍为二十句，虽
大要不出游子之思，但内容无疑是丰富得多了，且看全诗：

渴不饮盗泉水，热不息恶木阴。恶木岂无枝，志士
多苦心。整驾肃时命，仗策将远寻。饥食猛虎窟，寒栖
野雀林。日归功未建，时往载岁阴。崇云临岸骇，鸣条
随风吟。静言幽谷底，长啸高山岑。急弦无懦响，亮节
难为音。人生诚未易，曷云开此衿？眷我耿介怀，俯仰
愧古今。

读这首诗，我们能够感到作者强烈的功名心和"耿介"的
处世原则之间的矛盾，感觉到作者徘徊于进退之间的痛苦心
情。作者是有原则的，他似乎不愿苟求富贵，这是我们从开头

四句可以体会到的；但是作者又有着强烈的功名心，驱使他不顾一切地"杖策远寻"，即使与猛虎同食，与野雀同栖也在所不辞。他担心的是"日归功未建，时往载岁阴"。他于是前进着，然而心情并不轻松。他徘徊、矛盾，既不愿以退隐守真来解决这矛盾（"守一不足矜!"）又不愿完全置自己的人生处世原则于不顾（这一点我们从他的《招隐诗》也可感到）。他自许为"急弦"，不肯发出"懦响"，然而高风"亮节"，谁又能够理解呢？于是他感叹道："人生诚未易，曷云开此衿？眷我耿介怀，俯仰愧古今。"看来，作者最后还是决定要"进"，惟其如此，便不能不"愧"了。这也正是陆机一生的写照。陆机入洛以后，便一直是这样，怀着沉重的心情在追求功名的道路上辗转前进着；直到河桥之败，"黑幰告梦，白袷受刑"（张溥《陆平原集》题辞），永遗"华亭鹤唳"之叹。这也同时是那一个可悲的时代里所有不甘寂寞的知识分子共同的可悲的命运。

再如《君子行》，古辞十二句，作：

> 君子防未然，不处嫌疑间，瓜田不纳履，李下不正冠。嫂叔不亲授，长幼不比肩。劳谦得其柄，和光甚独难。周公下白屋，吐哺不及餐。一沐三握发，后世称圣贤。（《艺文类聚》四十一引为曹植作）

盖叹处世不易，每因谤嫌而起祸端，故君子当谦虚谨慎，防患于未然。陆机此诗则展为二十句：

> 天道夷且简，人道险而难。休咎相乘蹑，翻覆若波澜。去疾苦不远，疑似实生患。近火固宜热，履冰岂恶

寒。掇蜂灭天道，拾尘惑孔颜。逐臣尚何有？弃友焉足叹。福钟恒有兆，祸集非无端。天损未易辞，人益犹可欢。朗鉴岂远假，取之在倾冠。近情苦自信，君子防未然。

主题没有多少创新，但内容更丰富了。一方面他把处世的不易写得更透彻更形象；另一方面他特别突出人物的努力可以消弭祸端，防患于未然的思想。就语言看，古辞朴质无文，陆诗则雅而深。像"天道"二句，"天损"二句虽然从诗的角度来看不能算好，但有一定深度，易使读者警动。这首诗所表现的也是陆机的一个基本思想，可与他的生平相印证。《晋书》本传说："时中国多难，顾荣、戴若思等，咸劝机还吴，机负其才望，而志匡世难，故不从。""负其才望，志匡世难"不正是因为觉得"人益"可恃，祸患可防吗？

再如《门有车马客行》，郭茂倩《乐府诗集》解题云："曹植等'门有车马客行'（按，今曹集作《门有万里客行》），皆言问讯其客，或得故旧乡里，或驾自京师，备叙市朝迁易，亲友凋丧之意也。"陆机此诗主题也没有越出这个范围，但故国沦亡之痛见于言外。全诗如下：

门有车马客，驾言发故乡。念君久不归，濡迹涉江湘。投袂赴门涂，揽衣不及裳。拊膺携客泣，掩泪叙温凉。借问邦族间，恻怆论存亡。亲友多零落，旧齿皆凋丧。市朝忽迁易，城阙或丘荒。坟垄日月多，松柏郁芒芒。天道信崇替，人生安得长？慷慨惟平生，俯仰独悲伤。

前四句言有客自故乡来，中十二句写与客叙别后事，得知故国已是市朝迁易，城阙丘荒，亲友零落，旧齿凋丧，不堪回首了。末四句以议论作结，说兴废本是"天道"，思之惟有悲伤。全诗感情真挚，语言清畅，含蓄不繁，是陆诗中少有的佳篇之一。

以上所说的只是曹、陆作品所反映的主要差别，差别自然还不止这几点。形成这些差别的原因，在于他们的气质才能有别，也在于他们的思想和对问题的看法各异，曹植思想比较解放，而陆机却是一个"伏膺儒术，非礼不动"（《晋书》本传）的人，思想偏于保守。反映到对文学的看法，两人也有明显的差异。曹植说："街谈巷说，要有可采，击辕之歌，有应风雅，匹夫之思未易轻弃。"对民间文学和文学的社会作用都有相当的认识。而陆机的《文赋》只说："咏世德之骏烈，诵先人之清芬；游文章之林府，嘉丽藻之彬彬。""俯贻则于来叶，仰观象乎古人。济文武于将坠，宣风声于不泯。"完全从统治者的角度立论，贵族文人的味道就很浓了。这也并不仅仅是个人认识的差异，更多的倒是时代风气使然。关于这一点，前面已有所讲述，这里就不重复了。

谈到陆机，自然不能不提到他的《文赋》。这是中国文学批评史上第一篇完整而系统的文学理论作品。它以诗的语言对作家的创作过程作了极其出色的描绘，对构思、布局、遣词、造句都提出了很好的见解。尤其可贵的是它已经开始触及诸如形象思维、灵感、继承与创新这些在文学创作中带有普遍规律性的问题。陆机即使只留下这一篇作品，也足以使他在中国文学史和文学批评史上占有一席地位。

关于《文赋》，近代学者已经作了许多细致的分析、阐述和评论，本文就不拟多谈了。我这里想要着重强调的是，这篇作品乃是文学创作自建安以来的发展变化及其所取得的成就在理论上的结晶，同时又"极确切地预示了晋及南北朝文学发展的征候"（胡国瑞先生《魏晋南北朝文学史》，第258页）。例如在风格上主张"雅"而"艳"，反对"寡情鲜爱"，在造句上主张"尚巧"，在遣词上主张"贵妍"，在声律上主张"五色相宣"，又主张追求"警策"和秀句（"石韫玉"、"水怀珠"，"榛楛勿剪，蒙荣集翠"），这些都是建安以来文学创作中重抒情、崇藻丽的传统（亦即尚情、唯美的倾向）及其在太康时代的新发展在理论上的表现，同时也是后来南朝文人极力追求以致入魔的东西。

从《典论·论文》到《文赋》，文学在理论形态上完成了自己的独立，从而发现了自己，真正达到了自觉。在《典论·论文》里我们看到，强调文的价值主要还是为了肯定人的价值，追求人的不朽。文学已脱离经学而独立，但还没有脱离作者（作者的价值、作者的不朽）而独立，这是文学独立的第一个阶段。所以《典论·论文》虽然强调了文学的重要性，但是并没有揭示文学自身的规律（或揭示得很少）。《文赋》不同了，它的重点恰恰是阐明文学自身的规律，虽然主要只限于创作过程方面，但这是一个开端，标志文学独立的第二阶段，即脱离作者而独立。人们开始认识到文学是一个客观独立的实体，它可以有不依赖于作者的价值的自身价值；它有自己的一套规律，有待于人们去探索。后来的文学理论著作，例如《文心雕龙》和《诗品》，都是在《文赋》的基础上向着更细致更周密更全面的方向发展，反映着人们对于文学规律的认识的逐步深入。

所以，我们完全有理由说，陆机在创作实践和文学理论两方面都是一个承先启后的，带有标志意义的人物。

社会现象是复杂纷纭的，文学现象也是复杂纷纭的。以上两章所分析的太康时代文学风气的变化及其代表人物陆机的创作特色，也只是就其主要的、倾向性的一面而言，并不是说人人如此。一个时期的作家中，有主流派，也有非主流派，乃至反主流派。即使一群风格大体相同的作家，也还同中有异，所谓"各师成心，其异如面"（《文心雕龙·体性》）。甚至同一个人的作品，也会有此篇彼篇的不同，前期后期的差异。如果胶柱鼓瑟，执一而论，就难免贻简单化之讥。

以陆机而言，他的主要风格当然是繁缛绮巧，但也有古朴庄重的一面，前人说"士衡矜重"，"有累句，无轻句"（刘熙载《艺概》），就是看到了这一面，这同后来的齐梁文风是有区别的。例如下面这首《短歌行》就显得浑厚苍凉，有魏武遗风：

> 置酒高堂，悲歌临觞。人寿几何，逝如朝霜。时无重至，华不再阳。苹以春晖，兰以秋芳。来日苦短，去日苦长。今我不乐，蟋蟀在房。乐以会兴，悲以别章。岂曰无感，忧为子忘。我酒既旨，我肴既藏。短歌有咏，长夜无荒。

又如《演连珠五十首》，从普通的自然现象或社会现象出发，说明为政、处世上一些较为深奥的道理或应当遵守的原则，其间或类比、或归纳、或演绎，大都言简意赅，比喻巧妙，语言虽也刻意求工，但并无繁冗板滞之病，读来觉清新可味。《文心雕龙·杂文》篇评曰："义明而词净，事圆而音泽。"确乎如此。

同陆机风格相近的作家，如两潘三张，也各有自己的特点。潘岳繁而不芜、用典较少，语言上求深求工的痕迹不如陆机明显，故前人评为"浅净"。又"巧于序悲"（《文心雕龙·诔碑》），即擅长写哀诔之文。潘尼的诗，大多清新流丽，没有繁缛艰涩的毛病。三张的诗都绮靡风华，尤其是张协，在华绮尚巧方面，较陆机有过之而无不及。钟嵘说他"巧构形似之言"，"词采葱茜，音韵铿锵"。（《诗品》上）他的"杂诗"中有许多描写景物的句子，细密工巧而清新生动，如"房栊无行迹，庭草萋以绿"，"密叶日夜疏，丛林森如束"，"腾云似涌烟，密雨如散丝"，"云根临八极，雨足洒四溟"，等等。诗中写景，建安时尚不发达，惟曹操的《观沧海》、王粲的《七哀诗》之二、曹植的《公宴》和《赠白马王彪》较为突出。到太康时，诗中写景的句子就多起来了，观察的细致和描写的精巧都超过了建安诗人，其中以张协为最，对后世影响不少。钟嵘说谢灵运"杂有景阳之体，故尚巧似"，说鲍照"其源出于二张，善制形状写物之词，得景阳之诡诡"，大概就是指的这一方面吧。

此外如傅玄，在艺术风格上有同潘陆相近的一面，但也有很多不同的地方。他的诗绝大多数是乐府，社会内容较潘陆丰富得多。语言上也不大用排偶，不像陆机那样雕琢。在晋初诗人中，傅玄是颇为杰出的，应当给予较多的注意。

当然，最应当注意的还是左思。在太康文学中，左思是别树一帜的，在当时崇尚绮靡工巧的时髦风气中，他可以说是一个非主流派。他最有成就、历来为诗人们所推崇的是八首《咏史诗》，题为"咏史"，实是咏怀，英风豪气，流荡于字里行间，使人觉得建安慷慨之音犹存，而抑塞磊落之气仿佛过之。这八首《咏史诗》上接阮籍，下开郭璞，郭璞的《游仙诗十四首》虽然题为"游仙"，其实也是"坎坷咏怀，非列仙之趣"（《诗品中》）。左思又有《招隐二首》，情调闲逸，词旨清素，开陶潜田园之先河。"非必丝与竹，山水有清音"，"踌躇足力烦，聊欲投吾簪"，"峭蒨青葱间，竹柏得其真"，"相与观所尚，逍遥撰良辰"，这些诗句，同陶诗的风格多么近似！左思——郭璞——陶潜，构成两晋文风中一条非主流派的路线。他们在思想上都是不满现实派，所以词多慷慨；在艺术风格上的共同特点则是重真情，不尚雕镂。① 但语言绝非不用功，而是锤炼得好，不露痕迹，同时感情强烈，笔力充沛，一气贯注，因而无纤巧之感。《诗品》说左思"野于陆机"，说陶潜"世叹其质直"，可见在钟嵘那个时代，他们的诗也还是不大时髦的。但是这个不时髦的非主流派在文学史上的地位却比时髦的主流派还要高，甚至高很多，这也是历史发展的辩证现象之一。

结　　语

人们读魏晋南北朝文学，总会有这样一个感觉：从建安到太康，好像驾车从崎岖的山路陡转而下，弯儿转得急；从太康

---

① 《文心雕龙·明诗》云："景纯艳逸。"是相对于当时的玄言诗而言的，所以钟嵘《诗品中》说他"始变永嘉平淡之体，故称中兴第一。""艳逸"并不是雕镂，阮籍的诗也是"艳逸"的。

到齐梁，则是一马平川，顺溜得很。太康的确是个大转折点。这一点前人也已经看出，例如沈约《宋书·谢灵运传》说："降及元康，潘陆特秀。律异班、贾，体变曹、王。"这里特别指出潘陆既不同于汉代的班、贾，也不同于建安的曹、王，不是明明说太康这儿是一个大转折吗？又如陈子昂说："汉魏风骨，晋宋莫传。"（《与东方虬修竹篇序》）不也是说太康文风有一个明显的转变吗？从一个侧面看，我们甚至可以说太康是对建安的否定，但是我们不能同意把建安同太康，太康同齐梁截然分开，因为它们本质上是属于一个文学时代的。它们之间固然有着明显的差异，但也同样有着明显的一脉相承的东西。

很清楚，太康文学的许多特征可以在建安文学，特别是其代表人物曹植那里找到它们的前期形态；齐梁文学的许多特征也可以在太康文学，特别是其代表人物陆机那里找到它们的前期形态。太康文学是一方面接续着建安文学的轨迹，一方面又偏离了建安文学的方向；齐梁文学也一方面接续着太康文学的轨迹，一方面又偏离了太康文学的方向。不过，从建安到太康，偏离的角度大，而从太康到齐梁，偏离的角度小罢了。

前三章叙述了文学从建安到太康的发展变化，至于从太康到齐梁的发展变化，已经超出本文的范围，只好略而不论。但是正因为从建安到太康变化大，从太康到齐梁变化小，所以我们分析了从建安到太康的变化以后，对于整个魏晋南北朝文学的发展总趋势也就基本了然了。

首先，我们看到这个发展趋势是与时代的变化同步的，社会剧烈变动的建安时代产生了感慨深遥、眼界宽广、堂庑阔大的建安文学，由动乱转入承平的太康时代，产生了喜欢粉饰，境界不高，在形式技巧上着意求工，渐渐转向精雕细刻的太康文学。那么，偏安一隅，醉生梦死，政局日朽的齐梁时代自然也就只能产生无病呻吟，在技巧上玩物丧志的齐梁文学了。

其次，我们看到这个发展趋势也是与阶级的变化同步的，正如一个时代的统治思想只能是统治阶级的思想一样，一个时代占统治地位的文学也必然是统治阶级的文学。从这个意义上讲，魏晋南北朝文学也就是门阀士族的文学。这一个文学的兴衰是同门阀士族阶级的兴衰相表里的。当这个阶级处于上升时期，我们便看到朝气勃勃，富于解放精神、革新精神和创造精神的建安文学；当这个阶级处于停滞并开始走下坡路的时期，我们便看到四平八稳的、带保守倾向的太康文学。那么，当这个阶级处于骄奢腐化，日趋没落的时期，我们自然只能看到一味追求形式美而内容堕落的齐梁文学了。直到隋唐以后，一个新兴的阶级或说阶层，即一般地主阶级，或称"庶族地主"阶级占据了历史舞台的中心，经过一番除旧布新的工作，人们才看到一个新文学时代的诞生。

再其次，我们看到，尚情和唯美是魏晋文学演变中两个持久的、一以贯之的倾向，或说两个主要思潮。这是由那个时代的共同审美心理、门阀士族阶级的审美趣味以及文学自身发展的要求等多方面的因素共同形成的。这两个思潮都酝酿于建安而成熟于太康，此后便一直贯穿魏晋南北朝这一整个文学时代。它们对整部中国文学史都产生了深远的影响，中国古典诗歌重视抒情和讲究格律的传统是从这个时代养成的。

尚情是对两汉重政教、重功利的文学思潮的否定。它经过十九首以后百余年的酝酿，终于在陆机《文赋》里第一次被铸成一个新概念——"诗缘情"。此后"诗缘情"便代替两汉的"诗言志"而成为这一时代文学理论中的主宰意念。但是

"情"的内容则随着时代的变化和门阀士族阶级的变化而不断地变化着。建安文学的情是宽广的、敏感的、与社会和人民相通的；太康文学的情已显得较为狭小，较为麻木，与社会和人民不大相通了。东晋以后，尚情的思潮一度为尚理所代替，所谓"诗必柱下之旨归，赋乃漆园之义疏"（《文心雕龙·时序》）。但这一段为时不久，以后仍然是尚情。到了齐梁时代，尚情的主张没有变，文学作品要"情灵摇荡"（萧绎《金楼子·立言》），还是那时代文人们所共同追求的。但他们的情已经变得既狭小又麻木又卑下，与社会和人民几乎全不相关。情的含义实际上已经缩小到仅指男女宫闱之情，绮罗香泽之爱，作品的内容自然江河日下，最后必然发展到"绘画横陈"的地步。"缘情"的观念这时已经走向它自己的反面，所以新兴阶级的理论家们必须寻找新的观念来代替它，或说纠正它末流的弊病。陈子昂的"兴寄"，白居易的"风雅比兴"，韩、柳的"文以明道"，就是这种新观念。

唯美的思潮也萌芽于建安，太康时已有相当发展，陆机《文赋》的"尚巧"、"贵妍"、"五色相宣"、"雅"而"艳"、"绮靡"都是它的观念形态。太康以后，特别是刘宋以后，由于种种原因，其中主要是没落的门阀士族思想能力的日益贫弱化和审美趣味的日益病态化，使得这股思潮格外膨胀起来，所以我们看到，文人们对于文学形式美的刻意追求，太康以后基本上是直线前进的，总的趋向是越来越尚巧贵妍，正如刘勰所说的那样："俪采百字之偶，争价一句之奇，情必极貌以写物，辞必穷力而追新，此近世之所竞也。"（《文心雕龙·明诗》）六朝文学在形式美方面的成就是多方面的，其中最重要的是骈偶的讲求和声律的发现。骈偶和声律都是中国语言文字本身固有的营养所孕育出来的婴儿，它们的胚胎是早就形成了的，只是到这时才呱呱坠地。前者是建安文风变为太康文风的艺术关键，后者是太康文风变为齐梁文风的艺术关键。骈偶加上声律，好比哪吒的风火二轮，六朝的贵族文人们，驾着它们在文学形式美的道路上风驰电掣，穷力追新。魏晋以后，文之骈化，赋之俳化，诗之律化，莫不是因此二者所致。所以骈偶和声律也是诗文由古体变为新体（或说近体）的两大关键。

以齐梁为典型代表的六朝文风，后来一直为人们所诟病。从裴子野的《雕虫论》到李谔的《上隋高帝请革文华书》，从陈子昂的"采丽竞繁而兴寄都绝"到白居易的"率皆不过嘲风雪弄花草而已"，都是批判齐梁文风的。韩愈甚至说："齐梁及陈隋，众作等蝉噪。"（《荐士》）但是他们都犯了一个错误，就是把形式和内容完全混为一谈。形式是无罪的，有罪的只是没落的门阀士族阶级贫弱的思想和卑下的情趣。六朝文学在形式美方面的成就显然为后来盛唐文学的繁荣奠定了坚实的艺术基础，这是有目共睹的事实。文学的发展也是采取"肯定—否定—否定之否定"的路线前进的。六朝是对汉魏的否定，盛唐又是对六朝的否定。但每一次否定都是对前一段的扬弃，即批判地继承，并不是简单地打倒或抛弃。直至今日，我们仍然要注意把六朝文学在形式方面的积极成就从它的内容的泥沼中涤除出来，否则我们就难以正确评价这一段文学，辩证地认识它在文学史上应有的地位。

（1980 年 12 月至 1981 年 2 月于武汉大学）

陶诗"任真"说

一

陶渊明《连雨独饮》诗云：

> 运生会归尽，终古谓之然。世间有松乔，于今定何间。故老赠余酒，乃言饮得仙。试酌百情远，重觞忽忘天。天岂去此哉，任真无所先。云鹤有奇翼，八表须臾还。自我抱兹独，僶俛四十年。形骸久已化，心在复何言。

萧统《陶渊明传》云：

> 渊明少有高趣，博学，善属文，颖脱不群，任真自得。

陶以"任真"自许，萧也以"任真"评陶，"任真"无疑是陶渊明一大特点。究竟什么是"任真"？弄清这个问题对于研究陶渊明的作品和思想都有重要的意义。

检陶集，除《连雨独饮》外，用"真"字的尚有九处。其中"此事真复乐"（《和郭主簿》）、"此语真不虚"（《归园田居》）、"今朝真止矣"（《止酒》）三"真"字，均作状语，意为"真正"，可置不论。其余六处是：

　　　　（1）养真衡门下，庶以善自名。　（"门"一本作"茅"）（《辛丑岁七月赴假还江陵夜行涂口》）
　　　　（2）傲然自足，抱朴含真。（《劝农》）
　　　　（3）羲农去我久，举世少复真。（《饮酒》）
　　　　（4）自真风告逝，大伪斯兴。（《感士不遇赋》序）
　　　　（5）此中有真意，欲辩已忘言。（《饮酒》）
　　　　（6）真想初在襟，谁谓形迹拘。（《始作镇军参军往曲阿作》）

　　这些"真"显然同"任真"的"真"一样，基本上代表着同一个概念。其间即使有某些细微的差别，也是从同一概念派生出来的。

　　那么，所谓"真"者，究竟是一个怎样的概念呢？

　　《庄子》一书有许多地方谈到"真"，其中《渔父》篇载孔子和"渔父"的一段对话，对于"真"有较为详细的阐述：

　　　　孔子愀然而叹，再拜而起，曰："丘再逐于鲁，削迹于卫，伐树于宋，围于陈蔡，丘不知所失，而离此四谤者，何也？"客凄然变容曰："甚矣，子之难悟也！人有畏影恶迹而去之走者，举足愈数而迹愈多，走愈疾而影不离身，自以为尚迟，疾走不休，绝力而死。不知处阴以休影，处静以息迹，愚亦甚矣。子审仁义之间，察同异之际，观动静之变，适受与之度，理好恶之情，和喜怒之节，而几于不免矣。谨修而身，慎守其真，还以物与人，则无所累矣。今不修之身而求之人，不亦外乎？"孔子愀然曰："请问何谓真？"客曰："真者，精诚之至也。不精不诚，不能动人。故强哭者虽悲不哀，强怒者虽严不威，强亲者虽笑不和。真悲无声而哀，真怒未发而威，真亲未笑而和。真在内者，神动于外，是所以贵真也。其用于人也，事亲则慈孝，事君则忠贞，饮酒则欢乐，处丧则悲哀。忠贞以功为主，饮酒以乐为主，处丧以哀为主，事亲以适为主。功成之美，无一其迹矣。事亲以适，不论所以矣。饮酒以乐，不选其具矣。处丧以哀，无问其礼矣。礼者，世俗之所为也；真者，所以受于天也，自然不可易也。故圣人法天贵真，不拘于俗，愚者反此，不能法天而恤于人，不知贵真，禄禄而受变于俗，故不足。惜哉，子之早湛于人伪，而晚闻大道也。"

从这一段对话，我们可以体会到，道家的所谓"真"是指人内在的、最精最诚的东西，这种东西是"天"赋予人的，自然而然，不可变更。简单地说，"真"就是人的天赋本性。"真"既是天赋的，它自然就跟一切人为的东西——"伪"相对立。庄子认为"大道"就在于坚守这个内在的天赋的本性，所谓"谨修而身，慎守其真"，不去违背它、损害它。因而一切外在的表现都是不必讲究的，一切人为的东西都是应当反对的。总之，应当努力于自身的"守真"，而不应当努力于"人事"。努力于人事者，就像那个"畏影恶迹"的人，"举足愈数而迹愈多，走愈疾而影不离身"，最后"绝力而死"。道家认为儒家的弊病正在这里，所以"渔父"批评孔子说："子之所以者，人事也。"儒家正是重人事的，它本质上是积极用世的。① 道家则反对努力于人事，主张避开人事而"守真"，本质上是消极避世的。道家学说的信徒应当是那些真正的隐士。因此，后世人说"守真"，也就差不多和"隐居"同义。王逸《楚辞》注曰："保真，守玄默也。"曹植《辩问》曰："君子隐居以养真也。""保真"（亦作"葆真"②）、"养真"义同"守真"，保、养、守，义通。然而人一生下来就不幸"湛于人伪"，所以庄子也说"反真"，如《秋水》篇云："谨守而勿失，是谓反其真。"庄子说"守真"、"反真"，老子则说"抱朴"、"归朴"，意思是一样的。③

陶渊明的"任真"，我以为就是庄子的"守真"（或"葆真"、"保真"）、老子的"抱朴"。《说文》段注训"任"为"保"，训"保"为"养"，《白虎通·礼乐》有"任养万物"，"任养"即保养之意。引而申之又可训"抱"，训"负"，如《诗经·大雅·生民》"是任是负"，《小雅·黍苗》"我任我辇"，"任"皆抱、负之意。上引渊明诗"任真"句下即曰"自我抱兹独"，所谓"抱兹独"即"任真"。《庄子·齐物论》郭注："夫任自然而忘是非者，其体中独任天真而已，又何所有哉!"陶以"抱独"代"任真"，盖本于此。由此可见，在

---

① 因而儒家也就没有"真"这个概念。《论语》根本没有"真"字。

② 《庄子·田子方》："缘而葆真。"

③ 《道德经》十九章"见素抱朴"；二十八章"复归于朴"；二十八章王弼注："朴，真也。"又："归，反也；守而勿失，谓之抱。"

陶渊明看来，"任真"的"任"正是"抱"的意思。保、抱都有守义，所以"任真"意即"守真"。

现在让我们回到原诗上来。这首诗的主旨在中间四句："试酌百情远，重觞忽忘天。天岂去此哉，任真无所先。"作者说，因为隐居避世，谨守本性（"任真"），便与世无争，与物无忤（"无所先"，一是于人事无所争竞，一是于物物、物我，无所先后于其间），因而也就同大自然，同"天"融合为一体了（"天岂去此"），融合为一体也就无异于忘记了这一切（"忘天"）。这种境界也就是作者在另一首诗里说过的"不觉知有我，安知物为贵"（《饮酒》）的境界。"任真"才能"忘天"，这就是作者所追求的。但是，这种境界平时是不易达到的，因为一个人无论怎样避世，到底免不了世情的牵累，很难真正做到"任真"，更不要说"忘天"了。只有在饮酒中或者在某些偶然的场合，如"采菊东篱下，悠然见南山"的时候，才能在冥想中产生一种超脱现实的幻觉（我们不要忘记，这个现实对于陶渊明来说是丑恶的、痛苦的），达到所谓"忘天"的境界。这就是作者说的"酒中有深味"（《饮酒》）的"深味"所在，也就是作者爱酒的真正原因了。

注家或解"任真"为"听任自然"①，其实"任"不是"听任"之意，"真"也不是"自然"。既不是"自然而然"的自然，也不是"大自然"的"自然"。"大自然"的"自然"正是《庄子》里"天"的含意。庄子说"法天"，老子说"法自然"②，"天"即"自然"。"真"并不等于"天"（虽然有时

---

① 见王瑶编注《陶渊明集·连雨独饮》注。
② 《道德经》二十五章"道法自然"。

也相通)，"真"的概念小于"天"，"真"是"天"所赋予人（或物）的，可说是"天"在人（或物）身上的体现。所以只能说"贵真"，而不能说"法真"。陶集中"久在樊笼里，复得返自然"（《归园田居》）和"质性自然，非矫厉所得"（《归去来辞》序）两处"自然"都不是"真"的意思。第一处很清楚，可不论，第二处是说"质性"本于"自然"，即"受之于天"的意思。

同样，上引陶集中诸"真"字也都不能释为"自然"。

第一例，"养真衡门下"前言"商歌非吾事，依依在耦耕。投冠旋旧墟，不为好爵荣"，可见"养真"的意思是归隐躬耕，不为世俗（"好爵"之类）所累，即义同"守真"、"保真"，亦即上引《楚辞》注说的"守玄默"。

第二例，"含真"即"守真"、"任真"，与"抱朴"是同义反复。

第三例，"举世少复真"，"少复"与"无复"、"真复"、"正复"、"聊复"、"亦复"等结构相同，"少复真"即"少复有守真者"。

第四例，"真风"是指"天"所赋予人们的那种本来的淳朴的风俗，与"大伪"相对。

第五例，"真意"即"真趣"，"真"的意趣。什么是"真"的意趣呢？前面说过，"真"指的是人的天赋本性。同样，"真"也可指物的天赋本性。《道德经》五章王弼注："造立施化，则物失其真"，可证。"此中有真意"说的是在"采菊东篱下，悠然见南山"的时候，看到"山气日夕佳，飞鸟相与还"的景象，诗人从中得到启示，体会到自己的本性和万物本性的合一（它们都受之于天），体会到宇宙间万物各适其适，物我相得的那种天趣，从而进一步体会到自己归隐躬耕，谨守本性（下文还要谈到，对于陶渊明来说，谨守本性就是坚守素志）的正确和其间的快乐（呼应前面的"问君何能尔，心远地自偏"）。正如诗人在另一首诗里所歌唱的："众鸟欣有托，吾亦爱吾庐。"（《读山海经》）这种意趣，诗人称之为"真意"。这种"真意"如灵光一现，只可于偶然间仿佛得之，是很难用言语也无须用言语来描述的，所以说："欲辨已忘言"。如解"真意"为"自然之趣"，似乎也通，但是，这种"自然之趣"同"心远地自偏"有什么关系呢？

第六例，"真想"就是隐居避世，以守其真的理想。"真想初在襟，谁谓形迹拘"，是说本来抱着隐居避世，以守其真的理想，谁料竟被形迹（出仕）所拘呢？所以后面说"聊且凭化迁，终返班生庐"，就是说，最终还是要隐居的。王瑶先生《陶渊明集》注说："真想，爱好自然的思想，指隐居。"王先生是主张"真即自然"①的，故说"真想"就是"爱好自然的思想"，但是，这种"爱好自然的思想"是很难"初在襟"、也无所谓"形迹拘"的。再说，"爱好自然的思想"同"隐居"有什么必然的联系？为什么"爱好自然的思想"就是"指隐居"呢？

我们现在再回过头来看萧统《陶渊明传》里"任真自得"那句话。《庄子·骈拇》篇：

> 吾所谓臧者，非仁义之谓也，臧于其德而已矣；吾所谓臧者，非所谓仁义之谓也，任其性命之情而已矣。吾所

---

① 见王瑶《中古文学史论丛·文人与酒》。

谓聪者，非谓其闻彼也，自闻而已矣；吾所谓明者，非谓其见彼也，自见而已矣（成玄英疏：心神驰奔、耳目竭丧，此乃愚暗，岂曰聪明，若听耳之所闻，视目之所见，保分任真，不荡于外者，即物皆聪明也）。夫不自见而见彼，不自得而得彼者，是得人之得而不自得，适人之适而不自适其适者也。

这段话似可移作"任真自得"的注脚。这里可注意的是，文中"任其性命之情"正是"守其性命之情"的意思。成疏中"保分"与"任真"互文见义，"真"即"分"，亦即"性"；"任"即"保"，即"守"。

综上所述，我们可以下一结语曰："任真"即"守真"或"保真"，取自《庄子》，意为隐居避世，谨守本性而无违。

二

"任真"的思想贯穿着陶渊明的全部作品，他在自己的诗文中不断地歌唱着这个主题。陶集中诸言"任真"或"真"的诗句已如前述，至于没有"任真"或"真"的字样而意同"任真"的诗句，那就俯拾皆是了。

"伊余何为者，勉励从兹役。一形似有制，素襟不可易。园田日梦想，安得久离析。终怀在归舟，谅哉宜霜柏。"（《乙巳岁三月为建威将军使都经钱溪》）这几句诗同"真想初在襟，谁谓形迹拘。聊且凭化迁，终返班生庐"的意思不是完全相同吗？"素襟"不就是"真想"的同义语吗？

"若不委穷达，素抱深可惜。"（《饮酒》）"余尝学仕，缠绵人事，流浪无成，惧负素志。"（《祭从弟敬远文》）"不言春作苦，常恐负所怀。"（《丙辰岁八月中于下选田舍获》）"衣沾不足惜，但使愿无违。"（《归园田居》）"尝从人事，皆口腹自役，于是怅然慷慨，深愧平生之志。"（《归去来辞》序）这些诗句中与"穷达"、"人事"相对立的"素抱"、"素志"、"平生之志"等等，不正是前面所说的那个"素襟"吗？不也就是陶渊明所要坚守的那个"真"吗？

"总发抱孤介，奄出四十年。形迹凭化往，灵府长独闲。"（《戊申岁六月中遇火》）试同《连雨独饮》中的"自我抱兹独，俺俺四十年。形骸久已化，心在复何言"比较，说的不是一个意思吗？那么，这里所说的"抱孤介"不也就是那首诗中的"抱兹独"亦即"任真"吗？

"竟抱固穷节，饥寒饱所更。"（《饮酒》）"高操非所攀，谬得固穷节。"（《癸卯岁十二月作与从弟敬远》）"遂尽介然分，终死归田里。"（《饮酒》）"介然安其业，所乐非穷通。"（《咏贫士》）这些诗句同前面的"抱孤介"不又是同一个意思吗？

"是以植杖翁，悠然不复返。即理愧通识，所保讵乃浅。"（《癸卯岁始春怀古田舍》）这里"所保"的不是那个"真"吗？

"开荒南野际，守拙归园田。"（《归园田居》）"守拙"不也就是"守真"吗？

"纡辔诚可学，违己讵非迷？"（《饮酒》）"质性自然，非矫厉所得；饥冻虽切，违己交病。"（《归去来辞》序）"宁固穷以济意，不委曲而累己。"（《感士不遇赋》）反复说不愿意违己，累己，不就是要"任真"吗？

陶集中这类诗句实在太多了，无法一一列举，也无须一一列举。

如果说，陶渊明一生在不断地坚持着什么，那么，他所坚持的就是"任真"。他归隐，是为了"任真"；饮酒，也是为了"任真"；甘于贫困，还是为了"任真"。如果说，陶渊明一生在不断地歌唱着什么，那么，他所歌唱的就是"任真"。他咏怀，是表现"任真"；怀古，也是表现"任真"；描写田园，还是表现"任真"；乃至传五柳先生，赋归去来，感士不遇，无一不是表现"任真"。

那么，照这样说来，陶渊明岂不是一个地地道道的老庄信徒了吗？答曰：那又不然，问题并不如此简单。

如果仅从表面观察，自然容易得出这样的结论。谁能否认陶渊明的思想同老庄思想的密切关系呢？不仅"任真"这个概念是取自老庄，陶集中取用老庄的典故和字句还多着呢！据古直《陶靖节诗笺定本》考证，陶诗用事出自《庄子》者多达四十九处。所以古人如朱熹说"渊明所说者庄、老"①，近人如朱自清先生认为"陶诗里主要思想实在还是道家"②，陈寅恪先生则认为陶渊明是"外儒而内道"③，即骨子里是道家。这些说法都有一定的道理。

但是，如果我们深入考察一下，就会发现情况并非如此。如果说，陶诗中袭取老庄思想的地方不少的话，那么我们至少也可以说，陶诗中与老庄异趣的地方是同样多的，或者更多。

---

① 见《朱子语类》。
② 见朱自清《陶诗的深度》。
③ 见陈寅恪《陶渊明之思想与清谈之关系》。

以"任真"为例，它同老庄的关系无疑是很密切的，前文述之备矣，这里可以不多说了，但是，当我们细味全部陶诗的时候，便不能不得出如下的结论，即陶渊明所要"任"的"真"，同庄子要"守"的"真"，实质并非一事。

首先，庄子的"真"是指人的天赋本性。这种天赋本性究竟是什么东西呢？人究竟有没有这种一生下来就具有的所谓本性呢？庄子的"真"实在是一个唯心的、虚无缥缈的概念。陶渊明虽然也讲"性"，讲"禀气"，但是如果我们能"顾及作者的全人"，是不难发现他的所谓"真"其实只是"素志"的同义语的。他说："敛辔揭来，独养其志"（《读史》），"衔觞赋诗，以乐其志"（《五柳先生传》），"怅然慷慨，深愧平生之志"（《归去来辞》序），"流浪无成，惧负素志"（《祭从弟敬远文》）。这个"志"就是不与"八表同昏，平路伊阻"（《停云》）的黑暗现实同流合污；不同"巨猾"、"鵕鶚"（《读山海经》）之类的残暴统治者合作；不苟合取容，不苟求富贵，他说："岂忘袭轻裘，苟得非所钦。"（《咏贫士》）他把精神生活看得比物质生活更重要，他不愿意为衣食而累己，不愿意以形役心，不愿意为五斗米折腰，他说："斯滥岂攸志，固穷夙所归。"（《有会而作》）他宁可过着"夏日长抱饥，冬夜无被眠"（《怨诗楚调示庞主簿邓治中》的生活，也不愿意放弃自己的操守，违背自己的初衷，所以当"田父"好意地劝他"愿君汨其泥"的时候，他斩钉截铁地回答："吾驾不可回。"（《饮酒》）这就是陶渊明的"志"。陶渊明的"任真"就是要坚守此志而不屈，而不是学道家那样，谨守那个莫须有的天赋本性而勿失。陶渊明的"真"有着实实在在的社会内容，有其丰富而具体的现实背景。

其次，庄子认为"大道"在"法天贵真"、"守真勿失"，为此，应当不恤人事，不变于俗。所以我在前面说过，道家学说本质上是消极避世的，它的信徒应当是真正的隐士。陶渊明的"任真"也含有隐居不仕的内容，但是陶渊明的隐居却是不得已的，不是消极避世，而是愤世嫉俗。他青年时代并不想隐居，他原是有"大济于苍生"的"猛志"的。只是到了后来，他对于这个"闾阎懈廉退之节，市朝驱易进之心"、"雷同毁异，物恶其上，妙算者谓迷，直道者云妄"（《感士不遇赋》）的黑暗污浊的社会有了认识，他说"是时向立年，志意多所耻"（《饮酒》），这才有了隐居的念头。尽管如此，他还是先后三次出仕，希望能够有所作为，但是昏暗的现实使他处处碰壁，现实中的一切都与他的理想政治不合，他感叹道："行止千万端，谁知非与是"（《饮酒》），"世路多端，皆为我异"（《读史》），"世与我而相违"（《归去来辞》），"世俗久相欺"（《饮酒》）。而且，这个世界也太可怕了："贞脆由人，祸福无门"（《荣木》），"密网裁而鱼骇，宏罗制而鸟惊"（《感士不遇赋》），他感到自己生不逢时，又决不愿意学那些与世浮沉、哺糟汩泥的"通识"们，于是下决心"逃禄归耕"、"白首抱关"，浩然赋"归去来"。但即使在"乐天委分，以至百年"的"恬静"的田园生活中，他也没有忘怀世事，在"静穆"的农歌中，时时有悲凉慷慨的声音。他或用含蓄隐晦的语言评论时事（如《述酒》之类），或借古人的酒杯浇自己的块垒（如《咏荆轲》之类），偶尔，他也直接地唱出自己的哀痛："岁月掷人去，有志不获骋。念此怀悲凄，终晓不能静"（《杂诗》），"荏苒岁月颓，此心稍已去"（《杂诗》）。这哀痛是如此诚挚，使人不忍卒读。他虽然也责备自己不应当曾经"缠绵人事"，但那意思是说不当侧身于污秽的官场，同庄子的"不恤人事"即对世事漠不关心是大异其趣的。明张志道《题渊明归隐图》云："岂知英雄人，有志不得伸。"清龚自珍诗云："陶潜酷似卧龙豪，万古浔阳松菊高。莫信诗人竟平淡，二分梁父一分骚。"谭嗣同说："陶公慷慨悲歌之士也，非无意于世者，世人惟以冲澹目之，失远矣！……使不幸而居高位，必铮铮以烈鸣矣。"这些意见或许把陶渊明看得太高了一些，但大体上是对的。

　　说到这里，我们应当把前面对陶渊明的"任真"所下的定义修改一下了。准确地说，陶的"任真"不是"隐居避世，谨守本性而无违"，而是"隐居不仕，坚守素志而不屈"。这正是陶和庄不同之处。宋汪藻说陶渊明"方其自得于言意之表也，虽宇宙之大，终古之远，其间治乱兴废，是非得失，变幻万方，日陈于前者，不足以累吾之真"（《翠微堂记》），这就是把陶的"任真"同庄的"守真"看成一回事了，实在是"失远矣"！其实，陶的"任真"与庄的"守真"乃是貌同而神异：庄在本质上是出世的，陶在本质上却是入世的。

　　读者或许要问：那么，《连雨独饮》那首诗是怎么回事呢？你不是说，那首诗的主旨是"任真"才能"忘天"，作者追求一种与世无争、与物无忤、百情都远、忘怀一切的境界吗？这种思想难道不是出世而居然是入世的吗？我要说：是的，这首诗如果仅从诗句本身看，它的主题无疑是出世的，这同我们单从字面上来看"任真"时，则它与庄子的"守真"并无区别的情形是一样的。但倘若我们能够"知人论世"，注意一下作者写这首诗时的背景，或许就不会得出这样的结论了。这首诗写于元兴三年（404 年），陶渊明四十岁的时候，清钟秀《陶靖节纪事诗品》云："当桓、刘窥伺之时，（陶）不复肯仕，往往赋诗见志，平淡之中，时露激烈。晋安帝元兴间，桓玄举兵犯阙，政自己出，靖节寝迹衡门，有《连雨独饮》诗。"可见诗人是对越来越混乱的政局、越来越黑暗的现实抱着极大的愤慨和忧虑，但又无能为力，无可如何，只好寝迹衡门，借酒浇愁，希望在酣醉中忘掉这如连天阴雨般的昏暗的一切，正是"理也可奈何，且为陶一觞！""任真无所先"，"无所先"是愤词，是表明不同桓玄之流的"功名士"合作的决心；"心在复何言"是自哀，是徒有此心然而无济于事的感叹。这"心"同"徒设在昔心，良辰讵可待"（《读山海经》）的"心"是一样的。诗人仿佛在感叹说："时已去矣，形已化矣，徒有此心，而良辰难再，夫复何言哉？"试问，所有这些，在本质上究竟是入世的，还是出世的呢？对于"治乱兴废，是非得失"，陶渊明究竟是关心的呢，还是不关心的呢？

所以，就外壳而言，陶的"任真"是源自庄子，但是，就其内涵而言，却是陶自己的思想。这个思想的形成，当然主要的是取决于当时的社会现实和陶本人的处境，但我们也不要忘记了诗人的少年时代是"游好在六经"（《饮酒》）的，他的这些思想同儒家的"天下有道则见，无道则隐"、"穷则独善其身，达则兼善天下"、"不义而富且贵，于我如浮云"、"君子固穷，小人穷斯滥矣"，[1] 显然有着明显的继承关系。所以宋陆九渊说陶"有志于吾道"[2]，真德秀说"渊明之学，正自经

---

[1] 分别见《论语·尧曰》、《孟子·尽心》、《论语·述而》、《论语·卫灵公》。

[2] 见陆九渊《语录》。

117

学中来"①，明安磐说渊明"有志圣贤之学"②，这都不是没有道理的。

总而言之，陶渊明的思想是由当时的社会和他本人的社会存在所决定的，而构成这种思想的材料的，则既有道家的成分，也有儒家的成分，可能还有别的成分。③ 正如颜延之在《陶征士诔》中所正确指出来的那样：陶渊明是"学非称师，文取指达"，我们不必硬派他作道家或儒家。陶渊明就是陶渊明。他是一个诗人，而不是一个哲学家。他当然有自己的思想，但这些思想是诗人从生活中领悟出来的感受，饱和着诗人的情感，用形象的方法显示给我们的，不是逻辑推理，更不是哲学讲义。当他表现这些感受和情感的时候，当然也要从前人所积累起来的思想宝库和语言宝库中去提取自己所需要的材料，但这种提取决不是原封不动地袭用，而是创造性的，像蜜蜂采花似的杂取各家，特别是用自己的血肉来改造或充实他们的内涵。当我们研究诗人的作品和思想的时候，自然也要追索这些材料的来源、出处，但更重要的是要注意诗人自己给这些材料所灌注的内容。如果我们仅仅因为诗人选用了某家某家的材料，便派定他是某家某家的信徒④，那就未免胶柱鼓瑟，失

---

① 见真德秀《跋黄瀛甫拟陶诗》。

② 见安磐《颐山诗话》。

③ 即如"保真"的思想，杨朱也有，《淮南子·氾论训》："全性保真，不以物累形，杨子之所立也，而孟子非之。"又如，据古直《陶靖节诗笺定本》考，陶诗用事取自《列子》的多至二十一次。

④ 如沈德潜《古诗源》曰："晋人诗旷达者征引老、庄，繁缛者征引班、杨，而陶公专用《论语》。汉人以下，宋儒以前，可推圣门弟子者，渊明也。"

之皮相了。这就是我们在考察陶渊明的"任真"时所看到的情况和所得到的启示。推而广之，对于研究陶渊明的整个思想，乃至研究其他诗人的思想，我想，这个结论也是适用的。

（1979 年 8 月）

陆机与六朝文学中的唯美思潮

一

在魏晋南北朝文学发展的轨迹上，太康是一个重要的转折点。而在这个转折点上，领袖当时文坛，在实践和理论两方面都承先启后的人物，首推陆机。

对于陆机的作品，尤其是诗，后世持批判态度的颇多①，甚且认为陆机的诗是"晋诗中之下乘"（黄子云《野鸿诗的》）、"独在诸公之下"（严羽《沧浪诗话》）。但当时人的评价却是很高的。钟嵘称许陆机为"太康之英"（《诗品序》）；沈约说"降及元康，潘陆特秀"（《宋书·谢灵运传论》）；刘勰在《文心雕龙》中虽对陆机有一些批评，但大体上还是相当肯定的，萧统的《文选》收录陆机各体作品至一百一十一首之多②，为所录全部作者之冠。

---

① 参看李重华《贞一斋诗说》、陈祚明《采菽堂古诗选》卷十、沈德潜《古诗源》卷七、黄子云《野鸿诗的》诸家。

② 《文选》载陆机赋二首，诗五十二首，表一首，序一首，颂一首，论三首，连珠五十首，吊文一首，共计一百一十一首。

这当然不是没有道理的。从魏晋南北朝文学的总体发展趋势及总体成就来看，陆机无疑是主流派作家中的一颗巨星，一面旗帜。陆机在文学上的成就与缺失在某种程度上代表了那整个时代文学总体上的成就与缺失，尤其代表了太康时期文学风气上的变化，且"极确切地显示了（东）晋及南北朝文学发展的征候"①。

全面评价陆机在文学上的功过得失，不是这篇短文的目的，有兴趣的朋友可以参看拙作《从建安到太康——论魏晋文学的演变》② 一文。本文主要想谈谈陆机在文学作品的形式美和语言技巧方面的见解与追求及其与六朝文学的关系。

二

对形式美和语言技巧的自觉追求是魏晋南北朝文学中一个持久的、一以贯之的倾向，我们可以简称为文学中的唯美思潮。这股思潮对魏晋南北朝文学的发展影响甚大，魏晋南北朝文学的整体成就与缺失都与此点有直接的关联。

唯美的倾向在建安文学中已经出现③，到太康时这种倾向已相当明显，并且具备了自己的观念形态。南朝以后，历经宋齐梁陈这股思潮愈演愈烈，结出了丰美的果实，也显示了若干缺失与病态。在这股思潮发展的过程中，陆机扮演了决定性的

---

① 胡国瑞《魏晋南北朝文学史》，上海：上海文艺出版社，1980年，第 258 页。

② 唐翼明《古典今论》，台北：东大图书公司，1991 年，第 25—115 页。

③ 参看唐翼明《古典今论》，第 48—53 页。

角色。他不仅以自己的文学实践，而且以自己的文学理论，使唯美由一种朦胧的倾向变为一股明确的强有力的潮流，并且决定了它后来发展的基本方向。

陆机的《文赋》是中国文学批评史上第一篇完整而系统的文学理论作品，它虽不及后来的《文心雕龙》那样体大思周，但比起稍前的《典论·论文》则有了很大的进步。它以诗的语言对作家的创作过程作了极其出色的描绘，对构思、辨体、遣词、造句都提出了很好的见解。尤其可贵的是它开始触及到了诸如天才、灵感、形象思维、继承与创新等这些在文学创作中带有普遍规律性的问题。此处不拟对《文赋》作全面的解读，只把注意力集中在它对文学形式美与语言技巧的主张上。

陆机在《文赋》中对文学作品的形式美和语言技巧有些什么样的主张呢？

第一，他立张从经典与前人的作品中提炼语言。

他一则说："倾群言之沥液，漱六艺之芳润。"再则说："收百世之阙文，采千载之遗韵。"这就是说，要从六艺乃至诸子百家中提炼出芳美的语言，来表达思维"精骛八极，心游万仞"时渐由"瞳眬"而趋"昭晰"的物象与情思。

第二，但是他反对简单地抄袭古人的陈言，而主张自出机杼。

他说在采收"阙文"、"遗韵"的时候，要"谢朝华于已披，启夕秀于未振"。如果碰到与古人雷同的地方，即使是自己思虑所得，并非抄袭，也还是要割爱："如所拟之不殊，乃暗合于曩篇。虽杼轴于予怀，怵他人之我先。苟伤廉而衍义，亦虽爱而必捐。"

第三，他主张炼字琢句，造句要精巧，遣辞要艳美。

他说："其会意也尚巧，其遣言也贵妍。"因为物象与情思都是纷纭万状的，所谓"体有万殊，物无一量"，而作家要"笼天地于形内，挫万物于笔端"，就非巧非妍不可，这样才能"穷形而尽相"。为了如此，即使有时不免要"离方""遁员"，即超出规矩，也是可以允许的。如果循规蹈矩，没有创新，就可能雅而不艳，这是他所不取的。所以后文说："或清虚以婉约，每除烦而去滥，阙大羹之遗味，同朱弦之清泛。虽一唱而三叹，固既雅而不艳。"

第四，他主张敷藻与调声，以达到巧妍的目的。

在"其会意也尚巧，其遣言也贵妍"之后，他接着说："暨音声之迭代，若五色之相宣。"所谓"音声迭代"，就是指文字声音的高低抑扬，要不断转换，具有音乐性、旋律感。古代歌咏，其"清浊通流，口吻调利"（钟嵘《诗品序》），纯粹出之天然，并非有意为之。后代出现的近体诗，最初乃是从有意调协音声开始的，而陆机提出文学作品的音乐性，正是这一发展的起点。

除作品的音乐性外，陆机还显然重视词藻的华丽，色彩的鲜明。"五色相宣"之句虽是借喻"音声迭代"，但也兼摄词藻鲜华多彩之意，所以后面补充说："谬玄黄之秩序，故淟涊而不鲜。"其后又云："藻思绮合，清丽芊眠，炳若缛绣，凄若繁弦。"可见陆机对于词藻的华美，尤其是色泽之美，的确是相当注意的。

第五，在修辞上他主张骈偶，反对"孤"、"独"。

陆机向来被认为是骈文的创始者①，也是诗中排偶的开创者②，但《文赋》中似乎没有正面提出骈偶的主张。我最近再细读《文赋》，觉得下面一段即与骈偶有关，特提出来与专家们共同商量：

> 或托言于短韵，对穷迹而孤兴。俯寂寞而无友，仰寥廓而莫承。譬偏弦之独张，含清唱而靡应。

李善注云："短韵，小文也，言文小而事寡，故曰穷迹。迹穷而无偶，故曰孤兴。""言事寡而无偶，俯求之，则寂寞而无友；仰应之，则寥廓而无所承。""言累句而成文，犹众弦之成曲。今短韵孤起，譬偏弦之独张。弦之独张，含清唱而无应；韵之孤起，蕴丽则而莫承也。"③ 李善解"短韵"为"小文"，但接着又引申为"文小而事寡"。"文"在这里显然不是"文章"之"文"，而是"文句"之"文"。所以这里说的其实是积句与用事。积句不能无偶，否则就是"孤兴"；用事不能无对，否则就是"穷迹"，穷迹、孤兴，前面无所"承"，后面没有"友"，就有如"偏弦之独张"，即使是漂亮的"清唱"，也是缺乏和声（"应"）的。这事实上就是主张骈偶。我这样理解是否正确，不敢自是，姑作一解，与同行共商之。

第六，他主张一篇诗文中要有警策之句。

---

① 参看郭绍虞《中国文学批评史》，上海：上海古籍出版社，1982年，第46页。

② 参看沈德潜《古诗源》，北京：中华书局，1977年，第156页。

③ 萧统《文选》，北京：中华书局影印本，1977年，第242页。

他说：“立片言而居要，乃一篇之警策。”这是因为文句繁富，不容易使读者得到要领，必须有一两句提纲挈领，而且具有警动效果的句子，才能给读者以深刻的印象。所以他接下去说：“虽众辞之有条，必待兹而效绩。”

第七，他对秀句情有独钟，为了保留秀句，宁可牺牲文章的简洁。

他说：“石韫玉而山辉，水怀珠而川媚。”只要有玉，山就光彩起来了，只有有珠，水就明媚起来了；只要有秀句，文章就漂亮起来了。所以哪怕其余部分不令人满意，也舍不得因删剪而失去其中的秀句：“彼榛楛之勿翦，亦蒙荣于集翠。”为什么不剪去难看的榛楛呢？因为那上面有漂亮的翠鸟啊！

第八，他主张典雅，反对“偶俗”。

他对某些来自民间的新调看来颇有微词，他说：“或奔放以谐合，务嘈囋而妖冶。徒悦目而偶俗，故声高而曲下。寤《防露》与《桑间》，又虽悲而不雅。”所以陆机对民歌、乐府不主张简单模仿，而主张在拟作中加以雅化，即主张乐府民歌文人化。

第九，他虽然非常重视语言的锤炼，但是却反对徒事雕琢，而缺乏真情实感。

他说：“或遗理以存异，徒寻虚而逐微。言寡情而鲜爱，辞浮漂而不归。犹弦么而徽急，故虽和而不悲。”不顾“理”之所在，不念实之所“归”，一味地在细微末节处推敲、雕琢，而缺乏真实的“情”、“爱”，哪怕再尖新耸听（“弦么”、“徽急”），也是不能感人（“不悲”）的。

第十，他主张一篇诗文要通体完美，统一调谐，成为一个完整无瑕的艺术品。

他说："或寄辞于瘁音，言徒靡而弗华。混妍蚩而成体，累良质而为瑕。"他认为这样是不可以的，这就像劣质的"下管"，吹出来的声音时好时坏，是不和谐的："象下管之偏疾，故虽应而不和。"

陆机《文赋》在文学作品形式美及语言技巧方面的主张大体就是以上十端。

三

我们今天细读陆机诗文，不难发现他是的确在努力实践自己的艺术主张的。当然，现实跟理想相比总是有距离的，有些地方做得较好，有些地方做得较差，有些不及，有些过头。至于主张中本来就有些不妥之处，当然毛病就更显眼了。

本节我尝试用陆机的作品来印证他的艺术主张并检讨其成败得失。自然仍以作品形式美和语言技巧为范围，不涉及思想内容方面的问题。为方便起见，我拟分成两个大方面来谈：（一）用典隶事，藻饰雅化。这大约与上节十项主张中的一、二、三、四、八点相应。（二）排偶调声，炼字琢句。这大约与上节十项主张中的三、四、五、六、七点相应，至于上节中的第九、十两点，则是要通过陆机的全部作品而观之的，这里就只好暂置不论了。

以下即分别述之：

（一）用典隶事，藻饰雅化。

读陆机的诗文，感到他与前人一个很不相同的特点，是喜欢在诗文中大量使用故籍中的语言与典故。例如乐府这种诗体，本是来源于民间，是村夫民妇"感于哀乐，缘事而发"

（《汉书·艺文志》）的歌谣，当然是接近口语而不会引经据典的。其后建安诗人，尤其是三曹，颇喜仿作，但也大体上是本着"感于哀乐，缘事而发"的原则，很少在诗中征引经典故实。例如曹植最有名的几篇乐府《箜篌引》、《薤露行》、《鰕䲉篇》、《吁嗟篇》、《浮萍篇》、《野田黄雀行》、《名都篇》、《美女篇》、《白马篇》、《种葛篇》几乎都是白描，全不用典。陆机也喜欢仿作乐府，尤喜用古题原意加以扩展，来寄托身心的感慨。单《文选》一书就收录了陆机的乐府诗十七首之多。我们细读一过，发现陆机的乐府诗跟原始乐府及三曹的仿作都不一样的地方就是出现了不少的书面雅语与故事典实。例如《君子行》，古辞十二句，作：

> 君子防未然，不处嫌疑间。瓜田不纳履，李下不正冠。嫂叔不亲授，长幼不比肩。劳谦得其柄，和光甚独难。周公下白屋，吐哺不及餐。一沐三握发，后世称圣贤。①

陆机则展为二十句：

> 天道夷且简，人道险而难。休咎相乘摄，翻覆若波澜。去疾若不远，疑似实生患。近火固宜热，履冰岂恶寒。掇蜂灭天道，拾尘惑孔颜。逐臣尚何有？弃友焉足叹。福钟恒有兆，祸集非无端。天损未易辞，人益犹可

---

① 参看沈德潜《古诗源》，北京：中华书局，1977 年，第 74 页。

欢。朗鉴岂远假，取之在倾冠。近情苦自信，君子防未然。①

两相比较，古辞质朴无文，接近口语，虽然也用了一个典故——周公的故事，但那是人人皆知的（这在古乐府已经是很少见的了，所以《艺文类聚》四十一引为曹植作，不是不可能的）。陆机的诗就不一样了，读起来就觉得典雅了，深奥了，离口语远了，有些句子很不好懂了。例如"掇蜂"以下四句，用伯奇与颜回的故事，如果不熟悉古籍，简直无从索解。"天道"二句、"福钟"二句、"天损"二句显然是经过反复锤炼的，不仅整饬典雅，而且也有相当深度，容易产生警动读者的效果。但这种书卷气很重的句子，从诗歌的角度，尤其是从乐府的角度来看，却不是上乘的。

又如《古诗十九首》是千古佳作，好就好在"深衷浅貌，短语长情"②，"若秀才对朋友说家常话"③。陆机也有拟作，《文选》就收录了十二首④，试读一过，发现陆机也把它们雅化了，藻饰了，加入了一些经典故实。比如第一首，原诗是：

行行重行行，与君生别离。相去万余里，各在天一

---

① 萧统《文选》，北京：中华书局影印本，1977 年，第 394 页。

② 陆时雍《古诗镜》，《影印文渊阁四库全书》集部三五〇，台北：商务印书馆。

③ 谢榛《四溟诗话》卷三云："古诗十九首平平道出，且无用工字面，若秀才对朋友说家常话。"

④ 陆机所拟十二首中，有两首（"拟兰若生朝阳"与"拟东城一何高"）不在十九首中。

涯。道路阻且长，会面安可知。胡马依北风，越鸟巢南枝。相去日已远，衣带日已缓。浮云蔽白日，游子不顾反。思君令人老，岁月忽已晚，弃捐勿复道，努力加餐饭。①

陆机拟作为：

> 悠悠行迈远，戚戚忧思深。此思亦何思，思君徽与音。音徽日夜离，缅邈若飞沉。王鲔怀河岫，晨风思北林。游子眇天末，还期不可寻。惊飙褰反信，归云难寄音。伫立想万里，沉忧萃我心。揽衣有余带，循形不盈衿。去去遗情累，安处抚清琴。②

　　原诗没有用典，陆诗"王鲔"二句就用典了。陆诗整首都显得比原诗更"文雅"一点，尤其是"惊飙"以下的八句更明显。"揽衣"二句从"衣带日已缓"化来，显然骈整得多，藻饰雅化的味道甚浓。但一句展作两句，意思并没有增加。
　　再看一首《明月何皎皎》，原诗是：

> 明月何皎皎，照我罗床帏。忧愁不能寐，揽衣起徘徊。
> 客行虽云乐，不如早旋归。出户独彷徨，愁思当告谁？

①　萧统《文选》，北京：中华书局影印本，1977年，第409页。
②　萧统《文选》，北京：中华书局影印本，1977年，第435页。

引领还入房，泪下沾裳衣。①

陆机拟作为：

　　　安寝北堂上，明月入我牖。照之有余晖，揽之不盈
手。凉风绕曲房，寒蝉鸣高柳。蹀躞感节物，我行永已
久。游宦会无成，离思难独守。②

　　陆机拟古诗大多远逊原诗，只有这一首（还可以加上《拟
庭中有奇树》一首）是例外，可谓通篇不逊原诗。"凉风"二
句对偶，藻饰的用意自明。"照之"二句从曹植《释愁文》
"愁之为物……寻之不知其际，握之不盈一掌"③句化来，完
全不着痕迹，近于自创，可谓熔铸前人语言的高手，真正实践
了他自己"倾群言之沥液"的艺术主张。
　　以上仅举陆机乐府拟古数例，乐府、拟古且如此，其余诗
自然更可以自由地用典藻饰了。至于陆机的文章这方面的表现
就更突出，下面谈骈偶及琢句时会附带提及，这里就从略，以
节省篇幅。
　　（二）排偶调声，炼字琢句。
　　综观陆机的全部诗文，语言上、表现技巧上的刻意求工是
相当明显的（张华讥陆机"作文大治"，这"大治"就是太雕

---

①　萧统《文选》，北京：中华书局影印本，1977 年，第 412 页。

②　萧统《文选》，北京：中华书局影印本，1977 年，第 435—436
页。

③　曹植《曹子建集》，台北：台湾中华书局，1970 年，四部备要
本，第 92 页。

琢的意思），而其求工的手段除了上面所说的用典隶事，藻饰雅化之外，最重要的就表现在排偶调声与炼字琢句上。上文引诗中"福钟恒有兆，祸集非无端"、"天损未易辞，人益犹可欢"、"揽衣有余带，循形不盈衿"、"凉风绕曲房，寒蝉鸣高柳"等句就是以排偶的手段来琢句的例子，又如"沉忧萃我心"句中的"萃"字，"拾尘惑孔颜"句中的"惑"字，都有有意炼字的痕迹。

五言诗用排偶句，十九首中已偶尔可见，如"胡马依北风，越鸟巢南枝"，但可说是得之无意。至曹植就用得颇多了，例如《情诗》：

> 微阴翳阳景，清风飘我衣。游鱼潜绿水，翔鸟薄天飞。眇眇客行士，徭役不得归。始出严霜结，今来白露晞。游子叹黍离，处者歌式微。慷慨对嘉宾，凄怆内伤悲。①

十二句中就有六句是对偶的，占总数的一半。其中"游鱼"、"始出"二联连平仄都跟后世的律诗合，这也许是沈约说的"暗与理合，匪由思致"（《宋书·谢灵运传》后论）吧。曹植诗中这样的例子我们还可以举出一些，例如：

> 凝霜依玉除，清风飘飞阁。（《赠丁仪》）
> 秋兰被长坂，朱华冒绿池。（《公宴》）
> 白日曜青天，时雨静飞尘。（《侍太子座》）

---

① 萧统《文选》，北京：中华书局影印本，1977 年，第 417 页。

孤魂翔故域，灵柩寄京师。（《赠白马王彪》）

清晨发皇邑，日夕过首阳。（同上）

秦筝发西气，齐瑟扬东讴。（《赠丁翼》）

阳阿奏奇舞，京洛出名讴。（《箜篌引》）

主称千金寿，宾奉万年酬。（同上）

行徒用息驾，休者以忘餐。（《美女篇》）

狡捷过猴猿，勇剽若豹螭。（《白马篇》）

斗鸡东郊道，走马长楸间。（《名都篇》）

太息终长夜，悲啸入青云。（《杂诗》）

从军度函谷，驱马过西京。（《又赠丁仪王粲》）

其中加点的字下得特别准确、生动，可见曹植已颇讲究炼字的功夫了。

但是曹植这些偶句毕竟只是间或见之，上引《情诗》偶句占一半，是曹集中仅有的一首。但是陆机就不同了，试检陆集五言诗，工整的对偶句几乎无篇无之，有不少篇甚至超过半数。如《赠弟士龙》共十句，除末二句外，其余八句都是工整的对偶句。又如《赠尚书郎顾彦先二首》，之二共十四句，有十句是工整的对偶句；《于承明作与士龙》共二十二句，有十四句是工整的对偶句；《苦寒行》共二十句，有十二句是工整的对偶句。此外占半数或近半数的尚多。五言诗中有意大量使用排偶，陆机是第一人，更准确地说，是首批作家中最有代表性的一个。沈德潜说他"开

132

出排偶一家"①，不是没有道理的。

这些工整的偶句，或用来写景，如："轻条象云构，密叶成翠幄。激楚伫兰林，回芳薄秀木。"（《招隐诗》）"凝冰结重涧，积雪被长峦。阴云兴岩侧，悲风鸣树端。"（《苦寒行》）"和风飞清响，鲜云垂薄阴。蕙草饶淑气，时鸟多好音。"（《悲哉行》）"回渠绕曲陌，通波扶直阡。""嘉谷垂重颖，芳树发华颠。"（《答张士然》）"山泽纷纡余，林薄杳阡眠。""虎啸深谷底，鸡鸣高树颠。"（《赴洛道中作》）或用来写人，如："美目扬玉泽，蛾眉象翠翰。""金雀垂藻翘，琼佩结瑶璠。""馥馥芳袖挥，泠泠纤指弹。"（《日出东南隅行》）或用来抒情叙事，如："目感随风草，耳悲咏时禽。"（《悲哉行》）"思乐乐难诱，曰归归未克。"（《赴洛二首》）"永叹遵北诸，遗思结南津。""振策陟崇丘，案辔遵平莽。""夕息抱影寐，朝徂衔思往。"（《赴洛道中》）"假翼鸣凤条，濯足升龙渊。"（《吴王郎中时从梁陈作》）也有的用来议论说理，如："天损未易辞，人益犹可欢。""福钟恒有兆，祸集非无端。"（《君子行》）"天道有迁易，人理无常全。"（《塘上行》）"寸阴无停晷，尺波岂徒旋。"（《长歌行》）"规行无旷迹，矩步岂逮人。"（《长安有狭邪行》）

很显然，陆机的排偶句中有不少秀句或警句，是经过仔细推敲的，许多字下得新峭而准确，可以看出作者有意求工的努力和高度的熔铸，驾驭语言的艺术功力。如上举"轻条"二句、"嘉谷"二句，描写精细；"和风"二句、"虎啸"二句，

---

① 参看沈德潜《古诗源》，北京：中华书局，1977 年，第 156 页。

清新自然，下开陶、谢之风。"凝冰"四句，气象雄浑；"寸阴"二句，新警动人。这些偶句不但对仗工整，而且音韵谐婉，其中不少已经注意到平仄的协调，如上举"激楚"二句、"凝冰"二句、"福钟"二句、"规行"二句，差不多就是律句了。我们也应该指出，陆机的偶句中疵累也不少，即使是上述较佳的偶句，也有不少可议之处。如"夕息"二句颇伤纤巧，"美目"二句俗而不雅，"天损"二句枯燥呆板，"寸阴"二句、"规行"二句、"回渠"二句、"假翼"二句基本上都是一意展作两句，多少有"合掌"之嫌。这一方面是陆机才力所限，一方面也是偶对这种修辞手段尚未发展到十分成熟阶段所难以避免的现象。

以上是陆机在五言诗中使用排偶调声的手段来炼字琢句的例子，以下再来看看他在辞赋和各体文章中这一方面努力的情形。

先说赋。陆集中几乎没有骚体赋，这可能是他偏爱句式整对的心理的一种反映。他有许多赋开头就用很工整的偶句起，这在前人的赋中是极少见的。例如《思亲赋》一开头就是"悲桑梓之悠旷，愧蒸尝之弗营。"《遂思赋》开头是："武完鼎于洛汭，胡受瑞于汝坟。"《怀土赋》开头："背故都之沃衍，适新邑之丘墟。"《行思赋》开头："背洛浦之遥遥，浮广川之裔裔。"《凌霄赋》开头："挟至道之容微，狭流俗之纷沮。"《述思赋》开头："情易感于已揽，思难戢于未亡。"《浮云赋》开头："有轻虚之艳象，无实体之真形。"几乎占他全部赋（二十五首）的三分之一。至于工整的对偶句用于赋中的就更多了。如《思归赋》共三十句，工整的偶句就有十四句之多，几乎占了一半。而且，就上举数例看，陆机显然极为注意音韵之谐婉，每联上下句节奏点上的字绝大部分是平仄相对的（梓—尝；旷—营；汭—坟；乡—邑；衍—墟；浦—川；遥—裔；微—沮；揽—亡；虚—体；象—形），只有极少数的例外（鼎—瑞；道—俗；感—戢）。

再说文。魏晋是骈文成熟的时代，其中陆机所起的作用很大，尤其是后世称为"四六"的这种正规的骈体，陆机可说是创始人。文句的渐趋齐整骈对本是东汉以来的风气，至建安骈文已是习见的文体，尤其是书信、论赞、表诔，骈体居多。曹植集中，几乎所有的书、论、表都是骈体，其著者如《与司马仲达书》、《与杨德祖书》、《与吴季重书》、《汉二祖优劣论》、《相论》、《魏德论》、《求自试表》、《求通亲亲表》、《陈审举表》都是。其他如曹丕的《典论·论文》、《与吴质书》，陈琳的《为袁绍檄豫州》、《檄吴将校部曲》、《为袁绍与公孙瓒书》，阮瑀的《为曹公作书与孙权》，王粲的《为刘荆州与袁谭书》、《为刘荆州与袁尚书》，应玚的《弈势》都是有名的骈文。这些骈文的特点是骈散兼行、以奇带偶、随势变异，其骈对部分也不着意于对仗的工巧，所以显得既有匀称之美，又有舒畅之气。这个时候的骈文也还不十分讲究用典隶事。

到陆机手里，骈文的面貌有了一种明显的变化。第一，骈句增多而散句减少，建安中那种以散运骈的风气在陆文中已不多见了；第二，陆文中在运用排偶的同时更多地更有意识地采取用典、隶事、敷藻、调声等修辞手段；第三，他往往有意"用复"，把一意展作两句，以构成偶对，而不再是建安时代那种较为自然的偶对。第四，陆文中较多使用四六相间的句式进行偶对；第五，最后一点，陆机比前人更讲究对仗的工整匀称。

试以《豪士赋序》中间一段为例：

　　且夫政由宁氏，忠臣所为慷慨；祭则寡人，人主所不久堪。是以君奭鞅鞅，不悦公旦之举；高平师师，侧目博陆之势。而成王不遣嫌吝于怀，宣帝若负芒刺于背，非其然者与？嗟乎，光被四表，德莫富焉；王曰叔父，亲莫昵焉；登帝大位，功莫厚焉；守节没齿，忠莫至焉。而倾侧颠沛，仅而自全。则伊生抱明允以婴戮，文子怀忠敬而齿剑，固其所也。因斯以言，夫以笃圣穆亲，如彼之懿；大德至忠，如此之盛，尚不能取信于人主之怀，止谤于众多之口，过此以往，乌睹其可？安危之理，断可识矣。又况乎饕大名以冒道家之忌，运短才而易圣哲所难者哉！①

　　这是一段很漂亮的文字，借古人故事说明功高震主，宠盛招祸的道理，可谓淋漓酣畅，警策动人。辞采华赡、用事富博、组织工细、音调谐婉，是这一段文字的显著特色，也最能代表陆机高超的语言艺术。

　　首先，整段文字都是对仗工整的骈句，有两两相对的，也有两联相对的，句式有四有六，灵活间用。"政由宁氏"、"祭则寡人"，一个典故分用于两联，显得既工且巧。而且作者非常注意音韵的谐调，如开头四句，以两字作一节，用平仄标出来就是：

　　　　政由宁氏，忠臣所为慷慨；　　　　　　—｜，——｜；

----

①　萧统《文选》，北京：中华书局影印本，1977 年，第 644 页。

祭则寡人，人主所不久堪。　　　　　｜—，｜｜—。

这不是标准的律句吗？

　　其次，这段文字用典很多，如卫献公、周公、成王、宣帝、霍光、伊尹、文种、宁喜等人的故事。还用了许多古人的成言，如鞅鞅、师师之类，都各有特定的出处。陆机在用古事古典上，并不只是叙述这些典故，由此生出教训或引出自己要说的意思，而是用特定的成言把这些典故巧妙地组织在自己的叙述或议论中，起一种暗示、提醒、替代的作用，像"故由宁氏"四句便是典型的例子。这些成言所包含的内容，不单是从文字本身的含义就可完全懂得的，而是要联系整个故事的背景才能理解。这样一方面使内容深刻，增加了文字的表现力，一方面当然也增加了语言的曲折和隐晦。刘勰说陆机"才欲窥深，辞务索广"（《文心雕龙·才略》），当是指的这种倾向。而这种用典隶事、熔铸古代成言的修辞手段显然为后代骈文家所继承并发展得越来越细致工巧，这只要取徐陵、庾信等人的骈文读读就知道了。

　　陆集中这样的骈文佳作还颇有一些，如《辨亡论》上下二篇，《汉高祖功臣颂》、《吊魏武帝文》及《演连珠》五十首等。尤其是《演连珠》，短小精致，最能看出陆机在语言艺术上的追求与所达到的成就。刘勰评曰："唯士衡运思，理新文敏，而裁章置句，广于旧篇。……足使义明而词净，事圆而音泽，磊磊自转，可称珠耳。"（《文心雕龙·杂文》）确非过誉。试举两首为例：

　　臣闻日薄星回，穹天所以纪物；山盈川冲，后土所以播气。五行错而致用，四时违而成岁。是以百官恪居，以赴八音之离；明君执契，以要克谐之会。①

臣闻任重于力，才尽则困；用广其器，应博则凶。是以物胜权而衡殆，形过镜则照穷。故明主程才以效业，贞臣底力而辞丰。②

这里对偶之工整（只有"八音"与"克谐"不对，但"百官"与"八音"是句内对，故可通融），音韵之协和（气、岁、会，押韵；凶、穷、丰，押韵），用字之富赡、准确，造句之优雅、简练都是一目了然，不必多加分析。同时可以看出，它的句式基本上是四六相间的，几乎不用散句，风格跟齐梁时成熟的骈文差不多，而同建安时早期的骈文的面貌颇不一样了。

四

从上面的分析可以看出，在文学作品的形式美与语言技巧的讲究上，陆机不仅有完整的理论，而且有丰富的实践。他的主张大都是正确的，是我们至今可以认可的。而他的实践也大都是成功的，至今还能引起我们的美感。当然，陆机无论理论上与实践上，也都有其偏爱，有其盲点，有其不甚成功甚至失败之处，这是很自然的，不必讳言。何况在文学艺术的领域内

---

① 萧统《文选》，北京：中华书局影印本，1977年，第761页。
② 萧统《文选》，北京：中华书局影印本，1977年，第761页。

本来就是群芳竞艳，百家争鸣，只有各人喜好之不同，无所谓绝对的对与错。有一点是可以肯定的，即在讲究形式美这一方面，陆机绝对是六朝文学中的至关重要的人物，他上承曹植，下开二谢，不仅在同时的作家中出类拔萃，是一个领袖式的人物，而且对东晋及南朝的文学都有极大的影响。

六朝文学在形式美方面的总的趋向是尚巧贵妍，其发端在太康，最典型的代表当然是陆机。六朝文学在形式美方面最重大的成就是骈偶的讲求和声律的发现，前者是建安文风一变而为太康文风的艺术关键，后者是太康文风一变而为齐梁文风的艺术关键。而这二者都可以在陆机的艺术理论与实践中找到充分的说明。骈偶可以不必多说了，前人早有论断，我上面的分析也看得很清楚。声律方面则似乎还需要多说几句。沈约在《宋书·谢灵运传论》中把声律的发现矜为独得之秘，说："自骚人以来，多历年所，虽文体稍精，而此秘未睹。至于高言妙句，音韵天成，皆暗与理合，匪由思至。张、蔡、曹、王，曾无先觉，潘、陆、谢、颜，去之弥远。"[1]"四声八病"成为自觉而清晰的理论，自然创自永明间沈约，王融、谢朓诸人，但说前人完全对声韵问题，包括平仄交替以造成声调的高下抑扬之音乐感，毫无"先觉"，甚至说陆机等人"去之弥远"，这就未免过甚其辞，而且有抹杀前人摸索之功而过分抬高自己的嫌疑。从上文的分析可以看出，陆机对声韵的调协问题从理论到实践都注意到了，怎么是"去之弥远"呢？

明朝的学者胡应麟在《诗薮》外编《六朝》中说："两汉

---

① 沈约《宋书》，台北：鼎文书局，杨家骆新校本，1975 年，第 1779 页。

之流而为六代也，其士衡之责乎？"我以为这是很有见地的。只是"流"、"责"二字负面色彩过浓，不如稍改一下，作："两汉之变为六代也，其士衡为之枢纽乎？"这样就比较中性了。

清谈与文会
——魏晋南北朝时代学术与文学传播的新方式

一

中国古代在魏晋以前，文学未尝独立成科，孔门四科之一的"文学"只是一般意义上的学术，与后世所谓文学者大异其趣。文学的自觉起始于建安前后，曹丕在《典论·论文》中的一段话最能代表文学独立意识的觉醒，他说：

> 盖文章经国之大业，不朽之盛事。年寿有时而尽，荣乐止乎其身，二者必至之常期，未若文章之无穷。是以古之作者，寄身于翰墨，见意于篇籍，不假良史之辞，不托飞驰之势，而声名自传于后。①

他这里所说的"文章"正是后世"文学"的意思。曹丕把文学的重要性提高到"经国之大业，不朽之盛事"的高度，在那个时代是了不起的见解。我们不要忘记，文学在两汉（以及两

---

① 见《文选》卷五十二魏文帝《典论论文一首》。

汉以前）是根本没有地位的，文学家不过是皇帝的玩物，宫廷的点缀，司马迁说："文史星历，近乎卜祝之间，固主上所戏弄，倡优畜之，流俗之所轻也。"① 枚皋说："为赋乃徘，见视如倡。"② 这些并非愤激之词，实在是真实的写照。汉宣帝号称开明，也只认为写辞作赋仅仅"贤于倡优博弈"而已。③ 所以，像司马相如这样的大文豪要靠狗监的推荐才能进宫，东方朔这样的才子在宫廷里的待遇只与逗笑的侏儒差不多，终其一生装疯卖傻，扬子云这样的文学家兼思想家也奚落自己的辞赋，说是"童子雕虫篆刻，壮夫不为"。④

这种状况到东汉末叶才开始有所改变，汉灵帝于光和元年（178 年）创设鸿都门学（校址在洛阳鸿都门，故名），以辞赋书画为主要课程，乃是这种改变的最初消息。但鸿都门学的创立却引起了轩然大波，正统学者与官僚贵族群起而攻之，说是"招会群小，造作赋说，以虫篆小技见宠于时"⑤。直到"曹氏基命"的建安时代，在处于统治地位，而思想解放、作风通

---

① 见《汉书》卷六十二《司马迁传》所录其《报任安书》。

② 见《汉书》卷五十一《枚皋传》。

③ 《汉书》卷六十四《王褒传》云："上（宣帝）令褒与张子侨等并待诏，数从褒等放猎，所幸宫馆，辄为歌颂，第其高下，以差赐帛。议者多以为淫靡不急。上曰：'不有博弈者乎，为之犹贤乎己。'辞赋大者与古诗同义，小者辩丽可喜，譬如女工有绮縠，音乐有郑卫，令世俗犹以此虞说耳目，辞赋比之，尚有仁义讽谕、鸟兽草木多闻之观，贤于倡优博弈远矣。"

④ 参见《汉书》卷五十七《司马相如传》、卷六十五《东方朔传》及扬雄《法言·吾子》。

⑤ 见《后汉书》卷八十四《杨赐传》，并参见卷九十下《蔡邕传》及卷七七《阳球》等传。

悦，且又富于文学才华的曹氏父子倡导之下，文学的创作才成为一时向慕的风气，蓬蓬勃勃地发展起来，而文学家们也受到社会的尊崇，成为意气风发的时代宠儿了。

但是文学的独立成科，则还要等到两百年后的刘宋时代。元嘉十五年（438年），宋文帝征召名儒雷次宗至京师，立儒学馆于北郊鸡笼山，次年，又诏命丹阳尹何尚之立玄学，太子率更令何承天立史学，司徒参军谢元立文学。① 于是，儒、玄、文、史四馆并立，史称"四馆学"。文学之独立成科，成为社会的共识，实始于此。生活在这个时代的史学家范晔（398—445）在其撰写的《后汉书》之文人传记部分，乃于《史记》、《汉书》的"儒林传"外增设"文苑传"，正是这种社会共识的反映。此后史书"儒林"与"文苑"（或"文学"）并立便大抵成为惯例。

但同时代的人也还有沿袭成规而仍以"文学"泛指一般学术（包括文学在内）的，例如刘义庆（403—444）《世说新语》前四篇以孔门四科名之，曰德行、言语、政事、文学，其中文学就是一般意义上的学术，而非特指的文学。值得注意的是，《世说》"文学"篇共一百零四条，却明显地分成两个部分，前六十五条都是跟学术有关的（只第五十二条是例外，可能是后人误置），而后三十九条却都与文学有关。可见刘义庆心中已有文学别于一般学术的概念，他一方面按传统把文学与学术都放在"文学"名下，但同时又在排列次序上把二者分开，不使杂糅，正可以看出他兼顾传统与新变的良苦用心。

要而言之，文学与一般学术，在魏晋以前是不分的，魏晋

① 见《南史》卷七十五《雷次宗传》。

时则在分与不分之间，南朝以后才终于独立成科，但也还有仍旧贯而不分或分而不清的。有鉴于此，我们在考察文学传播的时候也就很难把它与一般学术的传播截然分开，这是本文把二者放在一起讨论的主要原因。

二

"学术与文学传播"中的"传播"，应当包含两个向度：一个是时间上的，所谓"流传后世"；一个是空间上的，所谓"播扬远近"。前者造成传统，后者造成普及。

魏晋以前，中国的学术与文学是靠怎样的系统，以怎样的方式传播的呢？

我以为主要是靠两个系统：一个是宫廷系统，一个是学校系统。

先说宫廷系统。

远古时代，官师政教合一，所谓"学在官守"或"学在王官"，除了"王官之学"外，没有别的学术（自然包括文学在内），有知识的人，大都在宫廷之内。如果略去民间口耳相传的东西不计，则宫廷可以说是文化传承的唯一管道。后来虽然有学校系统的建立，分去一部分文化传播的功能，但宫廷系统在魏晋以前始终是学术与文学传播的重要渠道。

宫廷系统对于学术与文学传播的功用主要表现在对于学术与文学作品的收集、保存与整理上。读《汉书·艺文志》这一点看得最清楚：

　　汉兴，改秦之败，大收篇籍，广开献书之路。至孝武世，书缺简脱，礼坏乐崩，圣上喟然而称曰："朕甚悯焉。"于是建藏书之策，置写书之官，下及诸子传说，皆充秘府。至成帝时，以书颇散亡，使谒者陈农求遗书于天下，诏光禄大夫刘向校经传、诸子、诗赋，步兵校尉任宏校兵书，太史令尹咸校数术，侍医李柱国校方技。每一书已，向辄条其篇目，撮其指意，录而奏之。

那时的人，若著了书，想要得到赏识与传播，多半就只有诣阙献书之一途。《史记》卷一百二十六《东方朔传》云：

> 武帝时齐人有东方生名朔，以好古传书，爱经术，多所博观外家之语。朔初入长安，至公车上书，凡用三千奏牍，公车令两人共持举其书，仅然能胜之。人主从上方读之，止，辄乙其处，读之二月乃尽。

当然也可以"藏之名山，传之其人"，但最后也还是要靠他的子孙或别的识者推荐给朝廷，才能得到更好的保存与流播。

古代学术与文学传播的另一个重要管道是学校系统。

中国古代的学校制度建立甚早，相传虞设庠，夏设序，殷设瞽宗，周时则天子设辟雍，诸侯设泮宫。到汉武帝时始立太学，设五经博士，同时在郡国立郡国学，地方则有乡学，从此建立了一套完整的官办教育制度。

除官办学校外，还有私办学校。战国时，私人讲学之风已盛极一时，孔、墨、孟、荀，学徒都累百上千。但那时的学徒，多是跟着老师周游列国，并没有固定的场所。到汉代，尤其是东汉以后，许多大儒都设帐授徒，地点固定，私人讲学也就变成私立学校了。

官办学校和私办学校，构成一个遍布全国的学校网，成为学术与文学传播的最有力也最有效的管道。于是，先前主要由宫廷系统担负的学术与文学传播的功能到汉代以后便主要由学校系统担负起来了。

以上便是魏晋以前学术与文学传播的大致情形，因为不是本文的重点，乃略述其概要如此。

三

宫廷系统与学校系统在魏晋南北朝时期仍然存在，自然也仍然发挥着一定的学术与文化的传播功能。但是，这两个系统在魏晋南北朝时期都相应削弱，宫廷是威权不振、篡乱相寻，学校是时兴时废，名多实少。因而对于学术与文学的传播，也就远不如两汉之有力。

这个时候，却有些新的传播方式出现了，是前此所无而对后世颇有影响的。我觉得最重要的有两种：清谈与文会。下面分别来谈谈。

先说清谈。

清谈起源于汉末太学里的"游谈"之风，经过从党锢到魏初的半个世纪的酝酿，在魏太和初年正式成形，而在正始年间达到它的第一个高潮，以后历经西晋、东晋、宋、齐、梁、陈六朝（北朝亦有，但不盛，亦不重要），约四百年，到隋统一中国才告消失。尽管其间随时局与政治而有盛衰起伏，但那四百年中，清谈一直是当时知识分子中最流行的、最普遍的一种学术活动与智力游戏。

关于清谈的具体细节前人与时贤都迭有论述，笔者亦有一本专著《魏晋清谈》出版，此处不拟多论。我想在这里特别指出的是：清谈也是魏晋时出现的一种崭新的学术传播方式。

清谈把两汉太学中那种家法森严、一本正经、专制气味甚浓的讲经改造成一种融汇各家、平等参与，且带有竞赛的游戏意味与心智娱乐色彩的自由论辩。清谈的举行不拘场合、不拘地点，没有师徒之分、尊卑之别，只要有两个论辩对手，随时可以组成一个谈坐，有听众固然好，没有听众也无妨。而论辩的内容，几乎无所不包，举凡人生、社会、宇宙的哲理都在清谈的范围之内。既有儒、道、名、法等各家的旧观点，亦有时贤提出的新命题，例如本末有无之辨、自然名教之辨、才性之辨、圣人有情无情之辨、言意之辨、君父先后之辨等等。相对于两汉太学的讲经，魏晋的清谈可说是一种大解放，不仅是内容的解放，也是形式的解放。随着这种解放，学术（其中也包括文学）便由太学生普及到一般知识分子之中，由一家（儒家）独传变为百家争鸣（这是中国历史上的第二次百家争鸣），由陈陈相因（拘守师法、家法）变为推陈出新。

让我们从《世说新语》中举几个清谈的例子，略对上述观点作一证明。

《世说新语·文学》第十九条云：

> 裴散骑娶王太尉女婚后三日，诸婿大会，当时名士、王裴子弟悉集。郭子玄在坐，挑与裴谈。子玄才甚丰赡，始数交，未快；郭陈张甚盛，裴徐理前语，理致甚微，四坐咨嗟称快，王亦以为奇，谓诸人曰："君辈勿为尔，将受困寡人女婿。"

这是一个极佳的例子，说明当时的清谈如何在游戏、娱乐的气氛中发挥了普及和传播学术的功能。一个普通的喜庆聚会场合，片刻间变成一个既愉快又紧张的辩论学术的清谈谈坐。清谈的主客双方都是当时一流的清谈家，一流的学者。郭象大名鼎鼎，无须介绍，裴遐则据孝标注引邓粲《晋纪》云："遐以辩论为业，善叙名理，辞气清畅，泠然若琴瑟，知与不知，无不叹服。"可见也是一时之英。当天郭、裴二人的清谈非常精彩，以致"四坐称快"，虽然内容无法考见，但以此二人的学养与造就，他们所辩论必是当时尖端的学术问题则可以确定。听众中固有名士，亦有王、裴家的青年子弟，轻轻易易地就可以亲眼看见，亲耳听见当世一流学者对一流问题的论辩，真是何幸如之！这里所体现出来的自由平等的气氛又岂是两汉时代那种呆板的家法森严的讲经所可比拟？

再看几个例子。

《世说新语·文学》第三十九条：

> 林道人诣谢公，东阳时始总角，新病起，体未堪劳，与林公讲论，遂至相苦。

又同篇第四十七条：

> 康僧渊初过江，未有知者，恒周旋市肆，乞索以自营。忽往殷渊源许，值盛有宾客，殷使坐，粗与寒温，遂及义理，语言辞旨，曾无愧色。领略粗举，一往参诣，由是知之。

又同篇第五十三条：

> 张凭举孝廉，出都，负其才气，谓必参时彦。欲诣刘尹，乡里及同举者共笑之。张遂诣刘，刘洗濯料事，处之下坐，唯通寒暑，神意不接。张欲自发无端。顷之，长史诸贤来清言，客主有不通处，张乃遥于末坐判之，言约旨远，足畅彼我之怀，一坐皆惊。真长延之上坐，清言弥日，因留宿至晓。

以上三例中，清谈的一方是当时一流的清谈家与思想家支道林、殷浩、刘惔，清谈的另一方一为总角小儿，一为方外贫僧，一为下郡寒士。我们从此不难想象当时清谈的平等解放精神（当然是有限度的，基本还是在贵族知识分子圈中，这一点不应误会）与普及程度。这实在是一种革命的、空前的学术传播方式。

清谈的传播学术，也不仅限于辩论当时的口耳之间。清谈之后，论辩双方常常会把自己的观点写成文字，或作进一步论辩的基础，或在朋友中流传。例如《世说新语·文学》第七十四条：

> 江左殷太常父子并能言理，亦有辩讷之异。扬州口谈至剧，太常辄云："汝更思吾论。"

该条刘孝标注引《中兴书》云：

> 殷融字洪远，陈郡人。桓彝有人伦鉴，见融，甚叹美
> 之。著《象不尽意》、《大贤须易论》，理义精微，谈者称
> 焉。兄子浩，亦能清言，每与浩谈，有时而屈。退而著
> 论，融更居长。

又如同篇第五条：

> 钟会撰《四本论》始毕，甚欲使嵇公一见，置怀中。
> 既定，畏其难，怀不敢出，于户外遥掷，便回急走。

在魏晋南北朝时代，学术借清谈而传播而普及的深度与广度都远远超过学校系统，这是中国学术史上一段很特别的经历。

四

如果说清谈主要是传播学术而非文学的话，则魏晋时代新兴的另外一种文人活动形式就完全是传播文学了，那就是文会。

"文会"即文人集会，取《论语·颜渊》"君子以文会友"之意。一批气味相投的文人结合成或松或紧的团体，这个团体内的作家友谊深厚，交往频繁，经常举行一些与文学有关的集会、游宴，在创作上则互相鼓励、切磋，也互相赠答、唱和。这种风气首见于建安。以三曹为中心的邺下文人集团是中国文学史上第一个这样的团体，他们当年在邺宫、南皮等地所举行的集会是中国文学史上第一批这样的集会。

先引一点资料。

《文选》卷四十二载曹丕致吴质二书，其一云：

> 季重无恙。涂路虽局，官守有限。愿言之怀，良不可任。足下所治僻左，书问致简，益用增劳。每念昔日南皮之游，诚不可忘。既妙思六经，逍遥百氏，弹棋间设，终以六博。高谈娱心，哀筝顺耳。驰骋北场，旅食南馆。浮甘瓜于清泉，沉朱李于寒水。白日既匿，继以朗月。同乘并载，以游后园。舆轮徐动，参乘无声。清风夜起，悲笳微吟。乐往哀来，怆然伤怀。余顾而言："斯乐难常。"足下之徒，咸以为然。今果分别，各在一方。元瑜长逝，化为异物。每一念至，何时可言。

又一云：

> 岁月易得，别来行复四年。三年不见，东山犹叹其远，况乃过之，思何可支？虽书疏往返，未足解其劳结。昔年疾疫，亲故多罹其灾。徐陈应刘，一时俱逝，痛可言邪？昔日游处，行则连舆，止则接席，何曾须臾相失？每至觞酌流行，丝竹并奏，酒酣耳热，仰而赋诗，当此之时，忽然不自知乐也。谓百年已分，可长共相保，何图数年之间，零落略尽，言之伤心。顷撰其遗文，都为一集。观其姓名，已为鬼录，追思昔游，犹在心目，而此诸子，化为粪壤，可复道哉！

《三国志》卷二一《王粲传》裴松之注亦载此二书，谓出自《魏略》，裴注于此二书外又载曹丕致吴质第三书，也提到"南皮之游"，其文云：

> 南皮之游，存者三人。烈祖龙飞，或将或侯。今惟吾子，栖迟下仕。从我游处，独不及门。甗甊蒉耻，能无怀愧？路不云远，今复相闻。

邺下文人集团以三曹为核心、为领袖，建安七子除孔融外都是这个集团的成员，此外邯郸淳、繁钦、路粹、丁仪、丁廙、杨修、荀玮、应璩也先后是圈中人。从曹丕的信中不难看出他们关系的密切、交往的频繁和友谊的深厚（虽然后来由于丕植的矛盾而造成若干悲剧）。信中"妙思六经，逍遥百氏，弹棋间设，终以六博。高谈娱心，哀筝顺耳"、"觞酌流行，丝竹并奏，酒酣耳热，仰而赋诗"等语说明他们的集会是以文学艺术为主要内容的。在他们的交往与集会中，因互相启发、互相刺激而产生不少的文学作品。例如《文选》卷二十二所载的曹植、王粲、刘桢、应场的几首"公宴诗"显然就是这种场合的产品。这些作品不仅在圈内互相传阅，同时也因为他们的地位与名气而流传到社会上去。这是魏晋时出现的一种新的文学传播形式而在魏晋前没有见过的。

我还想特别提醒大家注意曹丕信中这样一句话："顷撰其遗文，都为一集。"文人为自己朋友的作品编集，使不遗散而得以流传，在中国文学史上，曹丕大概是第一人。

建安以后，文人结合成团体，举行文学性的集会，在团体内互相酬答，在集会中即兴创作，事后并编集流传，这样一种新型的文学活动方式，也是一种新型的文学传播方式，就渐渐蔚成风气。

西晋时有著名的以贾谧为中心的"二十四友"①。这"二十四友"几乎囊括了那个时代一流的文学家，如陆机、陆云、左思、潘岳、挚虞、刘琨、石崇、欧阳建等人。这些人除在贾谧的豪华的住邸里宴饮②外，还常常在石崇那著名的金谷园里集会。《晋书·刘琨传》云：

> （琨）年二十六，为司隶从事。时征虏将军石崇河南金谷涧中有别庐，冠绝时辈，引致宾客，日以赋诗。琨预其间，文咏颇为当时所许。秘书监贾谧，参管朝政，京师人士，无不倾心。石崇、欧阳建、陆机、陆云之徒，并以文才，降节事谧。琨兄弟亦在其间，号曰"二十四友"。

这些作家在金谷园集会中究竟赋了些什么诗，现已不可考，但《文选》卷二十载有潘岳诗一首，题为《金谷集作》。此外，我们知道金谷诗人也曾将他们的诗编成一集，名曰《金谷诗》，石崇曾为之作叙。《世说新语·品藻》第五十七条刘孝标注曾引此叙，其文云：

---

① "二十四友"为：石崇、欧阳建、潘岳、陆机、陆云、缪微、杜斌、挚虞、诸葛诠、王粹、杜育、邹捷、左思、崔基、刘环、和郁、周恢、索秀、陈眕、郭彰、许猛、刘讷、刘兴、刘琨。见《晋书》卷四十《贾谧传》。

② 《晋书·贾谧传》云："（谧）负其骄宠，奢侈逾度。室宇崇僭，器服珍丽，歌童舞女，选极一时。开阁延宾，海内辐凑。贵游豪戚及浮竞之徒，莫不尽礼事之。或著文章称美谧，以方贾谊。"

余以元康六年从太仆卿出为使持节，监青、徐诸军事，征虏将军。有别庐在河南县界金谷涧中，或高或下，有清泉、茂林、众果、竹柏、药草之属，莫不毕备。又有水碓、鱼池、土窟，其为娱目欢心之物备矣。时征西大将军祭酒王诩当还长安，余与众贤共送往涧中。昼夜游宴，屡迁其坐，或登高临下，或列坐水滨。时琴瑟笙筑，合载车中，道路并作；及住，令与鼓吹递奏。遂各赋诗以叙中怀，或不能者，罚酒三斗。感性命之不永，惧凋落之无期，故具列时人官号、姓名、年纪，又写诗著后。后之好事者，其览之哉！凡三十人，吴王师、议郎关中侯、始平武功苏绍，字世嗣，年五十，为首。

这样看来，石崇之编《金谷诗》同当年曹丕之为徐、陈、应、刘等人编集，其动机是一样的，都是文人为友朋编集，作为纪念，免于散失而广流传。但是《金谷诗》比曹丕编的集子显然又进了一步。第一，曹丕是为死友编集，金谷诗编集时诸人都健在；第二，曹丕编的是各人不同时期的作品，金谷诗却是大家在同一个场合为同一个主题作的诗。而且看来这本诗集是在那次集会后很短的时间内就编好的。① 这不禁使我们想起现代的学术讨论会，大家在会上发表论文，会后很快就编成集子出版。我们自以为很现代化，其实我们的祖先在一千七百年前也已经做得差不多了。可以想象，金谷园那次盛会中产生的

① 按《水经注·谷水》下注引此叙作"余以元康七年"云云，则这次集会当发生在公元 296 或 297 年，而石崇死于 300 年，故编集必在很短时间内。

作品通过这本集子的编辑，不仅得以保存，且很快流传到社会上去。这样的传播方式与传播速度都是空前的。

金谷之会后五十余年，又有著名的兰亭集会。王羲之等四十一位东晋文人以永和九年（353 年）三月三日"会于会稽山阴之兰亭"，饮酒赋诗，事后亦将各人所赋之诗编为一集，王羲之曾为之作序，就是至今传诵的《兰亭集序》，又称《临河叙》。

兰亭之会与金谷之会后先媲美，犹有过之，而前者受后者的影响则是非常明显的，连不会作诗者罚酒三斗都是遵金谷之旧规。王羲之的《兰亭集序》固然远比石崇的《金谷诗叙》出名，但若取二者同读，则王作显然有模仿石文的痕迹，只是青出于蓝，而胜于蓝罢了。故《世说新语·企羡》第三条云："王右军得人以《兰亭集序》方《金谷诗序》，又以己敌石崇，甚有欣色。"《兰亭集序》世所习知，不必赘引。《世说》此条后刘孝标注亦引该序之节文，个别字句略有出入，最后二句则为现在流行的《兰亭集序》所无，因有与会人数之资料，特录于此：

> ……故列叙时人，录其所述。右将军太原孙丞公等二十六人赋诗如左，前余姚令、会稽谢胜等十五人不能赋诗，罚酒三斗。

三月三日临水修禊本是汉代以来的旧俗，但文人借此集会赋诗，并编集流传，则似乎是始自兰亭。自此以后，每到三月三日，东晋南朝的文人好像就会例有集会赋诗之盛举了。我们在《文选》卷四十六还可以读到颜延年和王元长分别于宋元嘉十一年（434 年）和齐永明九年（491 年）所作的《三月三日曲水诗序》。既云"序"，则也是编集无疑。这样的诗集当时一定很多，可惜都没有流传下来，否则对我们今天来研究古代的文学传播史一定大有帮助。

从兰亭集会开始的习惯可称之为"上巳会"或"曲水会"，它的特别之处在于这是一种定期的文会，较之金谷园那种不定期的文会又进了一步，这对于文学传播的意义当然是不言自明的。

南朝以后，各种各样的文会便格外地多起来，"文"、"会"二字连缀成一个词，大约也就出现在这个时候，这正是新的存有在人们观念上的反映。下面略举数例，不再诠说。

《南史》卷十九《谢灵运传》：

> 灵运既东，与族弟惠连、东海何长瑜、颍川荀雍、太山羊璿之，以文章赏会，共为山泽之游，时人谓之"四友"。

《南史》卷二十《谢弘微传》：

> 混风格高峻，少所交纳，唯与族子灵运、瞻、晦、曜、弘微，以文义赏会，常共宴处。居在乌衣巷，故谓之乌衣之游。混诗所言"昔为乌衣游，戚戚皆亲姓"者也。

《南史》卷七十一《顾越传》：

> 越以世路未平，无心仕进，因归乡，栖隐于武丘山，

与吴兴沈炯、同郡张种、会稽孔奂等，每为文会。

《南史》卷七十二《徐伯阳传》：

> 太建初，与中记室李爽、记室张正见、左户郎贺彻、学士阮卓、黄门郎萧诠、三公郎王由礼、处士马枢、记室祖孙登、比部郎贺循、长史刘删等为文会友。后有蔡凝、刘助、陈暄、孔范亦预焉，皆一时士也。游宴赋诗，动成卷轴，伯阳为其集序，盛传于世。

又同卷《阮卓传》：

> （卓）还，除南海王府咨议参军，以目疾不之官，退居里舍，改构亭宇，修山池卉木，招致宾友，以文酒自娱。

梁萧统《昭明太子集》三《锦带书十二月启太簇正月》：

> 昔时文会，长思风月之交。

《梁书》卷四十九《庾肩吾传》：

> 初，太宗在藩，雅好文章士，时肩吾与东海徐摛，吴郡陆杲，彭城刘遵、刘孝仪、仪弟孝威同被赏接。及居东宫，又开文德省，置学士，肩吾子信、摛子陵、吴郡张长公、北地傅弘、东海鲍至等充其选。

《梁书》卷一《武帝纪上》：

> 竟陵王子良开西邸，招文学，高祖与沈约、谢朓、王融、萧琛、范云、任昉、陆倕等并游焉，号为"八友"。

最后，我还想补充一点，就是梁陈时代有一种较为特别的文会，它是由在位的君主召集的。此风大约始于梁武帝。《南史》卷七十二《文学传》序云：

> 自中原沸腾，五马南渡，缀文之士，无乏于时。降及梁朝，其流弥盛。盖由时主儒雅，笃好文章，故才秀之士，焕乎俱集。于时武帝，每所临幸，辄命群臣赋诗，其文之善者，赐以金帛。是以缙绅之士，咸知自励。至有陈受命，运接乱离，虽加奖励，而向时之风流息矣。

兹举数例如下。

《梁书》卷四十九《到沆传》：

> 高祖宴华光殿，命群臣赋诗，独诏沆为二百字，二刻使成。沆于坐立奏，其文甚美。

同卷《刘苞传》：

> 自高祖即位，引后进文学之士，苞及从兄孝绰、从弟孺，同郡到溉、溉弟洽、从弟沆，吴郡陆倕、张率，并以

文藻见知，多预宴坐。

同卷《丘迟传》：

> 时高祖著《连珠》，诏群臣继作者数十人，迟文最美。

《陈书》卷三十四文学《阮卓传附阴铿传》：

> 天嘉中，为始兴王府中录事参军。世祖尝宴群臣赋诗，徐陵言之于世祖，即日召铿预宴，使赋新成安乐宫。铿援命便就，世祖甚叹赏之。

这样的文会，由于是君王发起，其声势与规模自然更大，虽不一定会产生什么有价值的作品，但对于文学传播的作用却是不容低估的。

五

魏晋之际，中国社会经历了一次对后世影响深远的思想解放与文艺复兴。清谈与文会既是这次解放与复兴的产物，又是这次解放与复兴所凭借的手段。清谈与文会，本质上讲，是魏晋知识分子一种新的活动模式，而这种模式比以往的模式更能迅速有效地传播、普及学术与文学，因而从文化传播的角度来观察，是特别值得我们注意的。

（1992 年 4 月于台北）

关于魏晋清谈研究中的几个问题

论中国学术者，有所谓汉学与宋学之分。考汉学之变为宋学，其关键乃在魏晋。魏晋之际，中国社会经历了一次对后世影响深远的思想解放与文艺复兴。经由这次解放与复兴，秦汉的中国乃转型为更博大、更文明的唐宋的中国。在学术方面的结果，乃是独尊儒术、以太学讲经为主要形式、重视章句家法的两汉学术逐渐变为广纳各家、以书院讲学为主要形式、追求义理圆融贯通的唐宋学术。

这是中国学术思想史上最重大的一次演进，历魏晋南北朝约四百余年。这次演进所凭借的最重要的手段则是"清谈"。故无论是研究中国学术思想的演变，或研究魏晋学术思想自身，都不能不涉及清谈这个题目。

尽管现代研究者涉及清谈这个题旨的文献盈箱累帙，可是我们遍检中外著作，仍然找不出一本独立而全面地研究魏晋清谈的专书。因此，笔者不辞蒭陋，花了两年的研究工夫，写成了《魏晋清谈》一书。书中观点结论颇与前辈时贤有所异同，在此提出几个问题来加以讨论，以期引起进一步研究的兴趣。

一、清谈的名义问题

学术界通常都用"清谈"一词来称呼流行于魏晋南北朝时期的一种以"三玄"（《周易》、《老子》、《庄子》）为主要内容（东晋以后又加上佛理）的谈论，也有称"玄谈"或"谈玄"的，但以"清谈"为最普遍。这种用法大约从明清以来就建立了，几百年来，大家都对此没有异辞。

但是，我的研究发现，以"清谈"特指谈玄，完全是明清以来的误用，明清以前并无这种用法。魏晋南北朝时代，"清谈"一词已经流行了，但含义比现在要广泛得多，且从不用来专指谈玄。在魏晋研究方面很有贡献的权威学者唐长孺先生在《清谈与清议》一文中说，清谈"晋以后已专指玄虚之谈"，又说"从这一方面来检查史料，我们可以找出无数的例子来。"① 但事实刚好和唐先生的论断相反，整个魏晋南北朝，"清谈"一词从来没有专指玄虚之谈，专指玄虚之谈的"清谈"的例子，在魏晋南北朝史料中几乎一个都找不到。最有趣的是，记载魏晋玄谈资料最多，以至被陈寅恪先生称为"清谈总汇"② 的《世说新语》就从头至尾没有"清谈"二字，不仅正文没有，连刘孝标的注文中也没有。

当时"清谈"一词的用法究竟如何呢？根据现有的资料，

---

① 见唐长孺《魏晋南北朝史论丛》，北京：三联书店，1955 年，第 289—297 页。

② 见陈寅恪《逍遥游向郭义及支遁义探源》一文，载《陈寅恪先生文集》之三，台北：里仁书局，1981 年，第 83 页。

可以推知"清谈"的早期含义大致有以下三种：

（一）雅谈。泛指一切美好的言谈，通常是个人性的，而不是公众性的舆论。例如《文选》卷二十三·刘公幹《赠五官中郎将四首之二》："清谈同日夕，情盼叙忧勤。"卷四十二应休璉《与侍郎曹长思书》："幸有袁生，时步玉趾，樵苏不爨，清谈而已。"

（二）美谈。通常指对人物的揄扬，带有舆论性。例如《艺文类聚》卷四十八引王隐《晋书》载晋武帝谓郑默语："昔州内举卿相辈，常愧有累清谈。"《太平广记》卷三百一十八引刘敬叔《异苑》"桓回"条："乐工成凭今何职？我与其人有旧，为致清谈，得察孝廉，君若相见，令知消息。"《梁书》卷五十《伏挺传》载挺与徐勉书："昔子建不欲妄赞陈琳，恐见嗤哂后代，今之过奢余论，将不有累清谈。"又同书卷一百三十三《沈约传》："自负高才，昧于荣利，乘时藉势，颇累清谈。"

（三）正论。由第二义拓广演变而来，指对人物的评论，可褒可贬，而重在贬，也带有舆论性。例如《南史》卷二十《谢朏传》："建武初，朏为吴兴，以鸡卵赋人，收鸡数千。及遁节不全，为清谈所少。"同书卷四一《萧颖达传》："（萧）时居母服，清谈所贬。"葛洪《抱朴子·外篇》第二十五卷《疾谬》："俗间有戏妇之法……或清谈所不能禁，非峻刑不能止也。"又第二十四卷《酒诫》："谓清谈为诋罯，以忠告为侵己。"

显然，后世以"清谈"专指谈玄的用法来源于"清谈"原文中的第一种，原文中的二、三两义今天已经不用了。

但是仅仅指出作为特指学术名词的"清谈"来源于"清

谈"原文中的一种——雅谈,还是太过笼统。魏晋士大夫之间的雅谈包括许多内容,并不是每种内容的雅谈都可以与我们今天所讨论的"魏晋清谈"同义的。日本学者板野长八,在1939年发表的《清谈の一解释》一文中已指出汉魏六朝时"清谈"一词有多种含义,后来余英时先生在《汉晋之际士之新自觉与新思潮》一文中又进一步指出我们至少可以把当时士大夫间的清谈分为三种。① 我下面就根据他的意见将当时三种类型的清谈(即三种雅谈,不指"清谈"原文中的二、三两义)的例子分别列举于后。

一是泛泛的、没有一定内容的清谈:

葛洪《抱朴子·外篇》卷二十五《疾谬》:

> 虽不能三思而吐清谈,犹可息谑嘲以防祸萌也。

《三国志》卷七《魏书·臧洪传》注引《九州春秋》论青州刺史焦和:

> 入则见其清谈干云,出则浑乱。

《三国志》卷十三《魏书·钟繇传》注引《魏略》太子与钟繇书:

> 得报知喜南方,至于荀公之清谈,孙权之妩媚,执书

① 见余英时《中国知识阶层史论(古代篇)》,台北:联经出版公司,1980年初版,1984年再版,第246—249页。

喔嚎，不能离手。

鲁褒《钱神论》：

> 吾将以清谈为筐篚，以机神为币帛。

> 当今之世，何用清谈！

> 京邑衣冠，疲劳讲肆，厌闻清谈，对之睡寐。

二是可以推测其内容是以人物评鉴为主的清谈①：

《三国志》卷一《魏书·武帝纪》注引张璠《汉纪》载郑泰说董卓（《后汉书》卷七十《郑太传》）：

> 孔公绪能清谈高论，嘘枯吹生。

《三国志》卷二十一《魏书·刘劭传》载夏侯惠荐劭曰：

> 臣数听其清谈，览其笃论。

《三国志》卷三十八《蜀书·许靖传》：

---

① 该组五例，根据上下文及主角，大约可以推知其清谈内容多少与人物评鉴有关。例如郭泰（林宗）、许靖皆是有名的人物评鉴专家；刘劭著《人物志》，自然也是精于人物评鉴的。祖约"清谈"后接"平裁"，孔伷（公绪）"清谈"后接"嘘枯吹生"（枯者吹之使生，有显扬之意），都暗示其"清谈"内容含有人物批评在内。

靖虽年逾七十，爱乐人物，诱纳后进，清谈不倦。

《抱朴子·外篇》卷四十六《正郭》：

于时君不可匡，俗不可正。林宗周旋，清谈间阎。

《文选》卷三十八·任彦升《为萧扬州荐士表》李善注引王隐《晋书》：

祖约清谈平裁，老而不倦。

三是可以推测其内容是以学理讨论为主的清谈①：
《北堂书钞》卷九十八引《何晏别传》：

曹爽常大集名德，长幼莫不预会。晏清谈雅论，纷纷不竭。曹羲叹曰："妙哉何平叔之论道，尽其理矣！"

《抱朴子·外篇》卷二十五《疾谬》：

不闻清谈讲道之言，专以丑辞嘲弄为先。

《颜氏家训·勉学》：

何晏王弼，祖述玄宗。递相夸尚，景附草靡。……直

---

① 该组四例，"清谈"之后多接"论道"、"讲道"、"剖玄"等语，可知其内容必是以学理讨论为主的。

取其清谈雅论，辞锋理窟，剖玄析微，妙得入神，宾主往复，娱心悦耳。然而济世成俗，终非要务。

《南齐书》卷二十四《柳世隆传》：

世隆少立功名，晚专以谈义自业。善弹琴，世称柳公双璅，为士品第一。常自云马矟第一，清谈第二，弹琴第三。

以上"清谈"若干例，大概是现存的"清谈"一词的最早资料了。可以注意的是，以上三组各组中都有较早的例子，也有较晚的例子，可见三种内容的"清谈"是同时存在的，并无先后之分。换言之，从汉末到魏晋南北朝，"清谈"一词的内容在指雅谈这一点上并无若何变化，它始终只是一个泛指的非学术性名词。我们今天所说的"魏晋清谈"，严格地讲，只是指上述三组中的第三组，而且特指化了。试以一图表之如下：

"清谈"原义

（一）雅谈	A	B	C
（二）美谈			
（三）正谈			

"魏晋清谈"今义

从抽象的逻辑角度上看来，今天所谓的"魏晋清谈"，作为一个学术名词，只有魏晋时"清谈"一词义域的九分之一。

166

只有这九分之一才是我们今天研究魏晋清谈时所要研究的对象，其余九分之八都不是。

正因为讨论学理的玄谈只占"清谈"原文的一小部分，所以当特指玄谈时反不用"清谈"一词，这就是我们在《世说新语》（包括刘注在内）中竟然找不到"清谈"二字的原因。

既然"清谈"一词在魏晋时含义颇广，并不专指玄谈，那么很自然地会引出一个问题，即：当时的玄谈，究竟叫什么呢？或说：我们今天所说的"魏晋清谈"，当时究竟有没有什么专门的称呼呢？

这个问题，我们也可以检查《世说新语》。

在《世说新语》中，尤其是《言语》、《文字》、《赏誉》等篇中，作者使用了"言"、"谈"、"说"、"语"、"道"、"讲"、"叙"、"论"、"言理"、"说理"、"论理"、"谈道"、"析理"、"谈玄"、"谈名理"、"叙名理"、"言虚胜"、"清玄"、"微言"、"玄言"、"谈咏"、"谈论"、"讲论"、"语议"等等二十多个词。但其中最值得我们注意的是两个词："谈"与"清言"。说它们最值得注意，主要有两个原因：一是它们出现的频率较其他词高，二是它们都含有特指的性质，即凡是用这两个词的地方几乎都可以肯定是谈玄，而非其他，尤其是"清言"，其特指的意味最强。

下面我就把《世说新语》中所见"谈"与"清言"的例子分别抄录于后，以资读者研味。

一是"谈"的例子：

> 谢胡儿语庾道季："诸人莫当就卿谈，可坚城垒。"庾曰："若文度来，我以偏师待之；康伯来，济河焚舟。"
>
> （《言语》七十九条）

诸葛玄年少不肯学问，始与王夷甫谈，便已超诣。王叹曰："卿天才卓出，若复小加研寻，一无所愧。"　后看《庄》、《老》，更与王语，便足相抗衡。

（《文学》十三条）

　　傅嘏善言虚胜，荀粲谈尚玄远。

（《文学》九条）

　　殷仲堪精核玄论，人谓莫不研究。殷乃叹曰："使我解四本，谈不翅尔。"

（《文学》六十条）

　　桓南郡与殷荆州共谈，每相攻难，年余后但一两番，桓自叹才思转退，殷云："此乃是君转解。"

（《文学》六十五条）

　　江左殷太常父子并能言理，亦有辩讷之异。扬州口谈至剧，太常辄云："汝更思吾论。"

（《文学》七十四条）

　　殷融字洪远，陈郡人。桓彝有人伦鉴，见融，甚叹美之。著《象不尽意》、《大贤须易论》，理义精微，谈者称焉。兄子浩，亦能清言。每与浩谈。有时而屈，退而著论，融更居长。

（《文学》七十四条刘注引《中兴书》）

谢车骑在安西艰中，林道人往就语，将夕乃退。有人道上见者，问云："公何处来?"答云："今日与谢孝剧谈一出来。"

（《文学》四十一条）

裴散骑娶王太尉女，婚后三日，诸婿大会，当时名士、王裴子弟悉集。郭子玄在坐，挑与裴谈。子玄才甚丰赡，始数交，未快；郭陈张甚盛，裴徐理前语，理致甚微，四坐咨嗟称快。

（《文学》十九条）

钟士季目王安丰："阿戎了了解人意。"谓裴公之谈："经日不竭。"

（《赏誉》五条）

人问王夷甫："山巨源义理如何? 是谁辈?"王曰："此人初不肯以谈自居，然不读《老》、《庄》，时闻其咏，往往与其旨合。"

（《赏誉》二十一条）

王仲祖、刘真长造殷中军谈。谈竟俱载去。刘谓王曰："渊源真可。"王曰："卿故堕其云雾中。"

（《赏誉》八十六条）

人问抚军："殷浩谈竟何如?"答曰："不能胜人，差

169

可献酬群心。"

郗嘉宾问谢太傅曰："林公谈何如嵇公?"谢云："嵇公勤著脚，裁可得去耳。"又问："殷何如支?"谢曰："正尔有超拔，支乃过殷；然懔懔论辩，恐□（按：当是"殷"字）欲制支。"

（《品藻》六十七条）

郗太尉晚节好谈，既雅非所经，而甚矜之。后朝觐，以王丞相末年多可恨，每见必欲苦相规诫。王公知其意，每引作他言。临还镇，故命驾，诣丞相。翘须厉色，上坐便言："方当乖别，必欲言其所见。"意满口重，辞殊不流。王公摄其次，曰：后面未期，亦欲尽所怀：愿公勿复谈!"郗遂大嗔，冰矜而出，不得一言。

（《规箴》十四条）

陈林道在西岸，都下诸人共要至牛渚会。陈理既佳，人欲共言折，陈以如意拄颊，望鸡笼山叹曰："孙伯符志业不遂。"于是竟坐不得谈。

（《豪爽》十一条）

以上十六例中"谈"字都是单用，但根据上下文，我们很容易辨别这个"谈"是特指玄谈，而非一般的谈话。至于"谈"字后再接"理"、"道"、"名理"等宾语的，我都没有计算在内。

170

此外，"谈"也偶尔同"论"、"议"、"讲"、"咏"一起构成"谈论"、"谈议"、"谈讲"、"谈咏"等复合词，意与"谈"同。例如：

（桓）玄善言理，弃郡还国，常与殷荆州仲堪终日谈论不辍。

（《文学》二十五条刘注引《隆安记》）

（殷）浩能言理，谈论精微，长于《老》、《易》，故风流者皆宗归之。

（《赏誉》八十六条刘注引《中兴书》）

卫伯玉为尚书令，见乐广与中朝名士谈议，奇之曰："自昔诸人没已来，常恐微言将绝，今乃复闻斯言于君矣。"

（《赏誉》二十三条）

卫瓘有名理，及与何晏、邓飏等数共谈讲，见广奇之，曰："每见此人则莹然，犹廓云雾而睹青天。"

（《赏誉》二十三条刘注引王隐《晋书》）

惔有隽才，其谈咏虚胜，理会所归。王濛略同，而叙致过之。

（《品藻》四十八条刘注引《刘惔别传》）

二是"清言"的例子：

王右军与谢太傅共登冶城。谢悠然远想，有高世之志。王谓谢曰："夏禹勤王，手足胼胝；文王旰食，日不暇给。今四郊多垒，宜人人自效；而虚谈废务，浮文妨要，恐非当今所宜。"谢答曰："秦任商鞅，二世而亡，岂清言致患邪？"

（《言语》七十条）

许询能清言，于时士人皆钦慕仰爱之。
（《言语》七十三条刘注引《晋中兴士人书》）

殷中军为庾公长史，下都，王丞相为之集，桓公、王长史、王蓝田、谢镇西并在。丞相自起解帐带麈尾，语殷曰："身今日当与君共谈析理。"既共清言，遂达三更。丞相与殷共相往反，其余诸贤略无所关。既彼我相尽，丞相乃叹曰："向来语乃竟未知理源所归。至于辞喻不相负，正始之音，正当尔耳。"明旦，桓宣武语人："昨夜听殷、王清言甚佳，仁祖亦不寂寞，我亦时复造心；顾看两王掾，辄翣如生母狗馨。"

（《文学》二十二条）

谢镇西少时，闻殷浩能清言，故往造之。殷未过有所通，为谢标榜诸义，作数百语。既有佳致，兼辞条丰蔚，甚足以动心骇听。谢注神倾意，不觉汗流交面。

（《文学》二十八条）

殷中军尝至刘尹所，清言良久，殷理小屈，游辞不

已，刘亦不复答。殷去后，乃云："田舍儿强学人作尔馨
语！"

（《文学》三十三条）

（谢）玄能清言，善名理。
（《文学》四十一条刘注引《谢玄别传》）

张凭举孝廉，出都，负其才气，谓必参时彦。欲诣刘
尹，乡里及同举者共笑之。张遂诣刘，刘洗濯料事，处之
下坐，唯通寒暑，神意不接。张欲自发无端。顷之，长史
诸贤来清言，客主有不通处，张乃遥于末坐判之，言约旨
远，足畅彼我之怀，一坐皆惊。真长延之上坐，清言弥
日，因留宿至晓。

（《文学》五十三条）

乐令善于清言，而不长于手笔。
（《文学》七十条）

（殷）浩善《老》、《易》，能清言。
（《文学》二十七条刘注引《殷浩别传》）

（何）晏能清言，而当时权势，天下谈士多宗尚之。
（《文学》六条刘注引《文章叙录》）

（殷融）兄子浩，亦能清言。每与浩谈，有时而屈，退而著论，融更居长。

（《文学》七十四条刘注引《中兴书》）

（裴）邈字景声，河东闻喜人。少有通才，从兄颜器赏之。每与清言，终日达曙。

（《雅量》十一条刘注引《晋诸公赞》）

谢太傅未冠，始出西，诣王长史清言良久。去后，苟子问曰："向客何如尊？"长史曰："向客亹亹，为来逼人。"

（《赏誉》七十六条）

（殷）浩清言妙辩玄致，当时名流皆为其美誉。

（《赏誉》八十二条刘注引徐广《晋纪》）

（王）濛性和畅，能清言，谈道贵理中，简而有会。

（《赏誉》一百三十三条刘注引《王濛别传》）

尚书令卫瓘见广曰："昔何平叔诸人没，常谓清言尽矣，今复闻之于君。"

（《赏誉》二十三条刘注引《晋阳秋》）

刘尹至王长史许清言，时苟子年十三，倚床边听。既去，问父曰："刘尹语何如尊？"长史曰："韶音令辞不如我，往辄破的胜我。"

（《品藻》四十八条）

前篇及诸书皆云王公重何充，谓必代己相；而此章以
手指地，意如轻诋。或清言析理，何不逮谢故邪？

（《品藻》二十六条刘注）

遐与浩并能清言。

（《品藻》三十三条刘注）

司空顾和与时贤共清言。

（《夙惠》四条）

王济字武子，太原晋阳人，司徒浑第二子也。有
才，能清言。

（《言语》二十四条刘注引《晋诸公赞》）

仲堪有思理，能清言。

（《文学》六十三条刘注引《晋安帝纪》）

宣武征还，刘尹数十里迎之。桓都不语，直云："垂
长衣，谈清言，竟是谁功？"刘答曰："晋德灵长，功岂在
尔？"

（《排调》二十四条刘注引《语林》）

以上"清言"共二十三例，是意指玄谈诸词中出现频率最
高的一个。其特指谈玄是毫无疑问的，这只要看看上下文和参
加的人物就知道了，无烦多加解说。

在"谈"与"清言"二词中,又以"清言"更值得我们注意,因为它是魏晋时才出现的新词,看来是专为称呼当时已经成形的那种"谈"而造出来的。说实在的,如果只考虑准确性一端,则"魏晋清谈"这个术语实不如更名为"魏晋清言"更好,既于史有据,又无歧义,不致引起误解和混淆。

二、清谈的定义问题

对于魏晋清谈,学术界至今没有一个大家都可以接受的定义。大家都讨论魏晋清谈,但是各人心目中的魏晋清谈却往往不是一回事,结果自然是聚讼纷纭,莫衷一是。

究竟什么是清谈?过去的学者至少有五种以上不同的看法,兹列举如次:

(一)认为清谈是"清新奇警的谈论",例如现代最早注意到清谈并加以研究的日本学者市村瓚次郎在他的《清谈源流考》一文(《史学杂志》,1919 年,卷三十,四、五、九、十一号连载)中即如是说。

(二)把清谈等同魏晋时"清谈"一词的原义,结果是把魏晋的"清谈"一词表雅谈、正论、美谈等义的例子都算作我们今天所说的"魏晋清谈",犯了"扩大化"的错误。

这是"清谈"名称误用所造成的遗害,许多学者论及清谈时都有意无意地、或多或少地犯了这种错误。

(三)把清谈等同于魏晋时"清谈"的第一义雅谈,例如陈寅恪先生称《世说新语》为"清谈总汇",又说《世说新语》是"纪录魏晋清谈之书",是"一部清谈之全集"①,即是此种用法。

（四）认为清谈即是谈论"三玄"或由"三玄"引出的几个"玄理"命题,如才性、有无、圣人有情无情等,其他则不算清谈。林显庭的硕士论文《魏晋清谈及其玄理究要》即有此倾向。

（五）把清谈等同于魏晋玄学或魏晋思潮。例如陈寅恪《陶渊明之思想与清谈之关系》、贺昌群《魏晋清谈思想初论》、杜国庠《魏晋清谈及其影响》等文中的"清谈",显然指整个玄学思潮而非单指谈论。最典型的是杜国庠,他在该文一开头就说:"这里所谓魏晋的清谈,指的是魏晋以来支配了那个时代（说详悉点,就是上起曹魏下迄南北朝这个时代）的思想主潮,不是某些个别的学说或派系的思想。"②

以上五种"清谈"的现代定义或现代用法在学术文章中是常见的,细分起来还远不止这五种。最易滋混淆的是,同一个学者在不同的文章中,甚至同一个学者在同一篇文章中,使用的"清谈"一词都有不同的意含,有时指谈论,有时指思潮,义域时宽时窄。

如果我们一时不能把已经约定俗成的"魏晋清谈"一词易名为"魏晋清言",我们至少应给"魏晋清谈"下一个较严谨的现代定义,作为讨论与研究的基础,免得各言所是,互不交集。

我现试下一定义如下:

---

①　见《陈寅恪先生文集》之二《金明馆丛稿初编》,第 194 页。

②　见《杜国庠文集》,北京:人民出版社,1962 年,第 337 页。

所谓"魏晋清谈",指的是魏晋时代的贵族知识分子,以探讨人生、社会、宇宙的哲理为主要内容,以讲究修辞技巧的谈说论辩为基本方式而进行的一种学术社交活动。

　　下面我再解释一下如此定义的理由。

　　第一,这个定义排除了广义的清谈,即将魏晋清谈作为魏晋思潮的代名词。因为"清谈"这种广义的用法既无必要,又容易造成混乱。前人缺乏严谨的科学训练,用语每易含混,才会造成这种情况,我们当然没有必要继承。

　　第二,这里说的"贵族"指当时的门阀士族,以别于寒庶或平民。魏晋时代的清谈名士,无一不出身于门阀士族,处于社会的顶层。

　　第三,这里说清谈的内容是"探讨人生、社会、宇宙的哲理",方式是"讲究修辞与技巧的谈说论辩",这就把清谈同一般的谈话、聊天或具体的人物批评以及两汉经师的讲经等等区别开来。虽然清谈同它们都有关系,而且有时也不免相混,但从严谨的与纯粹的角度来看,毕竟是不同的事情。魏晋清谈以本质的意义上讲,应是一项精致的学术活动、智力活动,它有特定的内容和形式,并逐步发展出一套约定俗成的规则。

　　第四,说清谈的内容是"探讨人生、社会、宇宙的哲理",而不说"《老》、《庄》"或"三玄"(《周易》与《老》、《庄》),这样就使它的涵盖面较广。而事实也正是如此,魏晋清谈虽以"三玄"为主要谈资,但它所涉及的内容并不限于"三玄"。东晋以后,佛理成为清谈的重要内容之一,这是人人都知道的,就是早期的清谈也有很多内容并非"三玄"可以概括，例如人物品鉴之理就不好说是出自"三玄"。清谈不等于思潮，但清谈的内容反映了思潮。魏晋思潮本来就很复杂，熔儒、道、名、法、佛于一炉。"《老》、《庄》"或"三玄"固然是其中重要的、突出的、使之别于前后思潮的成分，但远非它的全部。所以，说魏晋清谈的内容是探讨人生、社会、宇宙的哲理，比说魏晋清谈是谈《老》、《庄》，谈"三玄"，更为确切，更为接近事实真相。

第五，说清谈谈的是"哲理"，这也很重要。如果谈的是具体的东西，例如具体的政治批评、具体的人物批评，都是不能叫作"清谈"的。标准的清谈谈的是抽象的、形而上的理，而不是具象的、形而下的事。这也就是当时人说的"理"、"名理"、"虚胜"、"玄远"、"义理"、"微言"、"玄言"、"道"等等。《世说新语》中的众多例子都说明只有谈这些的时候才被称之为"清言"，亦即我们现在所说的"清谈"。

第六，说清谈以谈说论辩为"基本方式"，这是稍留余地。如当时人在清谈之后常常要著论、写文章来继续发挥自己的观点，如果不死抠字眼，这自然也可视为清谈的一种方式，至少是一种补充的方式吧。

当然，以上定义是否准确、妥切，还望海内方家与同行学者给以指教，但客观上有对魏晋清谈下一个大家都可以接受的定义的必要则是无可怀疑的。

三、清谈的起源问题

近代学术界有一种相当流行的观点，认为魏晋清谈起源于东汉的人物批评。即由于汉末党锢之祸及魏初曹氏父子对诸名士的摧抑，具体指实的人物批评一变而为抽象原理之探讨。这种观点最早由日本学者青木正儿提出，在中国持此说最力者为陈寅恪先生与汤用彤先生。①

这个说法我以为需要重新加以检讨。

首先，人物批评顶多只能说是清谈的源头之一。早期清谈内容中有相当大一部分的确与人物批评有关，例如才性之辨、圣人有情无情之辨、言意之辨及对名家思想的讨论等，但是对《周易》、《老子》、《庄子》等"三玄"的讨论，及玄理中的有无本末之辨、自然名教之辨及君父先后之辨等等，就几乎同人物批评扯不上关系。那么，它们的源头又是什么呢？

其次，说具体指实的人物批评因汉末魏初的政治压迫而变形为抽象原理之探讨，也有扞格不通之处，因为具体指实之人物批评与品鉴在汉末以后以迄魏晋南北朝是一直存在的，并未因政治压迫而消灭，这只要看《世说新语》中《识鉴》、《赏誉》、《品藻》等篇的大量例子就可以知道，无烦多所论证。如果说，魏晋以后在具体指实的人物批评之外增加了对人物品鉴理则的探讨，那是事实，但这只是"踵事增华"，而非"改途易辙"，是出于学理的自然演进，而非由于政治的压迫。

最后，此说太强调政治压迫在清谈起源中的作用，似乎没有汉末魏初的政治压迫，就不会有魏晋清谈，我以为这很值得商榷。政治压迫对魏晋清谈的形塑及演变过程是有影响，但并没有大到决定其生死存亡的程度。清谈的萌芽酝酿在党锢之前，即使没有党锢之祸及后来曹氏父子对名士的摧抑，清谈也

---

①　参看陈寅恪《逍遥游向郭义及支遁义探源》、《陶渊明之思想与清谈之关系》及汤用彤《读〈人物志〉》。

还是会发生的。

那么，魏晋清谈究竟是怎么样起源的呢？或说，魏晋清谈的源头究竟在哪里呢？

我以为，魏晋清谈的远源是两汉的讲经，而其近源则是东汉末季京师太学里形成的"游谈"之风。尝试论之如下。

如果我们把两汉讲经的内容与形式，同魏晋清谈的内容与形式作一个仔细的对比（限于篇幅，此处无法作这种对比，有兴趣的朋友可以参看我的《魏晋清谈》书中的第二章与第三章），就不难发现，魏晋清谈其实是对两汉讲经的扬弃，即一方面，清谈是对两汉讲经的反动与否定，另一方面，清谈又是对两汉讲经在某种意义上的继承。这个扬弃的过程发生在东汉末年桓、灵之际，当时集中于京师太学后来又因党锢之乱流散各地的知识分子则是这一扬弃过程的推动者。

东汉后期政治上的显著特点是宦官外戚集团和士大夫集团之间为争夺政权，尤其是中央政权所进行的残酷斗争，长达二十多年的党锢之祸正是这一斗争的集中反映。在这场斗争中，太学学生显然扮演了很重要的角色，成为士大夫集团反抗宦官外戚集团的重要力量。当时太学规模很大，学生很多，其中又有不少贵族子弟、高官子弟。

《后汉书·儒林列传》说：

> 顺帝感翟酺之言，乃更修黉宇，凡所造构二百四十房，千八百五十室。试明经下第补弟子，增甲乙之科员各十人，除郡国耆儒皆补郎、舍人。本初元年，梁太后诏曰："大将军下至六百石，悉遣子就学，每岁辄于乡射月一飨会之，以此为常。"自是游学增盛，至三万余生。

两汉士人"通经致仕"，经学盖利禄之阶，通过太学的策试而登仕途，是仕宦中荣耀而常见的途径。所以两汉的太学可以说是官吏的摇篮，太学学生便是未来的官吏，参政意识本来就很强，现在再加上这么多贵族、高官子弟，这种意识当然就更强了。但是太学学生发展得这么快，最高时竟有三万多人，哪有那么多官可做？而宦官外戚相继把持朝政，弄得乌烟瘴气，士大夫早就看不惯；宦官外戚的子弟遍布中外，也堵塞了太学诸生的仕宦之路。在这种情形下，太学诸生和中央政府里士大夫集团的领袖人物结合起来，批评朝政，推动风潮，就成为不可避免的事情了。我们看《后汉书·党锢列传》追述党锢的缘起，说最初是起于甘陵南北部，但造成声势则是在京师的太学：

> 　　因此流言转入太学，诸生三万余人，郭林宗、贾伟节为其冠，并与李膺、陈蕃、王畅更相褒重。学中语曰："天下模楷李元礼，不畏强御陈仲举，天下俊秀王叔茂。"又渤海公族进阶、扶风魏齐卿，并危言深论，不隐豪强。自公卿以下，莫不畏其贬议，屣履到门。

这样才引起宦官集团的恐惧，同时也给他们以镇压的借口。后来与宦官集团有关系的牢修乃上书诬告李膺等人，而诬告的内容正是说"膺等养太学游士，交结诸郡生徒，更相驱驰，共为部党，诽讪朝廷，疑乱风俗"，"于是天子震怒，班下郡国，逮捕党人，布告天下，使同忿疾，遂收执膺等。其辞所连及陈寔之徒二百余人，或有逃遁不获，皆悬金购募。使者四出，相望于道。"（《后汉书·党锢列传》）是为第一次党锢之祸，时在公元166年。太学诸生在这中间起了什么样的作用，是非常清楚的。我们甚至不妨说，党锢事件实际上是一次东汉太学学生的学潮，郭泰、贾彪是这次学潮的领袖，而李膺、陈蕃则是这次学潮所拥护的政治代表。

事实上，在这次学潮之前，太学的风气已开始变化。前引《后汉书·儒林列传》那一段后作者紧接着就说："然章句渐疏，而多以浮华相尚，儒者之风盖衰矣。"就是说，死啃书本的人少了，而另一种风气，即被作者称为"浮华"的，开始起来了。这种被范晔称为"浮华"的风气究竟是一种怎样的风气呢？《后汉书·循吏列传·仇览传》有一段记他在太学中的故事，很可以给我们一些启发，特录如次：

> 览入太学。时诸生同郡符融有高名，与览比宇，宾客盈室。览常自守，不与融言。融观其容止，心独奇之，乃谓曰："与先生同郡壤，邻房牖。今京师英雄四集，志士交结之秋，虽务经学，守之何固？"览乃正色曰："天子修设太学，岂但使人游谈其中！"高揖而去，不复与言。后融以告郭林宗，林宗因与融赍刺就房谒之，遂请留宿。林宗嗟叹，下床为拜。

由此可见，当时太学里有一种"游谈"之风，即交游与谈论之风。这种风气同死啃书本、拘守章句的老风气比较起来，显然是"舍本治末"，魏晋人的口头禅则称之为"浮华"。这种风气的产生，一方面是大量的知识分子从全国各地来到京师，长年累月地聚集在太学里，很自然会导致的结果；另一方面也是当时的政治形势使然。试看符融对仇览说的话，说现在"京师英雄四集"，是"志士交结之秋"，就可明了于此点了。郭泰、符融是当时太学诸生的领袖，又与李膺等人特别交厚，他们显然是感觉到时局的腐败，感觉到宦官集团之必须清除，政治之必须改革，因此想借太学的有利条件，团结一批志同道合的人，做一番除旧布新、"澄清天下"的大事业。符融荐郭泰于李膺①，符、郭对仇览的注意与推诚，都应当从这个角度去理解。

既然要团结一批同志，交游与谈论（游谈）自不可免。其中谈论一项尤其重要。因为只有通过谈论，才能发现对方是不是人才；也只有通过谈论，才能判断对方是不是同志。简言之，通过谈论以知人交友，这就是当时太学中形成的新风气，这种风气是适应当时政治斗争的需要而产生的。由此也容易明白，为什么当时的学生领袖，如郭泰、符融，都是既善于谈论，又善于鉴别人才的人。《后汉书·郭泰传》说郭泰"善谈论，美音制"，"性明知人，好奖训士类"，《符融传》说符融"幅巾奋袖，谈辞如云"，"郭林宗始入京师，时人莫识，融一见嗟服"。至于他们谈论的内容，虽无明白直接的史料记载，但根据各种间接资料，我们可以推测，大约不外乎以下三个大的方面：一是对于时政的议论；二是对于人物的品评；三是对于学术思想的讨论。

这些人既以"澄清天下"为己任，那么议论时政自然是他们谈论的主旨，而品评人物则一方面是议论时政的一部分，另

---

① 《后汉书·郭符许列传》云："郭林宗始入京师，时人莫识，融一见嗟服，因以介于李膺，由是知名。"

一方面又是知人交友的需要。议论时政与品评人物合起来，就是前人常说的"汉末清议"的内容。亦即《后汉书·党锢列传》所说的"逮桓灵之间，主荒政缪，国命委于阉寺，士子羞与为伍，故匹夫抗愤，处士愤议，遂乃激扬名声，互相题拂，品核公卿，裁量执政"。前人于此已经说得很多。讨论学术思想一层，直接资料最少，也最为前人之所忽视。唯余英时先生在其所著之《汉晋之际士之新自觉与新思潮》一文中特别揭出此点，他说：

> 鄙见以为汉末士大夫之清谈实同时包括人物批评与思想讨论二者：李元礼每摈绝他宾听符融言论，而为之捧手叹息。符融之言论所以如此引人入胜者，岂能尽在具体人物之批评，又岂能仅为其辞藻华丽或音调铿锵之故哉！斯二人在思想上殆必有符合冥会之处，故听者为之心醉而不觉深为叹赏耳。①

并在该文注八十七中引《后汉书·孔融传》中路粹奏孔融"前与白衣祢衡跌荡放言，云父之于子，当有何亲，论其本意，实为情欲发耳。子之于母，亦复奚为，譬如寄物瓶中，出则离矣"之议论，谓为汉末谈论已涉及思想讨论之一例。这实在是很对的。现在可以补充一点，即前面说过，汉末这种谈论的风气不是发生在别的地方，而是发生在太学。太学是当时研究学问的最高学府，老师是当时最好的学者，学生是各地来的精英分子，这样的人聚在一起，谈论而不涉及学术思想的讨论是不

---

① 余英时《中国知识阶层史论（古代篇）》，第248页。

可想象的。合理的解释是，这些人在一起，固然因为国事时局及自我切身利害的关系，常常议论时政，品核公卿，知人论世、互相题拂，但也一定经常展开学术思想的讨论与交流。而且，这两者还必然互相影响，互为表里，即学术思想支持论人议政，而论人议政又发展学术思想。可以想见，在论人议政之风影响下的学术思想，弃拘泥章句、墨守家法之旧风，而向着探求义理、追求融会贯通方面发展，自是必然的趋势。所以汉末许多有作为的名士，都"不好章句"、"不守章句"，而重视"博"、"通"，也就不是一个偶然的现象了。①

总括起来说，就是：在汉末党锢事件前后的那一段时间里，由于京师太学的发展和现实政治的刺激，逐渐在太学诸生中形成了一种交游与谈论的新风气，他们在一起谈论时政、品评人物，同时也讨论学术思想。这个新风气同从前太学里两耳不闻窗外事，一心只读圣贤书和墨守家法、拘泥章句的旧学风很不相同。

党锢之祸虽使士大夫集团受到沉重打击，太学中的"高名善士"，即领袖人物，也"多坐流废"（见《后汉书·儒林列传》），但是这种交游和谈论的新风气并未因此而消灭，反倒随着这些高名善士的流废而从京师播散到地方，从太学诸生播散到一般士人之中。读汉末到魏初这一段历史，我们不难感到这股新风之流播，其时士人中以善于谈论或评鉴人物著称的人因

----

① 《后汉书·荀淑传》云："荀淑……少有高行，博学而不好章句，多为俗儒所非。"《韩韶传》云："子融，字元长，少能辩理而不为章句学。"《卢植传》云："卢植……少与郑玄俱事马融，能通古今学，为研精而不守章句。"

而也特别多起来。试举数例如下：

> 谢甄字子微，汝南召陵人也。与陈留边让并善谈论，俱有盛名。每共候林宗，未尝不连日达夜。①

> 许劭字子将，汝南平舆人也。少峻名节，好人伦，多所赏识。……初，劭与（从兄）靖俱有高名，好共核论乡党人物，每月辄更其品题，故汝南俗有"月旦评"焉。②

> 郑泰字公业，河南开封人，司农众之曾孙也。少有才略。灵帝末，知天下将乱，阴交结豪桀。……卓既迁都长安，天下饥乱，士大夫多不得其命。而公业家有余资，日引宾客高会倡乐，所赡救者甚众。③

> 孔融字文举，鲁国人，孔子二十世孙也。……性宽容少忌，好士，喜诱益后进。及退闲职，宾客日盈其门。常叹曰："坐上客恒满，尊中酒不空，吾无忧矣。"④

> 孔公绪（名伷）清谈高论，嘘枯吹生。⑤

> 初平中，焦和为青州刺史。……入见其清谈干云，出

① 《后汉书》，北京：中华书局标点本，1971 年，第 2230 页。
② 《后汉书》，第 2234—2235 页。
③ 《后汉书》，第 2257、2260 页。
④ 《后汉书》，第 2277 页。
⑤ 《后汉书》，第 2258 页。

则浑乱，命不可知。①

> 许靖字文休，汝南平舆人。少与从弟劭俱知名，并有人
> 伦臧否之称。……靖虽年逾七十，爱乐人物，诱纳后进，清
> 谈不倦。②

党锢之后，士人谈论的具体内容或许有些变化，例如批评中央政治及当权者的"危言深论"可能减少或几乎没有了，而一般性的人物品评及思想讨论多起来。但是喜交游、重谈论、不守章句之风则依旧。正是这样一种新的自由、活泼的风气酝酿了稍后出现的魏晋清谈。

---

① 《三国志》，北京：中华书局标点本，1959 年，第 232 页，注引《九州春秋》。

② 《三国志》，第 967 页。

"清议"词义考

　　"清议"之"议"不是普通的商议、讨论，而是批评性的议论，表示不同意见的议论。《礼记·间传》："大功言而不议。"郑玄注云："议，谓陈说，非时事也。"①"议"字的这种用法至少可以追溯到孔子说的"天下有道则庶人不议"②，同时或更早一点有《左传·襄公三一年》载"郑人游于乡校"，"以议执政之善否"③，晚一点有孟子说的"圣王不作，诸侯放恣，处士横议"④。我们今天常说的"非议"一词，即由此义而来。

　　至于"议"字何时起与"清"字连用，变成"清议"一词，则当与"清谈"一词产生的背景类似，应是汉末党锢前后的事。这一点我已在《魏晋清谈》第一章中论及，此处不再重复。

　　但是我特别要强调指出的是，"清议"一词虽然在党锢前后产生，却并不指党锢前后士大夫批评朝政之风，与我们今天

---

① 《十三经注疏》，北京：中华书局影印本，1980 年，第 1660 页。
② 《十三经注疏》，北京：中华书局影印本，1980 年，第 2521 页。
③ 《十三经注疏》，北京：中华书局影印本，1980 年，第 2061 页。
④ 《十三经注疏》，北京：中华书局影印本，1980 年，第 2714 页。

在"汉末清议"一词中的用法相当不同。"汉末清议"这种用法，起源其实相当晚，差不多到清朝才出现。可以说，"清议"一词原义与今义的差距，不亚于"清谈"一词的情形。由此也引起很多误解与困惑，实有细加澄清之必要。

首先让我们来看看"清议"一词的早期资料：

《艺文类聚》卷二十二载曹羲《至公论》，中云：

> 凡智者之处世，咸欲兴化致治者也。兴化致治，不崇公抑（私），割（私）情以顺理，厉清议以督俗，明是非以宣教者，吾未见其功也。清议非臧否不显，是非非赏罚不明。故臧否不可以远实，赏罚不可以失中。若乃违清议，违是非，虽尧不能一日以治。审臧否，详赏罚，故中主可以万世安。①

《三国志》卷五十七《吴书·张温传》：

> （暨）艳性狷厉，好为清议。②

《世说新语·任诞》十三条注引《竹林七贤论》：

> 后（阮）咸兄子简，亦以旷达自居。父丧，行遇大雪寒冻，遂诣浚仪令。令为他宾设黍臛，简食之，以致清

---

① 《景印文渊阁四库全书》第八八七册，台北：商务印书馆，1983 年，第 511—512 页。
② 《三国志》，北京：中华书局标点本，1959 年，第 1330 页。

议，废顿几三十年。

曹羲为曹爽之弟，《至公论》当作于魏正始初。陈寿《三国志》不晚于晋初，其中"吴书"多本韦昭之《吴书》，成书尚在晋前。《竹林七贤论》已佚，但它的作者我们知道是东晋人戴逵。此外唐人所修的《晋书》中载有晋初诸臣之奏疏，当系原文，也应该是较早的资料。例如：

卷四七载傅玄上疏云：

> 臣闻先王之临天下也，明其大教，长其义节，道化隆于上，清议行于下……其后纲维不摄，而虚无放诞之论盈于朝野，使天下无复清议……①

卷三十六载卫瓘上疏云：

> 魏氏承颠覆之运，起丧乱之后，人士流移，考详无地，故立九品之制，粗且为一时选用之本耳。其始造也，乡邑清议，不拘爵位，褒贬所加，足为劝励，犹有乡论余风。②

卷四十五载刘毅上疏云：

---

① 《晋书》，北京：中华书局标点本，1974年，第1317—1318页。
② 《晋书》，北京：中华书局标点本，1974年，第1058页。

置州都者，取州里清议，咸所归服，将以镇异同，一言议。①

卷四十六载刘颂上疏云：

今闾阎少名士，官司无高能，其故何也？清议不肃，人不立德，行在取容，故无名士。下不专局，又无考课，吏不竭节，故无高能。无高能，则有疾世事；少名士，则后进无准。故臣思立吏课而肃清议。②

又云：

不轨之徒得引名自方，以惑众听。因名可乱，假力取直，故清议益伤也。凡举过弹违，将以肃风论而整世教，今举小过，清议益颓。③

卷七十载卞壶为王式事上疏：

疏奏，诏特原组等，式付乡邑清议，废弃终身。④

这虽不一定是诏书的原文，但据情理推之，"付乡邑清议"的

---

① 《晋书》，北京：中华书局标点本，1974 年，第 1274 页。
② 《晋书》，北京：中华书局标点本，1974 年，第 1301 页。
③ 《晋书》，北京：中华书局标点本，1974 年，第 1305 页。
④ 《晋书》，北京：中华书局标点本，1974 年，第 1869—1870 页。

字样多半是诏书中有的。

以上诸例说明魏晋间"清议"一词已经流行，但其意义却与我们今天常说的"汉末清议"之"清议"有很大的差距。我们所说的"汉末清议"之"清议"是指批评中央政治及执政者的风气，亦即范晔在《党锢列传》前言中所说的"逮桓灵之间，主荒政缪，国命委于阉寺，士子羞与为伍，故匹夫抗愤，处士横议，遂乃激扬名声，互相题拂，品核公卿，裁量执政。"① 但上引各例中的"清议"却全无此意，而近乎"乡论"的同义语，亦即士族中形成的关于各别士人的舆论。其中傅玄疏中的"清议"一词似乎含义稍广，但根据上下文仔细考察，很容易发现其基本含义还是跟其他各例一样。傅玄说要以清议"长其义节"，对抗"纲维不摄"和"虚无放诞之论"，所以当然还是指让士人敦品励行的乡里清议，而决非"品核公卿"的"处士横议"。

"乡邑清议"从魏以后似乎就形成为一种制度，作为选拔进用士人的重要根据，此制一直沿用到南朝。《南史》卷一《宋本纪上》载宋武帝即位后大赦，诏告"其犯乡论清议，赃污淫盗，一皆荡涤"②。其后齐高帝代宋，梁武帝代齐，陈武帝代梁，实行大赦时，都有类似的话。隋唐以后改用科举为士人进身之路，"乡论清议"的重要性才渐渐降低，"清议"一词也就用得少了。③

① 《后汉书》，香港：中华书局标点本，1971 年，第 2185 页。

② 《南史》，北京：中华书局标点本，1975 年，第 24 页。

③ 关于两晋南朝的清议，可参看周一良《两晋南朝的清议》，载《魏晋隋唐史论集》（第二辑），北京，1983 年。

"清议"一词究竟何时开始用来指汉末"处士横议"之风？这是一个很有趣的问题。《资治通鉴》卷六十八《汉纪》之后，司马光有一段颇长的议论，称赞"风化之美，未有若东汉之盛者也"，后面列举汉末朝野名士，也就是我们说的"汉末清议"中的著名人物，加以褒扬，可是自始至终未见"清议"二字。可见司马光不这样用。又《资治通鉴》卷五十五《桓帝延熹七年》载：

　　　　济阴黄允，以隽才知名。（郭）泰见而谓曰："卿高才绝人，足成伟器，年过四十，声名著矣。然至于此际，当深自匡持，不然，将失之矣！"后司徒袁隗欲为从女求姻，见允，叹曰："得婿如此，足矣。"允闻而黜遣其妻。妻请大会宗亲为别，因于众中攘袂数允隐慝十五事而去，允以此废于时。

这段后面有胡三省注云："当时清议为何如哉！"黄允的故事正是典型的乡论，可见宋末学者胡三省是以乡论为清议的。清初顾炎武著《日知录》，其十三"清议"条云：

　　　　古之哲王，所以正百辟者，既已制官刑儆于有位矣，而又为之立闾师，设乡校，存清议于州里，以佐刑罚之穷。

又曰：

　　　　"两汉以来，犹循此制，乡举里选，必考其生平，一玷清议，终身不齿。……降及魏晋，而九品中正之设，虽多失实，遗意未忘。凡被纠弹付清议者，即废弃终身，同之禁锢。①

显然，顾炎武是把乡论当做"清议"的，而且说它古已有之（这当然是溯源之意，不是说"清议"这个词也早就有了）。顾炎武并未把汉末的"处士横议"称为"清议"。在同卷"两汉风俗"条中，他说，汉末"朝政昏浊，国事日非，而党锢之流，独行之辈，依仁蹈义，舍命不渝，风雨如晦，鸡鸣不已。三代以下，风俗之美，无尚于东京者"②。也不用"清议"这个词。最早把"清议"同汉末风气连在一起的，大概是清代乾嘉间的史学家赵翼。他在《廿二史札记》卷五"党禁之起"一条中说：

　　汉末党禁，虽起于甘陵南北部及牢修、朱并之告讦，然其所由来已久，非一朝一夕之故也。范书谓桓灵之间，主荒政缪，国命委于阉寺，士子羞与为伍，故匹夫抗愤，处士横议，激扬名声，互相题拂，品核公卿，裁量国政。自公卿以下，皆折节下之。盖东汉风气，本以名行相尚，迨朝政日非，则清议益峻。号为正人者，指斥权奸，力持正论，由是其名益高，海内希风附响，惟恐不及。而为所贬訾者怨刺骨，日思所以倾之。此党祸之所以愈烈也。③

---

①　《日知录》，上海：中华书局影印本，1985 年，第 1026 页。
②　《日知录》，上海：中华书局影印本，1985 年，第 1009 页。
③　《廿二史札记》，上海：鸿章书局石印本，五卷，第 5—6 页。

这里"清议"就是"正论",而且明白地与《后汉书·党锢列传》中那段话连在一起。近代学者沿袭赵氏此论,"汉末清议"一说也就成立了。

(写于 1989 年)

从王弼答裴徽问论魏晋玄学的
思想纲领与论述策略

《世说新语·文学》第八条云：

> 王辅嗣弱冠诣裴徽，徽问曰："夫无者，诚万物之所资，圣人莫肯致言，而老子申之无已，何邪？"弼曰："圣人体无，无又不可以训，故言必及有；老庄未免于有，恒训其所不足。"

《三国志》卷二十八《魏书·钟会传》裴松之注引何劭《王弼别传》亦载此事，字句略有不同：

> 时裴徽为吏部郎，弼未弱冠，往造焉。徽一见而异之，问弼曰："夫无者诚万物之所资也，然圣人莫肯致言，而老子申之无已者何？"弼曰："圣人体无，无又不可以训，故不说也。老子是有者也，故恒言无，所不足（也）。"

这段记载尽管非常简略，仅一问一答，然对于研究魏晋玄学而言，其重要性却远在连篇累牍、千言万语之上。我们可以这样说，王弼这段极其简要又极其精彩的话，天才地概括了魏晋玄学的思想纲领与论述策略。尝试申论如下。

一

王弼与裴徽间的此段对话，虽然极其简略，但根据问答的内容，我们不难断定那实在是一次典型的玄学清谈。它包含了魏晋玄学中三个关键性的问题：一是儒道异同；二是孔老高下；三是有无本末之辨。

魏晋玄学继两汉经学而起，它不同于两汉经学的明显特色自然是道家思想的复兴。但细观玄学的发展过程，不难看出它的主要倾向并非以道代儒，或崇道黜儒，而是要援道入儒，最终达到融合儒道的目的。主流的玄学家都是"儒道兼综"的，从王、何到向、郭都是如此。他们从不正面攻击儒家，而是以道解儒；他们从不正面强调儒道的不同，而是努力把它们说成一样。他们依然尊孔子为"圣人"，而老庄只是"大贤"，不过用老庄的精神将这位圣人进行了若干改造而已。但是，怎样才能调和儒、道实际存在的根本不同？怎样才能把孔子改造为玄学的圣人？他们的办法是，先从道家思想里提炼出"以无为本，以有为末"的精华，作为玄学的根本指导思想。这里所谓"无"，是存有之前的状态，是一切的根本和本体，是未分的浑一；所谓"有"，则是一切的实有或存在，包括一切事物，尤其是人类社会的制度秩序，例如儒家所说的纲常名教之类。这个"有"，是从"无"来的，相对于"本"而言，它是"本"所生出的"末"；相对于"体"而言，它是"体"所产生的"用"；相对于"一"而言，它是"一"所化生的"多"。玄学家把这个说成是宇宙的总则，因而是各家所应共同承认的，儒道自亦不能例外。裴徽说："夫无者，诚万物之所资也。"一个"诚"字就表明了玄学家的这种不容置疑的观点，同时也反映了当时的普遍的思想倾向。那么，为什么儒家老是谈"有"，而道家总是强调"无"呢？王弼回答说：因为孔子本身就是道的化身，就是以"无"为体的，所以也就没有必要再多谈"无"了；而且"无"的道理深奥难懂，很难用一般言辞来表达，所以就谈"有"；而老子呢，还不能摆脱"有"的束缚，还不能完全以"无"为体，愈是不足，愈是要讲，这就是老子要不断说"无"的道理了。

孔子体无而言有，老子是有而说无，这当然是一种无法加以验证的预设（hypothesis），你甚至还可以批评它是诡辩，但你不能不承认它的精致与富于创造性。其实，它之是否能加以验证并不重要，因为正如金岳霖先生所说的那样，一切"哲学中的见，其论理上最根本的部分，或者是假设，或者是信仰；严格地说起来，大多是永远或暂时不能证明或反证的思想"①。重要的是它引出的结论，它对于拓展理论思维所起的作用。王弼的预设在理论架构上解决了融合儒道这两个区别甚大的理论体系的可能性的问题。这个架构一方面维持了孔子原有的"圣

---

① 见冯友兰《中国哲学史》书末所附之"审查报告二"。

人"地位，另一方面又用玄学的精神改造了孔子的面目，同时还证明了老庄并不悖于圣教。有了这个架构，玄学家们就可以堂而皇之地援道入儒，并最终达到融合儒道的目的。

二

魏晋玄学援道入儒的努力不始于王弼，从裴徽的问话中我们已可推断儒道异同是当时许多人在探索的问题，只是苦于无法找到合理的安顿而已。其实，在裴、王问答二十年前①，荀粲就已经把这个问题以另一种方式隐隐约约地提出来了。

《世说新语·文学》第九条云：

> 傅嘏善言虚胜，荀粲谈尚玄远，每至共语，有争而不相喻。裴冀州释二家之义，通彼我之怀，常使两情皆得，彼此俱畅。

刘孝标注引《荀粲别传》云：

> 粲字奉倩，颍川颍阴人，太尉彧少子也。粲诸兄儒术论议各知名。粲能言玄远，常以子贡称"夫子之言性与天

---

① 裴、王问答发生在王弼（226—249）弱冠即二十岁时，则其时为公元 245 年，荀粲提出"六经乃圣人之糠秕"说则在太和初年（227年）他"初到京邑"（见《世说新语·文学》第九条刘注引《荀粲别传》）之前不久，即公元 225—227 年，约裴、王问答前二十年。

道，不可得而闻也"，然则六经虽存，固圣人之糠秕。能言者不能屈。

《三国志》卷十《魏书·荀彧传》裴松之注亦引此段而稍详：

> 粲诸兄并以儒术论议，而粲独好言道，常以子贡称夫子之言性与天道不可得闻，然则六籍虽存，固圣人之糠秕。粲兄俣难曰："《易》亦云圣人立象以尽意，系辞焉以尽言，则微言胡为不可得而闻见哉？"粲答曰："盖理之微者，非物象之所举也。今称立象以尽意，此非通于象外者也。① 系辞焉以尽言，此非言乎系表者也；斯则象外之意，系表之言，固蕴而不出矣。"及当时能言者不能屈也。

日本学者青木正儿 1939 年在《东洋思潮》第四卷上发表的《清谈》一文即据此认为玄学清谈始于魏太和初年荀粲之论"性与天道"，并认为荀粲的思想是道家，因为他"尚玄远"，而且《三国志》注中明明说："粲诸兄并以儒术论议，而粲独好言道。"儒、道并举，可见此"道"即老庄之道。余英时先生在《汉晋之际士之新自觉与新思想》一文中曾引青木之说而辩之，认为荀粲还是儒家，其"好言道"之"道"乃对"术"而言，"玄远"乃抽象之谓，非老庄之意。

---

① 王葆玹云："象外"各本作"意外"，非；明《丹铅杂录·十》载《晋阳秋》引文作"象外"，是。见王葆玹《正始玄学》，济南：齐鲁书社，1987 年，第 325 页注 1。

今按青木正儿与余英时先生之说正相反对而各皆言之成理，其实玄妙正在二者之间。荀粲说"六经乃圣人之糠秕"，自然不能算正统的儒家，但要证明荀粲是道家，我们却也没有足够的证据。其实荀粲的思想，从一个角度看，可说是非道非儒，而从另一个角度看又可说是亦道亦儒，而这正是玄学家的本色。

荀粲的"六经乃圣人之糠秕"说对儒家的典籍是一个大胆的挑战。从这个观点可以很合乎逻辑地推出如下结论：第一，六经只表达了圣人之意的粗糙部分，拘泥于六经是不能得到真正的、深刻的圣人之意的；第二，圣人之意的精微部分（例如"性与天道"）"蕴而不出"，或说在"象外"，在"系表"，因此有待于我们去发掘，而且不妨离开六经去发掘；第三，"象外之意"是微理，"系表之言"是微言，这二者之间当有某种关联，即圣人之"微意"、"微理"，只有用一种精妙的"微言"才有可能表达出来。我们不难看出，魏晋玄学与清谈的主要特点与基本精神都已具备于此了。

在魏晋玄学与清谈的形成过程中，荀粲是早期一位领袖式的人物。年轻的荀粲①在太和初年（227 年）来到京师洛阳，带动了一批与他同样年轻的十八九岁二十岁的贵族子弟何晏、

---

① 荀粲生卒年无考，但《荀粲别传》云为"太尉或少子"，而荀彧卒于 212 年，又荀粲之兄荀顗生于公元 205 年，故知荀粲必生于 205 至 212 年之间。那么他太和初（227 年）到京师时其年应在十六到二十二之间。

夏侯玄、傅嘏、裴徽、邓飏等人①，以"六经乃圣人之糠秕"的惊人论点，在当时已经颇为流行的谈论风气中掀起了一场理论性的革命。这场革命打着的旗帜是探讨六经背后的圣人微意，即性与天道；从后来的发展来看，它的本质是要在原有的儒家理论体系中打开一个缺口，以便引进新的东西。到底要引进什么，年轻的荀粲大概也不清楚，他只是直觉到儒家原有的理论（六经）不能满足新的精神需求了，他要在这个理论的背后或外面去追求新的"微理"，以满足新的需求。当时的风气及后来的发展证明，魏晋思想家在打开了儒家的正统体系的缺口之后，的确引进了许多新东西，包括道家、名家、法家、佛理，以及他们自己的创造，而其中道家显然是主要的大宗，事实上连荀粲的"六经乃圣人之糠秕"论也明明是受了《庄子·天道》中轮扁与齐桓公对话的启发。

---

① 夏侯玄、傅嘏皆生于 209 年，可从《三国志》本传推出。何晏生年无记载，姜亮夫《历代人物年里碑传综表》定为 190 年，容肇祖在《魏晋的自然主义》一文中推为 194 年，而王葆玹《正始玄学》则推为 207 年（见该书第 123—126 页），我以为最为近之，今从王说。裴徽生卒年不详，但正始九年（248 年）尚在，并举管辂为秀才，见《三国志》卷二十九《魏书·管辂传》注引《管辂别传》，而《三国志》卷二十一《魏书·傅嘏传》注引《傅子》云："嘏自少与冀州刺史裴徽、散骑常侍荀俣善，徽、俣早亡。"（第 628 页）若裴徽与傅嘏同年，则正始九年已四十矣，年过四十在魏晋时代已算不得"早亡"了，故知裴徽或晚于傅嘏生，至多与傅嘏同年。惟邓飏生年无从推算，但他既与夏侯玄为"四聪"、"八达"，则其年亦当相差不远。

三

所以，荀粲对于魏晋玄学的主要功绩在打开儒家的缺口，但打开之后究竟要引进什么，以及引进的东西如何与原有的理论取得平衡、调谐，特别是理论上几乎立于两极的儒道二家如何取得平衡、调谐的问题，早夭的荀粲①则未能解决。从裴徽问王弼的话中我们可以推测荀粲的朋友们一直在讨论这个问题却一直找不到合理的解决方案（按裴徽乃这个朋友圈中的重要人物，这可从《世说新语·文学》第九条裴徽为荀粲、傅嘏骑释的故事看出）。

但是他们显然已朝解决这个问题迈出了很重要的一步，那就是提出了"以无为本"的看法。裴徽的问话中有一个已经得到当时玄学家公认的前提，即"夫无者，诚万物之所资也"，这就是说，大家都认为"无"是万物之本，这是用不着讨论的，需要解决的只是何以"圣人莫肯致言，而老子申之无已"。

提出"以无为本"这个关键性的论点的人正是太和初年以荀粲为首的这个清谈朋友圈中另一个重要人物何晏。《世说新语·文学》第七条云：

> 何平叔注《老子》始成，诣王辅嗣，见王注精奇，乃神伏，曰："若斯人者，可与论天人之际矣！"因以所注为《道》、《德》二论。

----

① 《世说新语·惑溺》第二条刘注引《荀粲别传》云："亡时年二十九。"

何晏《道》、《德》二论今已不存，但《列子·天瑞》张湛注中曾引《道论》曰："有之为有，恃无以生；事之为事，由无以成。"这就是"以无为本"或说"贵无"的思想。而从上引《世说》之语看来，何晏提出这个思想应略早于王弼。不过从何晏神伏于王注之精奇看来，王弼几乎与何晏同时达到这个结论，而且在论述上比何晏更为完整、深刻。后来《晋书·王衍传》也将贵无论的提出同归于何、王二人：

> 魏正始中，何晏、王弼等祖述老庄，立论以为："天地万物皆以无为本。无也者，开物成务，无往不存者也。阴阳恃以化生，万物恃以成形，贤者恃以成德，不肖恃以免身。故无之为用，无爵而贵矣。"

何晏虽然首倡"贵无"、提倡老庄，但真正完成"以无为本、为体；以有为末、为用"这个玄学理论架构，并且成功地解决援道入儒、融合儒道问题的还是少他约二十岁的王弼。

有了"以无为本、为体；以有为末、为用"这样一个理论架构，援道入儒就有了坚强的基础与方便的途径，这比荀粲借论"性与天道"来引进道家要理直气壮得多了。但是仍得妥善解决儒道异同、孔老高下这样无法回避的问题。《世说新语·文学》第十条注引《文章叙录》云："自儒者以老子非圣人，绝礼弃学。晏说'与圣人同'，著论行于世也。"可见何晏也试图解决这个问题。儒、道的不同是显然的，如果一定要说它们相同，必得有一番精致的、深刻的论证，否则断难令人信服。何晏之论今已不可见，解决得如何亦不可知，但是我们看到王弼的确把这个问题解决得极为高明、极为完满，令人叹服。这个解决的基本预设即是前面提到的"孔子体无而言有，老子是有而说无"，见于本文一开始所引《世说新语·文学》第八条中王弼答裴徽之问。王弼的回答虽然只有寥寥数语，却如利刃剖瓜，把一个非常复杂而艰难的问题解决得干净利落，其中包含的意义极其丰富，试析之如下：

第一，他承认了儒、道表面上是不同的；一个言有，一个说无，因而不必在这个显明昭著的问题上同世人断断争辩。

第二，他说明了儒、道在根本上是相同的，因为大家都是"以无为本"。

第三，他说明了儒、道为什么表面不同的原因：一个是本体具足，故言末以训世；一个是本体未足，故必须时时强调根本。

第四，他因而解决了孔老高下的问题，即孔高于老，或说"老不及圣"，孔子（广义地讲，则包括周公、文王、伏羲等）仍然是圣人，老子（广义地讲，则包括庄子）只是"上贤亚圣"①，这样道家的地位提高了，而原来占统治地位的儒家的体面也得以继续维持。

第五，他已经按照了自己的意思改造了孔子，使孔子成为本体上不异于道家的孔子，他也按照自己的意思改造了老子，使老子成为末用上不异于儒家的老子，换言之，他已将传统的孔老改造成为玄学的孔老。

第六，他把孔子说成是"体无言有"，即体其本而言其末，

——————

① 关于这一点，王葆玹在《正始玄学》中辩之甚详，参考该书第一章第二节，第7—16页。

这就同荀粲的"六经乃圣人之糠秕"说相通而更精致，可见王弼的理论事业正是承继荀粲而发扬光大的，所以我在本文第二节中指出荀粲是魏晋玄学早期的领袖式人物，他在援道入儒方面的开创性功绩尤其值得重视。

第七，圣人既"体无言有"，亦即圣人之言为"有"，而其意则在"无"，而无为本，有为末，故意为本，言为末，读圣人之书自应以究本为目的，而不可拘泥于言辞章句之末，于是"得意忘言"、"寄言出意"之玄学方法论亦由之而出矣①，这也正是上承汉末太学中兴起的重交游与谈论（即"游谈"之风）而不再拘守章句的新风气发展过来而提高到理论形态的。②

第八，圣人言有，老子说无，则圣人六经所言之名教为有、为末，而老子所言之自然为无、为本，于是"名教出于自然，二者本不相悖"的玄学结论也就是必然的了。

第九，既然六经为末，老庄为本，这就实际上隐藏了一种重道轻儒的倾向，虽然这不一定是荀、何、王等人的本意，但玄学后来的发展中始终有此一因素在内，从而形成玄学内部亲儒派与亲道派（青木正儿把清谈家分为名理派与道家派，也是看到这种差异）的斗争，例如西晋元康间裴頠和王衍的"崇有"、"贵无"之争与东晋永和初孙盛与殷浩、刘惔关于"易象"之争皆是。

———————————

① 参看汤用彤《言意之辨》，《汤用彤学术论文集》，北京：中华书局，1983 年，第 214—232 页。

② 参看唐翼明《魏晋清谈》第四章第一节"汉末太学'游谈'之风"，台北：东大图书公司，1992 年，第 169—179 页，及唐翼明《关于魏晋清谈研究中的几个问题》一文的第三节。

第十，既然老子尚且未免于有而言不离无，没有达到"圣人体无"的境界，那么一般人就更不用说无法企及"体无"的境界了，因而更须言无，以不断探求这个根本，魏晋清谈以玄虚为宗，其理论根据就在这里。

从以上的简略分析不难看出，王弼这几句看似简单的话实在包含了极其丰富的内涵，可说把魏晋玄学的精神、基本内容和方法论都包括进去了。我们完全有理由把这寥寥数语看成是整个魏晋玄学的理论策略和思想纲领。

四

说魏晋玄学的思想纲领（或说宗旨）是援道入儒、融合儒道，这当然不是说有谁一开始就规定了这个思想纲领，而是说从我们今天来看魏晋玄学的发展全过程，觉得它具备这样一种特征、一种性格，或者说看得出这样的一条发展路线。同时这样说也不应当被理解为玄学就是儒加道，半道半儒，没有其他成分，没有新的东西。事实上玄学家们在打开了儒家体系的缺口之后，引进了道、法、名、佛等多家的精华。从这个角度看，不妨说魏晋学术在中国古代学术史上是一次思想解放与"文艺复兴"。而且，玄学家们不仅仅只是温习先秦诸子的理论而加以混合而已，玄学家们是取多家之精华而加以熔铸，并且在这种熔铸中有许多新的创造，例如当时有名的"本末体用之辨"、"自然名教之辨"、"言意之辨"、"才性之辨"、"君父先后之辨"、"圣人有情无情之辨"、"性情之辨"、"声音有无哀乐之辨"、"养生延年可能性之辨"等等，都是崭新的哲学命题。所以，魏晋玄学是一种新的学术，它既非儒家，亦非道家。现代一些研究者，尤其是海外的研究者，常有意无意地把玄学同道家等同起来（例如青木正儿要说清谈始于荀粲之论性与天道，就先证明荀粲有道家的思想倾向），或径称玄学为"新道家"（Neo-Taoism），其实是不妥当的。

但是玄学的成分主要是儒、道二家，却又是事实，而且玄学的确是从援道入儒开始的，其主流也的确有融合儒道的倾向，这当作何解释呢？

从我们今天研究者的角度来看，魏晋玄学其实是当时的知识分子（他们几乎都是贵族）在新的历史条件下对人生、社会、宇宙的哲理所作的新的探索。何晏见王弼注《老》精奇，叹曰："若斯人者，可与论天人之际矣!"这"天人之际"即是当时人对人生、社会、宇宙之哲理及其相互关系的概括性称呼。①"天"、"人"这一对范畴，在中国传统哲学中是一对最根本的范畴，各家各派在理论的层面上几乎莫不追求"天人合一"的境界（所以钱穆在其"晚年定论"中认为"天人合一"的思想是中国文化对世界文化最大的贡献），但在实际上则或者重天轻人，或者重人轻天，儒道二家正好是这两种倾向的典型代表。荀子在《解蔽篇》中批评"庄子蔽于天而不知人"，事实上儒家也有"蔽于人而不知天"的倾向，孔子之不语怪、力、乱、神，罕言性与天道，都含有一种不重视或拒绝讨论经验以外的神秘东西与抽象哲理的意味在内。两汉时代儒家当

① 参看袁济喜《两汉精神世界》第一章"究天人之际"，北京：中国人民大学出版社，1994 年，第 17—66 页。袁氏云："天人之学是汉代精神文化的中心问题之一。它包括这样几个方面的内容：一是宇宙的构造与运行状态如何；二是天人之间究竟有什样的关系；三是天人合一的依据是什么。"见该书第 17 页。

道，经学特盛，社会思潮表现为重人轻天（重有轻无、重名教轻自然、重言轻意、重性轻才……），汉末的社会动荡促进人们讨论许多问题，一些敏感的知识分子意识到"重人轻天"的弊病，乃重新思索"天人之际"，这正是救补时弊在理论形态上的表现。"重人轻天"的弊病本自儒家，自然要从"纠正"儒家入手。而儒家的统治地位与孔子的圣人身份在那时几乎是神圣不可碰触的，所以如何在神圣的儒家体系上找到一个合理合法的入口，以便在不触犯其尊严的前提下引进新的理论而改造之，便成为思想界的当务之急了。荀粲提出"六经乃圣人之糠秕"说，主张探讨六经背后的圣人微意——性与天道，正是一个最聪明的做法。

在儒家体系的缺口打开之后，自然可以引进多种理论或发明新的理论来救偏，但既然儒家的主要弊病在"重人轻天"，那么在这一点上与儒家属于两极正好互补的道家最终成了主要的选择，也就是理有固然而为势所必至了。故曰："援道入儒，融合儒道"是魏晋玄学的宗旨或说思想纲领，而在王弼手上完成的"以无为本、为体，以有为末、为用"及"孔子体无而言有，老子是有而说无"的理论架构乃是魏晋玄学的基本理论策略或说论述策略。

（写于 1994 年）

210

略论魏晋玄学的宗旨及相关问题

论及魏晋玄学，我们首先碰到的一个不容回避的问题就是：魏晋玄学到底是什么？特别是当我们把玄学与先秦及两汉的学术比较来看时。

对于这个问题，学术界主要有两种看法。一种看法认为魏晋玄学即"道家之学"，玄学"为道家学说之复兴"。这种看法以冯友兰先生为代表，其说见《中国哲学史》第五章第一节。稍后对这研究贡献最大的汤用彤先生也大体赞成冯先生的说法，认为"玄学为老庄思想之新发展"①，王弼"外崇孔教，内实道家"②，"魏晋名士实扬老庄而抑孔教"③。由于冯、汤二先生在中国哲学界具有崇高地位，此后中外学者多承其说，

① 汤用彤：《理学·佛学·玄学》，北京：北京大学出版社，1987年，第315页。

② 汤用彤：《魏晋玄学论稿》［收入《魏晋思想（甲编五种）》，台北：里仁书局，1984年］，第18页。

③ 汤用彤：《魏晋玄学论稿》［收入《魏晋思想（甲编五种）》］，第35页。

径称玄学为"新道家"①，英文则作"Neo-Taoism"②。

第二种看法则认为魏晋玄学是"调和儒道"或"沟通儒道"。这种看法可以刘大杰与贺昌群先生为代表，其说见刘著《魏晋思想论》③ 及贺著《魏晋清谈思想初论》④。其后汤一介先生在《郭象与魏晋玄学》（北京，1982年）一书中也有类似提法。

这两种看法显然有别，但在学术界似乎并未引起什么争论。持第二种看法者有时也说魏晋玄学骨子里还是重道家的（如刘大杰先生）。只有笔者在《魏晋清谈》一书中着重辩明：

> 魏晋玄学继两汉经学而起，它的明显特色自然是道家思想的复兴。但它的目的并非以道代儒，或崇道黜儒，它的目的乃在援道入儒，最终融合儒道。主流的玄学家都是"儒道兼综"的，从王、何到向、郭都是如此。⑤

---

① 例如许抗生等《魏晋玄学史》，西安：陕西师范大学出版社，1989年，第2页；赵书廉《魏晋玄学探微》，郑州：河南人民出版社，1992年，第3页。

② 例如美国哥伦比亚大学教授狄百瑞（De Bary）等所编著的《中国思想资料》（*Sources of Chinese Tradition*），第239页。

③ 参看刘大杰《魏晋思想论》 ［收入《魏晋思想（甲编五种）》］，第22页。

④ 原载《图书季刊》复刊六卷第一、二期（1945年），参看贺昌群《魏晋清谈思想初论》［收入《魏晋思想（甲编五种）》］，第10—11页。

⑤ 唐翼明《魏晋清谈》，台北：东大图书公司，1992年，第125页。

玄学家并非道家，把玄学家与道家等同起来，乃是一种有意无意的误解。玄学家就是玄学家，他们从一个角度看可说是非道非儒。从另一个角度看又可说是亦道亦儒。（第 184 页）

后来笔者在《从王弼答裴徽问论魏晋玄学的思想纲领与论述策略》① 一文中对魏晋玄学的宗旨是融合儒道以及为什么会是融合儒道有更详细的论述，兹将该文结论部分转录如次，作为下文进一步讨论的基础：

　　说魏晋玄学的思想纲领（或说宗旨）是援道入儒、融合儒道，这当然不是说有谁一开始就规定了这个思想纲领，而是说从我们今天来看魏晋玄学的发展全过程，觉得它具备这样一种特征、一种性格，或者说看得出这样的一条发展路线。同时这样说也不应当被理解为玄学就是儒加道，半道半儒，没有其他成分，没有新的东西。事实上玄学家们在打开了儒家体系的缺口之后，引进了道、法、名、佛等多家的精华。从这个角度看，不妨说魏晋学术在中国古代学术史上是一次思想解放与“文艺复兴”。而且，玄学家们不仅仅只是温习先秦诸子的理论而加以混合而已，玄学家们是取多家之精华而加以熔铸，并且在这种熔铸中有许多新的创造，例如当时有名的“本末体用之辨”、“自然名教之辨”、“言意之辨”、“才性之辨”、“君父先后

---

① 此文作于 1994 年，发表于 1997 年 7 月台湾政治大学中文系《中华学苑》杂志第五十期。

之辨"、"圣人有情无情之辨"、"性情之辨"、"声音有无哀乐之辨"、"养生延年可能性之辨"等等，都是崭新的哲学命题。所以，魏晋玄学是一种新的学术，它既非儒家，亦非道家。现代一些研究者，尤其是海外的研究者，常有意无意地把玄学同道家等同起来（例如青木正儿要说清谈始于荀粲之论性与天道，就先证明荀粲有道家的思想倾向），或径称玄学为"新道家"（Neo-Taoism），其实是不妥当的。

但是玄学的成分主要是儒、道二家，却又是事实，而且玄学的确是从援道入儒开始的，其主流也的确有融合儒道的倾向，这当作何解释呢？

从我们今天研究者的角度来看，魏晋玄学其实是当时的知识分子（他们几乎都是贵族）在新的历史条件下对人生、社会、宇宙的哲理所作的新的探索。何晏见王弼注《老》精奇，叹曰："若斯人者，可与论天人之际矣！"这"天人之际"即是当时人对人生、社会、宇宙之哲理及其相互关系的概括性称呼。"天"、"人"这一对范畴，在中国传统哲学中是一对最根本的范畴，各家各派在理论的层面上几乎莫不追求"天人合一"的境界（所以钱穆在其"晚年定论"中认为"天人合一"的思想是中国文化对世界文化最大的贡献），但在实际上则或者重天轻人，或者重人轻天，儒道二家正好是这两种倾向的典型代表。荀子在《解蔽篇》中批评"庄子蔽于天而不知人"，事实上儒家也有"蔽于人而不知天"的倾向，孔子之不语怪、力、乱、神，罕言性与天道，都含有一种不重视或拒绝讨论经验以外的神秘东西与抽象哲理的意味在内。两汉时代儒家当道，经学特盛，社会思潮表现为重人轻天（重有轻无、重名教轻自然、重言轻意、重性轻才……），汉末的社会动荡促进人们讨论许多问题，一些敏感的知识分子意识到"重人轻天"的弊病，乃重新思索"天人之际"，这正是救补时弊在理论形态上的表现。"重人轻天"的弊病本自儒家，自然要从"纠正"儒家入手。而儒家的统治地位与孔子的圣人身份在那时几乎是神圣不可碰触的，所以如何在神圣的儒家体系上找到一个合理合法的入口，以便在不触犯其尊严的前提下引进新的理论而改造之，便成为思想界的当务之急了。荀粲提出"六经乃圣人之糠秕"说，主张探讨六经背后的圣人微意——性与天道，正是一个最聪明的做法。

在儒家体系的缺口打开之后，自然可以引进多种理论或发明新的理论来救偏，但既然儒家的主要弊病在"重人轻天"，那么在这一点上与儒家属于两极正好互补的道家最终成了主要的选择，也就是理有固然而为势所必至了。故曰："援道入儒，融合儒道"是魏晋玄学的宗旨或说思想纲领，而在王弼手上完成的"以无为本、为体，以有为末、为用"及"孔子体无而言有，老子是有而说无"的理论架构乃是魏晋玄学的基本理论策略或说论述策略。

二

辩明魏晋玄学的宗旨是援道入儒，融合儒道，而非是复兴道家，以道代儒，这在学术上有什么意义呢？

有的。因为把魏晋玄学视为道家或新道家的观点一直都是相当流行的看法，甚至是主流的看法。这种提法的不准确性会影响我们对玄学整体的把握，从而在玄学的源起、阶段、派别、人物、发展归趋以及玄学在中国学术史与文化史上的地位等问题上导致一系列误解。限于篇幅，此文不拟一一评说，下文仅举数例以明之。

例如，玄学以及与玄学关系密切的清谈到底成形于何时，始于何人？日本学者青木正儿1934年在《东洋思潮》四卷上发表的《清谈》一文即认为不始于正始之王、何，而始于太和之荀、傅，其理由是据《三国志·魏书·荀彧传》裴松之注引《荀粲别传》上的"粲诸兄并以儒术论议，而粲独好言道"一语说明荀粲是道家，而玄学既是"道家之复兴"，则自应始自荀粲。而余英时先生在《汉晋之际士之新自觉与新思想》一文中特引青木此说而辩之，认为荀粲还是儒家，其"好言道"之"道"是对前文的"术"而言，非对"儒"而言，所以援引道家，正式建立玄学体系者仍非王、何莫属。这里分歧的关键在于荀粲究竟是不是道家，而认为玄学乃道家思想之复兴则是一致的。如果我们认定玄学的主旨乃融合儒道，则荀粲究竟是道家还是儒家就无关紧要了。其实，荀粲的言论说明他既非正统的儒家，亦非完全的道家，他正是"亦道亦儒"、"非道非儒"的玄学家本色，说玄学与清谈始于他是可以成立的。赞成的并不需要证明他是道家，反对的也无需证明他是儒家。①

又如玄学家与清谈家的派别问题，学术界有种种不同的分法，但都不太贴切，因而从来没有形成一种比较一致的意见。日本学者青木正儿在上述《清谈》一文中，将当时的玄学清谈

---

① 参看唐翼明《魏晋清谈》第四章第二节，第180—187页。

家分为名理派（例如傅嘏、钟会）与道家派（例如王弼、何晏）。范寿康与刘大杰则承此而略加修改，称为名理派与玄论派。① 另一个日本学者宫崎市定在 1946 年发表于《史林》三十一号上的亦题《清谈》的文章中，又将当时的玄学清谈家分为清议派与清谈派。任继愈在《中国哲学史》中把魏晋玄学家分为唯物主义（例如嵇康、裴頠、欧阳建等人）与唯心主义（例如王弼、何晏、郭象等人）两派。② 冯友兰先生在《中国哲学史论文初集》中则分为重"无"（如王、何）与重"有"（如裴頠、郭象）两派。③ 不久前赵书廉在其所著《魏晋玄学探微》一书中又主张将魏晋学者分为玄学家、非玄学家及反玄派，并说这是研究魏晋玄学时首须辨明的问题。④

到底怎样分才比较符合当时玄学清谈的客观实际呢？以上种种分法都各有不当、不妥、不全面甚至牵强附会的地方。例如唯物与唯心，玄与反玄的分法明显有用今天的意识形态去范围古人思想的嫌疑；清议、清谈的分法则又有昧于汉末清议与魏晋清谈的实质与关系⑤；名理、道家或名理、玄论的分法施

① 参看范寿康《中国哲学史通论》，北京：三联书店，1983 年，第 177 页，及刘大杰《魏晋思想论》［收入《魏晋思想（甲编五种）》］，第 185 页。

② 参看任继愈《中国哲学史》四编一章三节，北京：人民出版社，1979 年重印本，第 156 页。

③ 参看冯友兰《中国哲学史论文初集》，上海：上海人民出版社，1962 年，第 75 页。

④ 参看范寿康《中国哲学史通论》第一章第二节，第 12—13 页。

⑤ 参看唐翼明《魏晋清谈》第一章第四节"清谈与'清议'的关系"，第 31—34 页。

之于正始清谈尚可，施之于整个魏晋玄学则显然是不妥的。只有冯友兰先生重"无"与重"有"的分法从玄学的根本问题上着眼，对我们认识不同玄学家的哲学特质确有启发，但稍嫌不足的是，那些不直接谈"有无"问题的玄学家们就未免无家可归了。

如果我们承认"魏晋玄学"一名只是我们后代研究者对中国传统学术发展到魏晋时代所呈现出来的主流形态的称呼，而此一主流形态又以"援道入儒，融合儒道"为其根本特色，则我们很容易就可以看出，魏晋时代的重要学者几乎都可以被称为玄学家，他们都参加了对玄学体系的建构①，只是由于个别学者本身的背景与倾向之不同，他们思想中的儒道成分（当然还有别的成分，例如早期的名、法，后期的佛理等等，这里只谈主要部分）之或多或寡便呈现出不同的光谱。有的相当接近儒家，只有不多的道家色彩；有的相当接近道家，只有不多的儒家色彩；但主流的玄学家则大多是"儒道兼综"的。所以，如果我们真有必要对玄学家们分派的话，我以为根据上述分析，不妨将他们分为三大派：一是主流派。例如正始的王、何，西晋的向、郭，乃至东晋的殷浩、刘惔、王濛都是。二是亲儒派。例如正始的钟会、傅嘏，西晋的裴頠，东晋的孙盛、王坦之都可算作这一派。三是亲道派。例如太和的荀粲，竹林的嵇、阮，西晋的王衍，东晋的支遁、张湛，都可列为此派。

---

① 事实上，两汉以来，已经有许多重要学者或多或少地进行了"援道入儒，融合儒道"的努力，我们可以随手举出严君平、扬雄、王充、仲长统、宋衷、王肃等一串名字，到魏晋时代这种努力便成了时代思潮的主流。

当然，这只是一个大体的分法，前面说过，各人思想中儒道成分的多寡正如光谱，是人各不同的。所举的例子也还可以商榷，其中有的人情况复杂，易起争议，例如支遁由道入佛，殷浩晚年也大谈佛经，他们思想中儒、道、佛哪一种成分占主导地位，是需要进一步分析的。但我以为这样来分至少较前述各种分法更妥当一些，更接近实际一些。在玄学建构过程中，三派之间，尤其是亲道派与亲儒派之间不可避免地会有一些争论，例如太和中荀粲、荀俣之争，正始中钟、傅与何、王之争，竹林时期嵇康与向秀之争，西晋时王衍、裴颜之争，东晋时孙盛与殷浩、刘惔之争，王坦之与支道林之争，等等，这正是"融合儒道"过程中必然会发生，完全可以理解的现象。如果把这种学理争论说成是唯心与唯物、玄与反玄的"斗争"，就未免强古就今、难以服人了。

三

魏晋玄学"援道入儒，融合儒道"的努力在中国学术史与文化史上具有极为重要的意义。中国传统文化的基本性格是儒道互补，这正是学术界近年来的共识；我们还可以加上一句话，中国传统知识分子的基本文化人格也是"儒道互补"，大多数表现为"外儒内道"，少部分表现为"外道内儒"。中国传统文化的这种性格与中国知识分子的这种文化人格究竟是在什么时候开始成形的呢？我看就在魏晋。魏晋玄学融合儒道的基本宗旨正是形成此文化性格与文化人格的关键。

下面我从四个方面将此义略作申述。

第一，儒道在哲学上互补其不足。

如我在第一节的引文中说过的，道家有重天轻人的倾向，儒家则有重人轻天的倾向，互补正可以达到天人平衡，并进而迈向"天人合一"的理想境界。王弼从老子思想中提出"以无为本，以有为末"的基本架构，又将孔子所代表的儒家说成是"体无而言有"，将老子所代表的道家说成是"是有而说无"，这样就泯灭了儒道两家的根本理论分歧，并且将它们接轨为一，以道家之重虚补儒家之过于务实，以儒家之务实补道家之过于重虚，从而使魏晋以后的中国哲学走上有无互补，虚实兼顾，体用双全的健全不偏的道路。

第二，儒道在实用上互救其弊病。

儒家重名教、重伦理、重群体之秩序规则，其流弊则等级森严，繁琐虚伪，个体易感到压迫、束缚，失去自由；道家贵自然、贵平等、贵个体之逍遥自由，其流弊则消极放荡，无秩序、无规则，群体易陷于混乱软弱。而儒道互用，各以所长救彼所短，则既保群体之秩序，又存个体之自由。群体赖个体以立，个体赖群体以生，偏于任何一极都非可长可久之道，故儒道互补非仅关中华之文化，实亦关民族之生存。

第三，儒道相合构成中国知识分子的整全文化人格。

人格有阴阳两面，合起来才是全人。这并不是双重人格，而是因为人格是立体而非平面的。瑞士心理学家荣格（Carl Jung，1875—1961）说每个人都有"面具"（persona）与"阴影"（shadow，dark side），合起来才是"自身"（self）。面具与阴影都是人不可缺少的，在这里并无负面的意思。如果我们用荣格的理论来观察中国传统知识分子的文化人格，则不难发现，大多数知识分子皆以儒家文化为面具，或说阳面，而以道家文化为阴影，或说阴面。当然，也有少数人由于种种原因，其表现是反过来的，这里不去细论了。中国传统知识分子中，纯粹的儒家或道家都是少见的。

第四，儒道互用以适应个人的进退。

中国传统知识分子以儒道为文化人格之阴阳两面已如前述。此阴阳两面在个人进退上则更有一种实用的表现。当一个人出而应世，例如为官做事时，则往往以儒家面貌出现，因为儒家精神是积极进取的；而当一个人退而自处，例如隐居园林或退出官场时，则往往流露出道家的意趣，因为道家的精神是主张逍遥无为的。这样的情形在中国文化史上可谓比比皆是，无烦枚举。

四

总之，魏晋玄学的宗旨到底是复兴道家还是融合儒道，这虽然是一个见仁见智的问题，却不是一个可有可无的无聊官司。它牵涉到我们对魏晋玄学的整体把握与评价，从而也就必然影响到玄学研究的各个方面。本文只是提出问题，略作申论，以期引起玄学研究同行们的深入讨论。

最后，让我们回到本文开始的问题：魏晋玄学到底是什么？或者说我们如何给魏晋玄学下一个现代定义？这个定义应当简明扼要而能体现玄学的主要内容、核心宗旨与学术传承。我愿意根据前文的讨论试下一个定义：

> 魏晋玄学是中国传统学术发展到魏晋时代所呈现出来的主流形态。它广泛地探讨了宇宙、社会、人生的种种哲理，其中尤其对万物存在的本体依据表现了浓厚的兴趣。

在学术传承上，它试图融汇先秦儒、道、名、法、纵横诸家，并吸收外来的佛学，但其基本宗旨与主要特色则是援道入儒，融合儒道。

不敢自谓有当，谨以此就正于海内外同好方家。

（2000 年 8 月 14 至 17 日）

魏晋玄学与清谈之先驱人物荀粲考论

在魏晋玄学与清谈的成形过程中，有两个人的贡献最为巨大，几乎可以说，没有这两个人，也就没有后世所认知的玄学与清谈。这两个人一个是荀粲，一个是王弼，历来论王弼者多矣，而于荀粲之贡献，则学界似乎尚未给以足够的重视。故捃摭史料，略论如次。

一、荀粲的生平与家世

荀粲正史无传，但西晋何劭（236—301）曾撰《荀粲传》"行于世"。①《三国志·荀彧传》裴松之注引此传，但是否为全文则不得而知。②《世说新语》亦引《粲别传》三段，分别见于《文学》篇第九条与《惑溺》篇第二条。《世说》所引《粲别传》未注明作者，然取与《三国志》裴注所引之何劭《荀粲传》相较，则知为一书无疑。又东晋孙盛所撰之《晋阳秋》载有荀粲事，其书已佚，清汤球辑书中尚有三条，分别辑

---

① 《晋书·何劭传》，北京：中华书局标点本，第 999 页。
② 《三国志》，北京：中华书局标点本，第 319—320 页。

自《太平御览》及杨慎《丹铅总录》，① 观其文亦源自何劭。

兹将裴注所引何劭《荀粲传》移录如下：

粲字奉倩。粲诸兄并以儒术论议，而粲独好言道，常以为子贡称夫子之言性与天道不可得闻，然则六籍虽存，故圣人之糠秕。粲兄俣难曰："易亦云圣人立象以尽意，系辞焉以尽言，则微言胡为不可得而闻见哉？"粲答曰："盖理之微者，非物象之所举也。今称立象以尽意，此非通于意（当作"象"）外者也，系辞焉以尽言，此非言乎系表者也；斯则象外之意，系表之言，固蕴而不出矣。"及当时能言者不能屈也。又论父彧不如从兄攸。彧立德高整，轨仪以训物，而攸不治外形，慎密自居而已。粲以此言善攸，诸兄怒而不能回也。太和初，到京邑与傅嘏谈。嘏善名理而粲尚玄远，宗致虽同，仓卒时或有格而不相得意。裴徽通彼我之怀，为二家骑驿，顷之，粲与嘏善。夏侯玄亦亲，常谓嘏、玄曰："子等在世涂间，功名必胜我，但识劣我耳！"嘏难曰："能盛功名者，识也。天下孰有本不足而末有余者邪？"粲曰："功名者，志局之所奖也。然则志局自一物耳，固非识之所独济也。我以能使子等为贵，然未必齐子等所为也。"粲常以妇人者才智不足论，自宜以色为主。骠骑将军曹洪女有美色，粲于是娉焉，容服帐帷甚丽，专房欢宴。历年后，妇病亡，未殡，傅嘏往喭粲；粲不哭而神伤。嘏问曰："妇人才色并茂为难。子

① 桥治忠校注《众家编年体晋史》，天津：天津古籍出版社，1989 年，第 112—113 页。

之娶也，遗才而好色。此自易遇，今何哀之甚?"粲曰：
"佳人难再得！顾逝者不能有倾国之色，然未可谓之易
遇。"痛悼不能已，岁余亦亡，时年二十九。粲简贵，不
能与常人交接，所交者皆一时俊杰。至葬夕，赴者裁十余
人，皆同时知名士也，哭之，感动路人。

《世说》刘注所引《粲别传》三处，除字句偶有小异外，
余则与上文大同，兹不赘出。

此传云：荀粲亡时"年二十九"，但未及其生卒年。考荀
粲父或死于建安十七年，即公元212年，① 则粲生年当在此前。
又据《三国志·荀彧传》裴注云粲为頵弟，则生当在頵后。故
若能确定荀頵之生年，则荀粲大致之生卒年也就可以推知了。
但荀頵生年各书不载，《晋书》本传只说他"以泰始十年薨"②，
并未提到年寿。不过，传文中有这样几句话值得我们注意：

（荀頵）咸熙中，迁司空，进爵乡侯。頵年逾耳顺，
孝养蒸蒸，以母忧去职，毁几灭性，海内称之。文帝奏宜
依汉太傅胡广丧母故事，给司空吉凶导从。及蜀平，兴复
五等，命頵定礼仪。③

按咸熙为魏陈留王曹奂年号，共两年，为公元264及265年。
再查《三国志·魏书·三少帝纪》云：

---

① 《三国志·荀彧传》，第317页。
② 《晋书》，第1151页。
③ 《晋书》，第1150—1151页。

> 咸熙元年……三月丁丑，以司空王祥为太尉，征北将军何曾为司徒，尚书左仆射荀颉为司空。①

又查《晋书·文帝纪》云：

> 咸熙元年……秋七月，帝奏司空荀颉定礼仪，中护军贾充正法律，尚书仆射裴秀议官制，太保郑冲总而裁焉。始建五等爵。②

于此知荀颉于公元264年三月迁司空，而同年七月受命定礼仪，其间发生母丧之事。此时荀颉"年逾耳顺"。虽然"年逾耳顺"义颇含混，但以古人行文习惯及此事情理揆之，应当是荀颉母丧时他恰好满六十岁（虚岁），忧庆交至，事属罕见，所以司马昭才特别奏请依胡广故事"给司空吉凶导从"。设此推断不错，则可确定荀颉之生年为公元205年。

如此我们便可以推知荀粲的生年应当在公元205至公元212年间，取其中数为209年。其生卒年则应当在233年至240年之间，取其中数为237年。所以，如果我们说荀粲的生活年代在公元209年至237年（亦即汉献帝建安十四年至魏明帝景初元年）之间，即使不算十分确切，误差也应该很小了。

荀粲所出身的颍川颍阴荀氏是当时一流高门。其族本为大儒荀子之后，崛起于汉末党锢前后。荀粲曾祖荀淑，为汉末著名的"颍川四长"（荀淑、韩韶、钟皓、陈寔）之一，当时名贤李固、李膺皆奉为宗师。荀淑兄子荀昱列名"八俊"，与李膺同死于党锢祸中。荀淑子荀爽，亦即荀粲从祖，汉末官拜司

---

① 《三国志》，第150页。

② 《晋书》，第44页。

空，亦有高名，著书多种。荀粲的从父荀悦（父俭，为荀淑长子），为汉末重要思想家，著有《申鉴》及《汉纪》，① 至今尚存。荀粲的父亲荀彧建安中为侍中，守尚书令，是曹操的首席谋士。曹操的事业成功，得力于荀彧最多。但后来因为不赞成曹操篡汉，失去曹操的信任，饮药自尽。② 荀彧从子即荀粲从兄荀攸亦为曹操重要谋士，地位仅次于荀彧。③ 荀粲胞兄荀顗为晋室佐命大臣，位至太尉，封临淮公。④ 荀顗、荀粲的从子荀勖（爽曾孙），与荀顗叔侄齐名，也是晋初佐命功臣，官拜中书监，与贾充"共定律令"。又奉命整理宫中图书，撰《中经新簿》，始创四部法，并校定汲郡竹书，是中国目录学发展史上极为重要的人物。⑤ 此后直至南朝，荀氏虽渐衰，仍时有俊彦，如荀粲长兄荀恽的儿子荀甝、荀霬，堂兄荀绍的儿子荀融，荀霬的儿子荀恺，以及荀勖的儿子荀辑、荀藩、荀组都有名于时，藩、组官至三公。到东晋还有荀邃、荀闿兄弟及荀崧、荀羡父子都颇出色。⑥ 总之，颍川荀氏在魏晋间世代簪缨相继，诗书相传，正是典型的门阀士族。

兹将汉末至魏晋荀氏世系择要列表如下：

---

① 《后汉书》卷八十二《荀韩钟陈列传第五十二》，北京：中华书局点校本，1985年，第2049—2069页。

② 《三国志·荀彧传》，第307—319页，及《后汉书·荀彧传》，第2280—2292页。

③ 《三国志·荀攸传》，第321—326页。

④ 《晋书·荀顗传》，第1150—1152页。

⑤ 《晋书·荀勖传》，第1151—1157页，及《隋书·经籍志》，第906页。

⑥ 《三国志·荀彧传》裴注，第316—319页，《晋书·荀勖传》，第1156—1160页，及《晋书·荀崧传》，第1975—1981页。

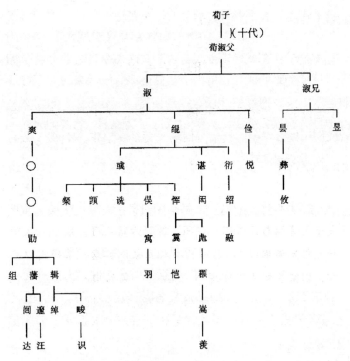

魏晋士族最重视婚宦二端。荀粲仕宦无所闻，可能是英年早逝，即使入仕，官位也不高，故何劭在作传时觉得提不提及都无所谓。但也有可能是他根本没有踏入仕途，观其谓夏侯玄、傅嘏曰："子等在世涂间，功名必胜我，但识劣我耳！"又云："我以能使子等为贵，然未必齐子等所为也！"似乎他对世涂功名并不重视，不把它当作自己追求的目标，那么他在二十九岁去世前尚优游于清谈交游间而未入仕，是极有可能的。荀粲的婚姻虽然也是门当户对——曹洪是魏王室宗亲重臣，自是一流高门——不出士族婚配常态，但他自己着重的却与当时风尚不大一样，他标榜"妇人才智不足论，自宜以色为主"的"重色"理论，且身体力行，甚至以身相殉，可说是魏晋名士重貌与重情的一个最早的例子。

二、荀粲的理论与思想

很遗憾的，荀粲没有任何著作留下来，关于他的学术与思想，我们可据以考察的就只有何劭《荀粲传》中的一段，已见前文，为方便阅读，再引如下：

> 粲诸兄并以儒术论议，而粲独好言道，常以为子贡称夫子之言性与天道不可得闻，然则六籍虽存，故圣人之糠秕。粲兄俣难曰："易亦云圣人立象以尽意，系辞焉以尽言，则微言胡为不可得而闻见哉？"粲答曰："盖理之微者，非物象之所举也。今称立象以尽意，此非通于〔象〕（意）① 外者也，系辞焉以尽言，此非言乎系表者也；斯则象外之意，系表之言，固蕴而不出矣。"及当时能言者不能屈也。

近代学者大都已注意到这段资料，但分析尚不透彻，似乎还有余义可供探讨，兹分层申述如下。

---

① 此处《三国志》裴注与《世说新语》原作"意"，但杨慎《丹铅总录》引孙盛《晋阳秋》作"象"（见桥治忠校注《众家编年体晋史》，第113页），《文选·游天台山赋》李善注引亦作"象"（见《文选》，北京：中华书局影印本，1977年，第166页上），根据上下文意作"象"是，作"意"非。王葆玹《正始玄学》，济南：齐鲁书社，1989年，第325页注1及《玄学通论》，台北：五南出版社，1996年，第214页注2皆已指出，今从改。

第一，荀粲理论的主旨可以一言蔽之，即"六籍乃圣人之糠秕"。在两汉奉行"独尊儒术"、"通经致仕"的传统三四百年之后，这实在是一个石破天惊的革命宣言。它的要害在于挑战儒家六种基本典籍——《诗》、《书》、《礼》、《乐》、《易》、《春秋》，即后世称为"六经"者——的神圣地位与至高价值。按照荀粲的意思，六经顶多只表达了圣人之意的粗糙部分，圣人之意的精微处、深刻处并没有记载在六经之中，否则子贡就不会说出"夫子之言性与天道，不可得而闻也"这样的话了。因此，拘泥于六经便不能得到真正的、深刻的、微妙的圣人之意，也就是不言自明的了。汉末以来，对于经学家法的烦琐、褊狭、拘陋已渐起反动之风，许多有识见的学者与有作为的名士，都"不好章句"而重视"博"、"通"，例如荀粲自己的曾祖荀淑就是一个"少有高行，博学而不好章句，多为俗儒所非"① 的人。但是，还没有人敢公然否定六经的神圣地位，荀粲是第一个喊出"六经为圣人之糠秕"的口号的人，他把汉末以来反对拘守家法、章句的思潮提高到一个理论性及普遍性的高度，不仅反对拘守章句家法，也反对拘守任何经典。

荀粲并非否定经典、反对经典，他只是反对墨守经典的字句，当然更不反对圣人（例如尧、舜、文、武、周公、孔子），恰恰相反，他是主张超越六籍字句的层面去探讨圣人之意的精微深刻处，即"微意"、"微理"，例如"性与天道"。后来的历史证明魏晋玄学正是沿着荀粲所开辟的这条道路开展起来，丰富起来的。何晏赞王弼之语云："若斯人者，可与言天人之

---

① 《后汉书》，第2049页。

际矣。"① 这"天人之际""也就是"性与天道"。魏晋玄学之超越两汉儒学处，就在它跳出汉儒的章句训诂，探讨了诸如"有无本末"、"自然名教"、"性情"、"才性"、"言意"、"逍遥"、"独化"、"养生"、"鬼神"等等在六籍中"蕴而不出"的"理之微者"。

第二，既然六籍为圣人之糠秕，未尽涵蕴圣人之微意，那么，圣人之微意是什么？到哪里去找？荀粲没有明说。但是我们可以从他与他哥哥荀俣的辩难中推测他的意思，荀俣说："《易》亦云圣人立象以尽意，系辞焉以尽言，则微言胡为不可得而闻见哉？"荀俣显然是正统的儒家，即认为圣人之意可以在卦象中找，圣人之言可以在系辞中找，换言之，"六籍"已经涵蕴了圣人之"微意"、"微言"，无需外求。但荀粲却回答说："盖理之微者，非物象之所举也。今称立象以尽意，此非通于象外者也，系辞焉以尽言，此非言乎系表者也：斯则象外之意，系表之言，故蕴而不出矣。"也就是说，"象外"还有微理，象不足以涵盖，"系表"（表亦外）还有微言，系辞不足以涵盖。总之，"六籍"没有把圣人的微意、微言都包括进去，言下之意，要寻找圣人之微意不仅可以，而且应当"外求"。那么，这"外求"包不包括到儒家以外的各家去找？荀粲未说，然而理当如此。所以荀粲的理论的本质其实是要在两汉儒术独尊、家法森严的陈腐僵化体系下打开一个缺口，以引进新鲜的活泼的有生命力的思想。到底引进什么？理论上自然是各家都可以，所以稍后何晏、王弼"以老解易"，引进道家思想，

---

① 《世说新语·文学》第六条注引《王弼别传》。

傅嘏、钟会"校练名理"，引进名家、法家思想，可说都是在荀粲打开经学体系的缺口之后，堂而皇之地进行的。

第三，荀粲说："盖理之微者，非物象之所举也。"这是针对荀俣引《易》"圣人立象以尽意"一语而来的，原文见《周易·系辞上》：

> 子曰："书不尽言，言不尽意。然则圣人之意其不可见乎？"子曰："圣人立象以尽意，设卦以尽情伪，系辞焉以尽其言。"

这一段话是自问自答，姑不论是孔子原话，或是后儒假托孔子之语，只就文意而论，老实说是有些自相矛盾的。前面既然已肯定"书不尽言，言不尽意"，后面又说"立象以尽意"、"系辞以尽言"，如何说得通？"系辞"就不是"书"吗？书既不能尽言，系辞就能尽言吗？言既不能尽意，系辞所记之言就能尽意吗？如果不能，那么通过一个中间的媒介"象"就能了吗？从"系辞"到"象"（卦象），再从"象"到"意"，中间不是遗漏得更多吗？荀粲的话正是否定作为中介物的"象"的作用，即不承认"象"有"尽意"的功能，只是他不便直接否定孔子的话，因此将"意"改成了"理"，又加一个"微"字。这个"微理"也就是后文所说的"象外之意"，也就是前文所说的，子贡之徒未及得闻的"性与天道"之类。这样一来，荀粲通过否定"象"之"尽意"功能而否定了汉儒象数学的理论基础，又借助寻求"象外之意"而打开了迈向新思想的道路。

第四，荀粲不仅否定"象"有"尽意"的功能，同时也否定"系辞"有"尽言"的功能。正像"象外"有意一样，"系表"也有言，"象外之意"是"微意"、"微理"，则"系表之言"即"微言"。荀俣也承认有"微言"的存在，只是他认为"微言"即在系辞之中，而荀粲却认为"微言"在系辞之外。既然微言在系辞之外，那么，结论就是：六籍为圣人之糠秕。因为圣人精妙的微言并不在六籍之中（"系辞"可以说是"六籍"的代表），因而这种"微言"所运载的"微理"也就不在六籍之中，总之是不必拘守六经。而推论是：假定我们还是要探求"微理"，或许应当自造"微言"，即一种比书写下来的文字更精妙的语言。这正是后来"清言"（后世误称为"清谈"①）在魏晋贵族知识分子间大为流行的原因。

第五，何劭传文云："粲诸兄以儒术论议，而粲独好言道。"近世学者尝据此语来论断荀粲的思想派别。日本学者青木正儿 1939 年在《东洋思潮》第四卷上发表的《清谈》一文即据此认为荀粲是道家，因为粲诸兄与粲"儒"、"道"对举，而荀粲又"尚玄远"，岂不很清楚了吗？但余英时先生在《汉晋之际士之新自觉与新思潮》一文中则引青木此说而辩之，认为荀粲还是儒家，其好言之"道"乃对前文"术"而言，非道家之道，"玄远"乃抽象之谓，非老庄之意。②

----

① 唐翼明《魏晋清谈》第一章"清谈名义考辨"，台北：东大图书公司，1992 年，第 17—50 页。

② 余英时《中国知识阶层史论（古代篇）》，台北：联经出版公司，1984 年再版，第 279—301 页。

今按两家的意见各有其理据。从字面及上下文来看，余先生的意见无疑比青木更稳切，何况我们并没有充足的资料证明荀粲就是道家。但是青木的意见也不能说没有道理，荀粲既然说"六籍乃圣人之糠秕"，自然不能说他是正统的儒家，连"糠秕说"本身也显然是受了《庄子·天道》中轮扁与齐桓公对话的启发。其实玄妙正在这两种意见之间。荀粲的思想，从一个角度看，可以说是非道非儒，而从另一个角度看，又可说是亦道亦儒——这正是玄学家的本色：援道入儒，融合儒道，后来的何、王、向、郭也莫不如此。

三、荀粲在魏晋玄学与清谈中的地位与影响

在魏晋玄学与清谈凝聚成形的过程中，荀粲显然是一位先知先觉的人物，并且是早期清谈圈的核心与领袖。

荀粲是一位非常早熟的天才，从何劭为他作的传记中可以看出，上节所分析的他的思想是少年时代在家乡时与兄长们的讨论之中就已经形成的。其后，他于太和初年（227 年）十八岁左右来到京师，很快就与当时贵族青年中与他差不多同样年纪的最有才华的几个人——傅嘏、裴徽、夏侯玄、何晏、邓飏交上了朋友，并以自己提出的惊人的崭新的论点折服了他们，把他们团结在自己的周围，在当时已颇为流行的谈论风气中掀起了一场理论性的革命。这场革命的旗帜是探讨已经失坠的圣人微意，即"性与天道"，其理论根据即是"六籍乃圣人之糠秕"。这场理论革命虽然延续的时间并不长，到三年后即因明

帝的禁浮华而被迫中止，① 却培养了一批一流的理论人才。九年后，明帝去世，齐王曹芳继位，改元正始。曹爽辅政，何晏当权，当年被罢退的人重新晋用，风气为之一变。在何晏的领导下，当年被迫中止的理论革命得以复兴，谈风大盛，新论时出。到正始中后期，又因为天才青年思想家王弼的加入而达到高潮，逐渐奠定了后来被称之为"玄学"的一种新学术的理论基础。这种新学术的主要内容是用"以无为本，以有为末"的基本架构，把道家思想（及其他非儒家思想）引入儒家，最后融合儒道而加以新的发展。汉末以来流行于士大夫中的雅谈风气，从此一变而为探讨、切磋此种新学术的专门性清谈。

下面我再引些史料，略作分疏，以证明上述论断之不诬。

《世说·识鉴》第三条云：

> 何晏、邓飏、夏侯玄并求与傅嘏交，而嘏终不许。诸人乃因荀粲说合之……

从文末孝标注我们知道《世说》此条取材自傅玄所著之《傅子》。查《三国志·魏书·傅嘏传》裴松之注亦引《傅子》此段，在正文"嘏弱冠知名"句下。其文较《世说》略详，可以参看。《傅子》所云何、邓、夏侯诸人欲交傅嘏而嘏不许，下文还有嘏对三人之恶评，其实都是事后诬罔之辞，不可信，

---

① 《三国志·魏书·明帝纪》："（太和）四年春二月壬午，诏曰：'世之质文，随教而变。兵乱以来，经学废绝，后生进趣，不由典谟。岂训导未洽，将进用者不以德显乎？其郎吏学通一经，才任牧民，博士课试，擢其高第者亟用；其浮华不务道本者，皆罢退之。'"见第63—64页。

清儒王懋竑、李慈铭，近人余嘉锡已有中肯详尽的批驳，① 这里就不多说了。可以注意的是，这条资料证明荀粲与傅嘏、何晏、邓飏、夏侯玄等人都是朋友，而他们交往的时间则在傅嘏"弱冠"前后。据《晋书·傅嘏传》嘏死于正元二年，即公元255 年，年四十七。那么他当生于 209 年，即建安十四年。"弱冠"则在 228 年，即太和二年。这正与何劭《荀粲传》中所说的荀粲"太和初到京邑，与傅嘏谈"相合。根据我们第一节的推断荀粲也生于 209 年左右，这时也应当在二十岁上下。夏侯玄也生于 209 年②，何晏则生于 207 年③，比傅嘏、夏侯玄大两岁。荀粲的另外两个朋友裴徽和邓飏生年不明。但裴徽正始九年（248 年）尚在，并举管辂为秀才，见《三国志·魏书·管辂传》注引《管辂别传》，而该书《傅嘏传》，注引《傅子》云："嘏自少与冀州刺史裴徽、散骑常侍荀鬼善，徽、鬼早亡。"（第 628 页）若裴徽与傅嘏同年，则正始九年（248 年）时已四十矣，年逾四十在魏晋时代已算不得"早亡"了（傅嘏自己就只活到四十七岁，史传并不称其"早亡"）。故知裴徽生年当稍晚于傅嘏，至多与嘏同年。惟邓飏生年无从推算，从《三国志·魏书·曹爽传》注引《魏略》云："邓飏与李胜等

---

① 余嘉锡《世说新语笺疏》，台北：华正书局，1989 年，此条下的笺疏。

② 《晋书》本传言玄嘉平六年即公元 254 年被杀，时年四十六，因此可以推知他生于 209 年。参《晋书》，第 299 页。

③ 何晏生年各家说法不一，姜亮夫《历代人物年里碑传综表》订为 190 年，吴海林、李延沛《中国历史人物生卒年表》因之，容肇祖在《魏晋的自然主义》一文中推为 194 年，而王葆玹在《正始玄学》则推为 207 年（见该书第 123—126 页），我以为最为近之，今从王说。

为浮华友。"① 又云:"明帝禁浮华,而人白(李)胜堂有四窗八达,各有主名。"② 同书《傅嘏传》注引《傅子》云:"是时何晏以材辩显于贵戚间,邓飏好变通,合徒党、鬻声名于闾阎,而夏侯玄以贵臣子少有重名,为之宗主。"③ 可见何晏、邓飏、李胜、夏侯玄等人是很好的朋友,有所谓"四窗八达"的名目,在明帝太和四年(230 年)"禁浮华"时一起被"罢退",那么,邓飏的年龄亦当与何晏、夏侯玄相差不远,以生于公元 207 年和 209 年之间的可能性为最大。总之,荀粲与他们这几个好友的年龄都差不多,都生于公元 207 年及 209 年之间。何劭《荀粲传》说:"粲简贵,不能与常人交接,所交皆一时俊杰。至葬夕,赴者裁十余人,皆同时知名士也,哭之,感动路人。"《世说新语·惑溺篇》第二条刘注亦引此数语,字句小有异同。其中"皆同时知名士也"一句作"悉同年相知名士也",似乎更切合荀粲的情况。"相知"之"知"魏晋时作"赏识"、"欣赏"讲,"相知"即互相欣赏之意。赴荀粲葬礼的都是一群年龄相同而互相欣赏的"名士",而"名士"一词在魏晋时又几乎与"清谈家"同义,④ 可见这一群赴吊的朋友也就是裴徽、何晏、夏侯玄、傅嘏、邓飏,再加上几个我们无法确知其名的清谈家。

当时这一群贵族青年,都不过二十上下,一个个才能出众,风华正茂,都有一番展翅冲霄的抱负,而且都已经开始崭

---

① 《三国志》,第 288 页。

② 《三国志》,第 290 页。

③ 《三国志》,第 623—624 页。

④ 唐翼明《魏晋清谈》,第 63—64 页。

露头角。而荀粲显然是其中最杰出的一个。因为荀粲此时已经有一套成形的理论，这套理论又已经在家乡时就与哥哥们反复辩论过，而其余的人则还没有提出什么可以与此媲美的论点，何晏倡贵无，夏侯玄著《本无论》（《文心雕龙·论说》作《本玄》），傅嘏论才性，都是正始年间的事。所以当荀粲宣扬自己的理论的时候，开始大家都免不了有点惊愕而与之论辩，最后则都接受了他的论点："当时能言者不能屈也。"慢慢地，荀粲也就成了这一群青年的核心与领袖。何劭《荀粲传》云：

> （粲）常谓嘏、玄曰："子等在世涂间，功名必胜我，但识劣我耳！"嘏难曰："能盛功名者，识也。天下孰有本不足而末有余者邪？"粲曰："功名者，志局之所奖也。然则志局自一物耳，固非识之所独济也。我以能使子等为贵，然未必齐子等所为也。"

这一段话很可注意，荀粲在这里把"识"——识见、对世界的观察、理论上思想上的洞见等与"功名"——事功、名声、官位等作了一个明确的区分，认为有识者不一定有功名，有功名者不一定有识，而他自己则显然志不在功名，而以识优自负。用今天的话来讲，荀粲的志向是在作一个思想家而不是事业家，他以思想领袖、意见领袖自许，而不以当官掌权自期。尤其有趣的是，他竟然当面对傅嘏、夏侯玄说出"能使子等"这样自负的话而没有受到挑战，可见他在那一群朋友当中的理论领袖地位至少是为大家所默认的。

    荀粲最不幸的是，正当他意气风发地进行一场前所未有的理论开拓的时候，却碰上了思想保守的魏明帝，于太和四年

（230 年）下令"禁浮华"，他的这一群朋友纷纷被"罢退"，清谈圈随之云散。而他自己偏偏又短命，不久就去世，没有等到成熟期的到来。但荀粲开始的理论革命却一直在这群朋友心中发酵萌动，随时等待一个恰当时机重新抽枝发叶。后来我们果然在正始时期看到它的蓬勃复生，裴徽、何晏、夏侯玄、傅嘏、邓飏全都成为正始谈座上的要角。而使它真正开出灿烂的鲜花结出丰硕的果实的则是天才青年王弼。而我们只要约略考察一下王弼的主要理论，就不难发现他正是接续荀粲的思路而加以精密化、系统化的。

王弼的理论很丰富，但他对魏晋玄学的最大的贡献则可以简括为两个大的方面：一是建立"以无为本、以有为末"的本体论架构，从而使融合儒道成为可能；二是以"得意在忘象，得象在忘言"的论述为玄学提供了方法论，从而将汉儒的章句之学、象数之学一举而廓清之，而新意微理乃能破旧壳而出。而这两方面，显然都与荀粲的理论筋脉相通。

先说第一个方面。王弼以有无本末的架构融合儒道，其最简要最精彩之论述见于他的答裴徽问，《世说新语·文学》第八条及《三国志·钟会传》裴注皆载此事，字句小有异同，盖同出于何劭所撰的《王弼传》。今引《世说》：

> 王辅嗣弱冠诣裴徽，徽问曰："夫无者，诚万物之所资，圣人莫肯致言，而老子申之无已，何邪？"弼曰："圣人体无，无又不可以训，故言必及有；老庄未免于有，恒训其所不足。"

这几句话实可视为整个魏晋玄学的思想纲领与论述策略。[①] 这里说孔子体无而言有，老子是有而说无，这就一方面维护了孔子原有的圣人地位，另一方面又用玄学的精神改造了孔子，同时还证明了老庄并不悖于圣教，因为大家都是"以无为本"的。这样一来，儒道就不仅可以融合，而且是应当融合了。王弼这段话中最为关键之处其实是发明了孔子"体无而言有"的观点，而这观点显然是从荀粲那里得到启发的。王弼把荀粲所说的孔子未在六籍中谈到的"性与天道"以更抽象、更带哲理性的"无"来概括，而以"有"来指称孔子在六籍中讲的名教人伦。"无"形上，"有"形下，"有"比"无"低，正是荀粲所说"糠秕"之意。孔子为什么不说"无"？因为"无"不可以训，对一般人说不清，这也就是为什么子贡之徒"不可得闻"的原因了。当然，王弼的说法比荀粲精致而高明，但荀粲"孤明先发"之功总是不可埋没的。

再来说第二个方面。王弼"得意在忘象，得象在忘言"的论述见于他在《周易略例·明象》中的一段话：

> 夫象者，出意者也。言者，明象者也。尽意莫若象，尽象莫若言。言生于象，故可寻言以观象；象生于意，故可寻象以观意。意以象尽，象以言著。故言者所以明象，得象而忘言；象者所以存意，得意而忘象。犹蹄者所以在兔，得兔而忘蹄；筌者所以在鱼，得鱼而忘筌也。然则言

① 唐翼明《从王弼答裴徽问论魏晋玄学的思想刚领与论述策略》，台湾政治大学中文系《中华学苑》第 50 期，1997 年 7 月，第 71—81 页。

者，象之蹄也；象者，意之筌也。是故存言者非得象者
也，存象者非得意者也。象生于意而存象焉，则所存者乃
非其象也；言生于象而存言焉，则所存者乃非其言也。然
则忘象者，乃得意者也；忘言者，乃得象者也。得意在忘
象，得象在忘言。故立象以尽意，而象可忘也；重画以尽
情，而画可忘也。①

　　王弼这段论述逻辑严谨、层次细密，他承认"象"有"出
意"的功能，"言"有"明象"的功能，但他一再强调的是不
能拘守"言"、"象"，不能停留在"言"、"象"上，甚至说只
有忘了"言"、"象"才可能得"意"，所以他虽然不否定孔子
说的（或是后儒假托孔子说的）"立象以尽意，系辞焉以尽其
言"的话，但结论却是"象"可以忘，"系辞"当然也可以
忘。这岂不是跟荀粲提倡的超越六籍的字句去探求"象外之
意、系表之言"一脉相通吗？当然，王弼在这一方面也是更精
致化，更系统化了。

　　以上自然是很简略的一个分析，但是从荀粲到王弼这个发
展脉络却已经很清楚地呈现出来了。而且非常重要的是，在荀
粲与王弼之间并没有其他的人或理论具有同样的承传性质。所
以，如果我们说，魏晋玄学与清谈发轫于荀粲而大成于王弼，
荀粲乃是王弼的理论先驱，这样的结论应当是恰如其分的。

（1998 年 12 月）

------

　　①　楼宇烈《王弼集校释》，台北：华正书局，1992 年，第 609
页。

刘宋"四学并建"考论

《宋书》卷五十三《隐逸·雷次宗传》云：

> 元嘉十五年，征次宗至京师，开馆于鸡笼山，聚徒教授，置生百余人。会稽朱膺之、颍川庾蔚之并以儒学，监总诸生。时国子学未立，上留心艺术，使丹阳尹何尚之立玄学，太子率更令何承天立史学，司徒参军谢元立文学，凡四学并建。①

这是一条很重要的史料，凡研究魏晋玄学史与中古学术史者，自必注意及之。但关于此事始末及所涵涉之意义似尚有若干可供探讨申论之空间，例如：一、"四学并建"的准确时间与四学各自立学的时间与次序；二、四学与国子学的关系；三、四学的内容；四、"四学并建"的意义与影响。本文即拟就上述诸点，排比史料，略加论述。

---

① 沈约《宋书》，北京：中华书局标点本，1974 年，第 2293—2294 页。

一、四学建立的时间与次序

从上引《宋书·雷次宗传》来看，"四学并建"的时间似乎是元嘉十五年，即公元438年，其实不然。查《南史》卷二《宋本纪中·文帝纪》"十五年"条下云：

> 是岁……立儒学馆于北郊，命雷次宗居之。①

"十六年"条下云：

> 是岁……上好儒雅，又命丹阳尹何尚之立玄素学，著作佐郎何承天立史学，司徒参军谢元立文学，各聚门徒，多就业者。②

则"立儒学馆"在元嘉十五年，而次年，即公元439年，才增立"玄素学"、"史学"与"文学"，于是"四学并建"。其中"玄素学"即"玄学"，"素"字疑衍。

比《南史》撰定年代稍晚的《建康实录》③卷十二"宋文帝十五年"亦云：

---

① 李延寿《南史》，北京：中华书局标点本，1974年，第45页。
② 《南史》，第45—46页。
③ 《南史》作者李延寿为唐初人，《建康实录》的作者许嵩为肃宗时人。

> 冬十月壬子，流星出太白入紫微，有声如雷。是月立
> 儒学于此郊，延雷次宗修之。……明年，尚书尹何尚之立
> 玄学，著作郎何承天立史学，司徒参军谢元立文学，各集
> 门徒，多就业者。①

可见，"立儒学馆"确在元嘉十五年（438年），月份是十月，
"四学并建"则在"明年"，此处"玄学"可证《南史》"玄素
学"的"素"确为衍文，而此处之"尚书尹"则为"丹阳尹"
之误。

那么"玄学"、"史学"、"文学"三馆并建于元嘉十六年
（439年），二书皆无异辞，应当没有问题了，其实又不然。查
《宋书》卷六十六《何尚之传》云：

> 十三年，彭城王义康欲以司徒左长史刘斌为丹阳尹，
> 上不许。乃以尚之为尹，立宅南郭外，置玄学，聚生徒。
> 东海徐秀、庐江何昙、黄回，颍川荀子华，太原孙宗昌、
> 王延秀，鲁郡孔惠宣，并慕道来游，谓之南学。②

可见玄学是早在元嘉十三年（436年）就置了，而且规模盛
大，人数众多，号称"南学"。也正因如此，后来才会命雷次
宗开儒学馆于北郊，南北对峙，儒学馆也许称为"北学"吧，

---

① 许嵩《建康实录》，北京：中华书局影印宋绍兴十八年（1148
年）刻本，第五册第二十四面下（按：该卷二十四面有两页，此是第
二页）。

② 《宋书》，第1734页。

但正史无文，姑存阙疑。

如此，则史学、文学馆何时建立，也该进一步查证，但查《宋书》、《南史》、《建康实录》何承天、谢元（谢元《宋书》无传，仅附何承天传后）等传，无一言及此，那么，比较合理的推测自然是，史学、文学二馆是在玄学、儒学置立后，于元嘉十六年（439 年）加立的。

总上所述，大致可以推言四学之年代与次序如下：

（1）元嘉十三年（436 年），首立玄学馆于南郊。

（2）元嘉十五年十月（438 年 10 月），次立儒学馆于北郊。

（3）元嘉十六年（439 年），加立史学、文学二馆（东郊、西郊?）。于是四学并建。

二、"四学"与国子学

"四学"之学，最初显然是学馆的意思，即今之学院（college），《宋书·雷次宗传》云"开馆于鸡笼山"，《南史·宋文帝纪》称"立儒学馆于北郊"，《宋书·何尚之传》云"立宅南郭外，置玄学"，可见都是学馆，有屋舍，有生徒。后来立的"史学"、"文学"虽无详细文字，但依玄学、儒学之例推之，应该也是各有屋舍、生徒的学馆，这样才能称为"并建"。

"四学"之名其实古已有之。周代有"四学"之目，《礼记·祭义》云："天子设四学。"① 至于"四学"的内容，可以

---

① 阮元校刻《十三经注疏》，北京：中华书局影印本，1980 年，第 1600 页中。

参考《后汉书·祭祀志》刘昭注所引蔡邕之《明堂论》。蔡论中引《易经太初篇》云：

> 天子旦入东学，昼入南学，暮入西学，在中央曰太学，天子所自学也。①

蔡论又引《礼记·保傅》云：

> 帝入东学，上亲而贵仁；入西学，上贤而贵德；入南学，上齿而贵信；入北学，上贵而尊爵；入太学，承师而问道。②

故蔡邕论之云：

> 王居明堂之礼，又别阴阳门，向东南称门，西北称闱，故周官有门闱之学。师氏教以三德，守王门，保氏教以六艺，守王闱。然则师氏居东门、南门，保氏居西门、北门也。知掌教国子，与《易传》、《保傅》王居明堂之礼参详发明，为学四焉。③

---

① 范晔《后汉书》，北京：中华书局影印本，1965 年第一版，第 3179 页。严可均辑《全汉文》卷八十（北京：中华书局，1958 年），第 902—903 页，亦收此文。

② 《后汉书》，第 3179 页。

③ 《全汉文》，第 902—903 页。按：此处文字依《全汉文》，与《后汉书》略有不同。

蔡论又云：

> 明堂者，天子太庙，所以崇礼其祖，以配上帝者也。……故为大教之宫，而四学具焉，官司备焉。譬如北辰，居其所而众星拱之，万象翼之。政教之所由生，变化之所由来，明一统也。故言明堂，事之大，义之深也。取其宗祀之清貌，则曰清庙。取其正室之貌，则曰太庙。取其尊崇，则曰太室。取其向明，则曰明堂。取其四门之学，则曰太学。取其四面周水圆如璧，则曰辟雍。异名而同事，其实一也。①

所以，"四学"之名在周代就有了，四学即师氏所掌之东学、南学，保氏所掌之西学、北学，其职责是"掌教国子"，即教育贵族子弟。而天子自居之明堂，是天子自学的地方，又总领四学，故尊崇之而称为"太学"。其后汉武帝立太学，即取义于此。但本来是天子自学，并无实质机构的太学一变而为规模巨大的中央最高学府，是古代教育史上一个伟大变化。

根据蔡邕的意思，周之"四学"即"门闱之学"，"四门之学"在东、南、西、北四门，这东南西北四门是近在王宫四周，还是远在京城四郊，蔡邕未说，但前引《礼记·祭义》天子设四学下郑玄注云："四学谓周四郊之虞庠也"②。则可见四学是在四郊。这样说来，宋文帝立玄学馆于南郊，儒学馆于北郊，正是遵从古训，由此推之，则文学馆与史学馆很可能是立

---

① 《后汉书》，第 3178 页。
② 《十三经注疏》，第 1600 页中。

于东、西二郊，只是不知孰东孰西。

汉末太学浮滥，学生多达"三万余"人①，三国以后，太学废弛，士庶混杂，晋武帝咸宁四年（278 年）乃更立"国子学"（简称"国学"）以教贵胄子弟②。东晋以后，连年战乱，国子学时立时废，至"宋高祖受命，诏有司立学，未就而崩"③，直至宋文帝刘义隆元嘉十九年（442 年）才复立国子学。此事《宋书·文帝纪》及《南史·宋本纪》皆不载，而见于《宋书·何承天传》中：

> 十九年，立国子学，以本官领国子博士。④

但《宋书·文帝纪》十九年却载了一个诏书：

> 十九年正月乙巳，诏曰："夫所因者本，圣哲之远教；本立化成，教学之为贵。故诏以三德，崇以四术，用能纳诸义方，致之轨度。盛王圣世，咸必由之。永初受命，宪章弘远，将陶钧庶品，混一殊风，有诏典司，大启庠序，而频遘屯夷，未及修建。永瞻前猷，思敷鸿烈。今方隅义宁，戎夏慕向，广训胄子，实维时务。便可式遵成规，阐

---

① 参看《后汉书》卷七十九《儒林列传》，第 2547 页。

② 参看《晋书》卷二十四《职官志》，北京：中华书局标点本，1974 年，第 736 页。《南齐书·礼志上》（北京：中华书局标点本，1972 年），第 145 页，载曹思文表又云晋惠帝元康三年（293 年）"始立国子学"。

③ 《宋书·礼志一》，第 367 页。

④ 《宋书》，第 1705 页。

扬景业。"①

这个诏书显然即为复立国子学而发，里面提及武帝（高祖刘裕，刘义隆之父）"永初受命"即欲立国子学而"未及修建"，现在天下太平了，"方隅乂宁，戎夏慕向"，正是重建国子学，"阐扬"先帝"景业"的时候。于是我们恍然大悟，宋文帝在元嘉十三年（436 年）到十六年（439 年）间，仿照古制，先后在南、北、东、西四郊立玄学、儒学、史学、文学四馆，正是为重建国子学做准备。

同年（元嘉十九年）"十二月丙申"，宋文帝又下诏祭扫孔墓，诏文开始就说"胄子始集，学业方兴"。② 说明国子学这时已经建好开学了。而祭酒则是前领玄学馆的何尚之（《宋书》卷六十六《何尚之传》云： "国子学建，领国子祭酒。"③）

国子学建立之后，"四学"是存是废，史无明文，"四学"与国子学到底是一种什么关系，也费猜疑。我们确知的是后来国子学又废了，而于宋明帝（刘彧）泰始六年（470 年）建立了一个"总明观"，下设"玄、儒、文、史四科"，首长称"总明观祭酒"或"东观祭酒"（总明观又称东观）。下面排比几条史料以见此事原委。

《宋书》卷八《明帝纪》：

① 《宋书》，第 89 页。
② 《宋书》，第 89 页。
③ 《宋书》，第 1734 页。

（泰始）六年……九月……戊寅，立总明观，征学士以充之。置东观祭酒。①

《南史》卷三《宋本纪下》：

（泰始）六年……九月戊寅，立总明观，征学士以充之。置东观祭酒，访举各一人，举士二十人，分为儒、道、文、史、阴阳五部学，言阴阳者遂无其人。②

《南齐》卷十六《百官志》：

总明观祭酒一人。

右（晋？）太（即泰）始六年，以国学废，初置总明观，玄、儒、文、史四科，科置学士各十人，正令史一人，书令史二人，干一人，门吏一人，典观吏二人。建元中，掌治五礼。永明三年，国学建，省。③

《南史》卷二十二《王俭传》：

永明二年，领丹阳尹。三年，领国子祭酒。……宋时国学颓废，未暇修复，宋明帝泰始六年，置总明观以集学

---

① 《宋书》，第 166—167 页。

② 《南史》，第 82 页。

③ 萧子显《南齐书》，北京：中华书局标点本，1972 年，第315—316 页。

士，或谓之东观，置东观祭酒一人，总明访举郎二人；儒、玄、文、史四科，科置学士十人，其余令史以下各有差。是岁，以国学既立，省总明观，于俭宅开学士馆，以总明四部书充之。①

从总明观的建制逆推，元嘉十九年（442年）重建国子学时，有可能就是将原来的"四学"合并，"四学"变成了"四科"，原来各自独立的学馆变成了国子学下的四个科系，college变成了department。

有一条史料或许可以旁证以上推测的合理性。《宋书·志第四·礼一》云：

元嘉二十年，太祖将亲耕，以其久废，使何承天撰定仪注，史学生山谦之已私鸠集，因以奏闻。②

元嘉二十年（443年）正是宋文帝重建国子学的第二年，这里提到私下搜集耕籍礼仪注的"史学生"山谦之，后来官拜奉朝请，曾协助何承天修撰国史（即《宋书》），沈约在《宋书·自序》叙述《宋书》修撰过程时曾提到他，并说何承天当时修《宋书》时，只撰了《天文》、《律历》二志，其余"悉委奉朝请山谦之"③，可见山谦之正是何承天的学生与助手，那么合理的推测是，元嘉二十年他正在国子学中肄业，是领史

---

① 《南史》，第595页。
② 《宋书》，第354页。
③ 《宋书》，第2467页。

馆的国子博士何承天的得意门生。这里称他为"史学生"而非"国学生",这岂不证明国子学建立后,原来的"四学"之区分仍然存在吗?但既已合并成为一个国子学,则原来独立成馆的"四学"变成只有相对独立性的"四科"是最可能的了,而各科的学生总称时为"国学生",分称之则为"玄学生"、"儒学生"、"文学生"、"史学生"也。

三、"四学"或"四科"的内容

玄、儒、文、史四个学馆变成玄、儒、文、史四科,这件事情具有相当重要的意义,值得再加讨论。

宋文帝当初命何尚之置玄学馆于南郊,多少带点偶然的性质,主要是出于对何尚之个人的欣赏。《宋书·何尚之传》叙述此事之前先云:"尚之雅好文义,从容赏会,甚为太祖所知。"① 可以推测,刘义隆一定常常跟何尚之讨论辞章义理,而何尚之每能"从容赏会",所以很受刘义隆的欣赏,刘义隆觉得何尚之不可埋没,应当开馆授徒,于是为何尚之"立宅南郊,置玄学,聚生徒。"结果是许多人"慕道来游",一时名声甚盛,被称为"南学"。有了南学,才有在北郊再立一儒学馆的念头,于是从江西"征"了雷次宗来,开馆于北郊之鸡笼山。有了南学、北学,才更立东学、西学,即何承天、谢元之"史"、"文"二馆。再过三年(元嘉十九年),乃合此四馆为国子学,命何尚之为祭酒。此时四馆一变而为四科,儒、玄、文、史就有了明确的门类区别,成为四门不同的学问。

---

① 《宋书》,第 1733 页。

中国学问的分类意识在魏晋南北朝时期开始发达，书籍之分部，文体之辨析，文笔之区分都是这段时期成立的。上述儒、玄、文、史之分为四科也是这种意识的反映，对后世的影响甚为深远。

这里有一个问题是应该提出来加以讨论的，即儒、玄、文、史在当时到底是什么内容呢，于此前、此后有无不同？

我们从"儒"说起。《汉书·艺文志》云："儒家者流，盖出于司徒之官，助人君顺阴阳明教化者也。游文于六经之中，留意于仁义之际，祖述尧舜，宪章文武，宗师仲尼，以重其言，于道为最高。"自汉武以降，独尊儒术，太学以五经教，皆可谓之儒，故儒者必治经，不治经者，不可称儒。汉世其他从事于词赋、章奏、记事公文的知识分子，都不算儒，地位较儒者低。司马迁说："文史星历近乎卜祝之间，固主上所戏弄，倡优畜之，流俗之所轻也。"① 枚皋说："为赋乃俳，见视如倡。"② 儒者地位之所以高，主要当然是因为"通经"即可"致治"，朝廷从儒生中选拔官吏，借经术以"缘饰吏治"，诚如颜之推所云："汉世贤俊，皆以一经弘圣人之道，上明天时，下该人事，用此致卿相者多矣。"③ 其他类型知识分子无此作用，便只能成为宫廷的点缀，皇帝的玩物，"倡优畜之"了。连司马相如这样的大文学家也要靠狗监的推荐才能进宫，东方朔则终生装疯卖傻，与侏儒为伍，其余就可以想见了。

---

① 班固《汉书·司马迁传》，北京：中华书局标点本，1962 年，第 2732 页。

② 《汉书·梅皋传》，第 2367 页。

③ 王利器《颜氏家训集解》，上海：上海古籍出版社，1980 年，第 169 页。

但后来情形就渐渐起了变化。汉世传统，儒生多专一经，从学者以守师说为尚，学之重点在章句训诂，慢慢地就变得"专固"（专守固陋）起来，一代不如一代，故颜之推在前引那段话之后接着说："末俗已来不复尔（即不能再像以前"以一经弘圣人之道，上明天时，下该人事"），空守章句，但诵师言，施之世务，殆无一可。"① 所以自东汉以来，许多大学者都主张"博"、"通"，追求融会贯通，向探求义理方面发展，而不再拘守家法、章句。王充《论衡·超奇篇》云：

> 故夫能说一经者为儒生，博览古今者为通人，采撷传书以上书奏记者为文人，能精思著文连结篇章者为鸿儒。故儒生过俗人，通人胜儒生，文人逾通人，鸿儒超文人。故夫鸿儒，所谓超而又超者也。②

这里明确主张"博览"、"精思"，认为专守一经的"儒生"只略胜于"俗人"而已。所以当时大儒马、郑都是遍治群经而不再专治一经，郑玄打通今古文壁垒，马融兼治老庄，这都说明风气的变化。到汉末魏晋，新的风气完全形成，"士大夫子弟，皆以博涉为贵，不肯专儒"③ 了。

在这种新的风气下，乃诞生了一种新形态的学术，那就是玄学。玄学就是不满足于汉代儒生的"专固"，乃遍取道家、

① 《颜氏家训集解》，第169—170页。
② 北大历史系论衡注释小组《论衡注释》，北京：中华书局，1979年，第779页。
③ 《颜氏家训集解》，第170页。

名家、法家、纵横家各家之长，引入儒学，精研而深思之，以清谈为探讨手段，最后演进为一种综合各家，而以儒、道两家为主要内容的新学术。从这一个角度来看，完全可以说玄学出于儒学，玄学即魏晋之新儒学。传统旧儒学（两汉儒学）重专守，魏晋新儒学（玄学）则重博通；传统旧儒学重章句训诂，魏晋新儒学则重义理精思。若沿着王充的思路来看，玄学家就是"通人"，其中杰出者，如王弼、郭象等人，就是"鸿儒"。到了晋末宋初，这种新形态的儒学开始被正式称为"玄学"，以区别于旧的儒学，而"儒学"这个名词则保留给传统的专治经的学问，"儒者"也就指专治经的学者——即王充所说的"儒生"。这也就可以解释，在魏晋南北朝时期，玄学地位高于儒学的现象。宋文帝先立玄学馆，再立儒学馆，成立国子学时，又以原领玄学馆的何尚之为国子祭酒，而不是以领儒学馆的雷次宗为国子祭酒，何尚之一直为朝廷重臣，雷次宗始终只是一个"隐逸"的学者，这些在当时都是合情合理，甚至势所必然的。所以"四科"的顺序，当时人著的《南齐书》为"玄、儒、文、史"，这正是反映了那时的共识；而到唐人著的《南史》则改为"儒、玄、文、史"，其实是以后度前，而非当时之实况了。

儒学是治五经，重点在章句训诂，汉以来即如此，魏晋承之不变。玄学则是魏晋新起的学术，内容到底是什么？何尚之的玄学馆当年开设什么课程？可惜载籍缺逸，至今已难确考。最有参考价值的材料恐怕还是《南齐书·王僧虔传》所载僧虔在"宋世"时写的诫子书，王僧虔（426—485）与何尚之（382—460）为同时人，年辈略晚而已。其诫子书云：

往年有意于史，取《三国志》聚置床头百日许。复徒业就玄，自当小差于史，犹未近仿佛。①

这里"史"、"玄"并举，说明当时人在学术上的分科意识已明确树立，这应当就是国子学分儒、玄、文、史四科的影响。

下文续云：

曼倩有云："谈何容易。"见诸玄，志为之逸，肠为之抽。专一书，转诵数十家注，自少至老，手不释卷，尚未敢轻言。汝开《老子》卷头五尺许，未知辅嗣何所道，平叔何所说，马、郑何所异，《指》、《例》何所明，而便盛于麈尾，自呼谈士，此最险事。设令袁令命汝言《易》，谢中书挑汝言《庄》，张吴兴叩汝言《老》，端可复言未尝看耶？②

这里先说"诸玄"，后说《易》、《庄》、《老》，与《颜氏家训·勉学篇》说的"《庄》、《老》、《周易》，总谓三玄"③ 是一致的。由此推测，玄学馆必习《周易》、《老子》、《庄子》三书，应该是没有问题的。阅读这三书，必习王弼、何晏之注，兼究马融、郑玄之说。关于这一点，《南齐书·陆澄传》载陆澄（当时位国子博士）致王俭（当时位国子祭酒）讨论国子学课程的信可以为旁证：

---

① 《南齐书》，第598页。
② 《南齐书》，第598页。
③ 《颜氏家训集解》，第179页。

晋太兴四年，太常荀崧请置《周易》郑玄注博士，行乎前代。于时政由王、庾，皆俊神清识，能言玄远，舍辅嗣而用康成，岂其妄然？太元立王肃《易》，当以在玄、弼之间。元嘉建学之始，玄、弼两立。逮颜延之为祭酒，黜郑置王，意在贵玄，事成败儒。今若不大弘儒风，则无所立学。众经皆儒，惟《易》独玄，玄不可弃，儒不可缺。谓宜并存，所以合无体之义。①

这一段信虽然只是讨论《周易》要不要同时立郑玄注博士与王弼注博士的问题，但却可以印证前文的若干推测：第一，由"元嘉建学之始，玄、弼两立"之语可以印证元嘉十九年（442年）初建国子学确是由四学合并而成，所以儒学之《周易》郑玄注与玄学之《周易》王弼注得以两立。第二，由"逮颜延之为祭酒，黜郑置王，意在贵玄"之语可以印证宋时玄学地位确实在儒学之上，不仅国子学第一任祭酒何尚之是玄学首领，继任的颜延之也是"贵玄"的，这就可见当时的风气了。第三，由"众经皆儒，惟《易》独玄"可以印证当时儒学科目仍是"众经"即"五经"，而《周易》之王弼注则属于玄学科目了。

玄学除了《易》、《老》、《庄》之外，还有没有别的内容？上引王僧虔诫子书下文云：

且论注百氏，荆州《八帙》，又《才性四本》、《声无哀乐》，言家口实，如客至之有设也。②

---

① 《南齐书》，第684页。
② 《南齐书》，第598页。

这里虽然说的是清谈，但显然同玄学密不可分，论注百氏，《八帙》、《四本》、《声无哀乐》等等，既是言家口实，也必是玄学所研究的内容，如此推论，应不为过。

玄学可能还有别的内容吗？《旧唐书·玄宗本纪》载开元二十九年（741年）玄宗下令：

> 两京，诸州各置玄元皇帝（按即老子）庙，并崇玄学，置生徒，令习《老子》、《庄子》、《列子》、《文子》，每年准明经例考试。①

这里崇玄学的课程有老、庄、列、文四种，其中老、庄是承魏晋玄学而来，那么列、文是不是也有所本呢？换言之，刘宋元嘉国学中的玄学课程可不可能也包含《列子》、《文子》呢？史无明文，但可能性是不能排除的。

甚至还有《庚桑子》也应该纳入可能性之中。《旧唐书·礼仪四》载玄宗天宝元年（742年）二月丙申下诏：

> 《古今人表》玄元皇帝升入上圣。庄子号南华真人，文子号通玄真人，列子号冲虚真人，庚桑子号洞虚真人。改《庄子》为《南华真经》，《文子》为《通玄真经》，《列子》为《冲虚真经》，《庚桑子》为《洞虚真经》。

---

① 刘昫等撰《旧唐书》，北京：中华书局标点本，1975年，第213页。

……两京崇玄学各置博士、助教，又置学生一百员。①

唐代的"崇玄学"与魏晋刘宋"玄学"自非一事，以唐之崇玄科目论定元嘉玄学之科目自然是不可以的，然而草蛇灰线，迹有从来，如果魏晋刘宋时的玄学从未涉及《列子》、《文子》、《庚桑子》等内容，到唐玄宗"崇玄"之时却突然冒出，不也同样不合逻辑吗?

　　以上是儒、玄，下面来说文、史。"史学"比较容易，先说"史学"。"史学"一词不见于前三史，应是晋时才出现的新词。两晋南北朝是中国古代史学空前发达的时代，各种历史著述杂出纷呈，"史学"一词也相应而生。《晋书·石勒传》说："太兴二年，勒伪称赵王"，"始建社稷，立宗庙，营东西宫"，置百官，其中有"史学祭酒"一职。② "太兴（即大兴）二年"为公元319年，这就说明在宋文帝命何承天立史学的一百多年前，"史学"一词已经成立，不过更早的资料却也没有了。"史学"当时的意思是通指有关修史的学问与才能，说某人有"史学"，就是有修史的学问与才能。③ 刘宋国子学中领史学的何承天（370—447）就是著名的律历专家、修史专家，《宋书》本传云："元嘉十六年，除著作佐郎，撰国史（按即宋书，未成而卒）。"那么，刘宋时代国子学中"史学"一科

---

　　① 《旧唐书》，第926页。

　　② 《晋书》，第2735页。

　　③ 例如《南齐书·王逡之传》说王逡之徒弟珪之"有史学，撰《齐职仪》"（第903页），同书《王摛传》记王摛"史学博文"（第686页）。又《颜氏家训·勉学篇》云"有一士人，自许史学，名价甚高。"（《颜氏家训集解》，第195页）

必是修习有关修史的学问无疑，但只是不知道具体有什么科目。不过从王僧虔"往日有意于史，取《三国志》聚置床头百日许"的话推测，《史记》、《汉书》、《三国志》显然是必读的书了，会不会有《史记》博士、《汉书》博士、《三国志》博士呢？史书未见记载，姑存阙疑。

最后来说"文学"，文学在魏晋以前未尝独立成科，孔门四科之一的"文学"只是一般意义上的典籍、学术，与后世所谓文学者颇异其趣。秦汉时"文学"一词已常见于诏令文书，其意为"熟悉典籍（尤其是儒家典籍）"或"熟悉典籍之人"，时与"儒术"、"儒者"混用互见。下面试举几例：

《史记·始皇本纪》载：

　　始皇闻亡，乃大怒曰："吾前收天下书不中用者尽去之。悉召文学方术士甚众。……"①

《史记·封禅书》：

　　始皇封禅之后十二岁，秦亡。诸儒生疾秦焚《诗》、《书》，诛僇文学……②

《史记·孝武本纪》：

---

① 司马迁《史记》，北京：中华书局标点本，1972 年，第 258 页。
② 《史记》，第 1371 页。

而上乡儒术，招贤良，赵绾、王臧等以文学为公卿。①

《史记·张丞相列传》：

张苍文学律历，为汉名相。②

《史记·汲郑列传》：

天子方招文学儒者。③

《史记·万石张叔列传》：

万石君名奋，其父赵人也，姓石氏。……无文学，恭谨无与比。④

《史记·魏其武安侯列传》：

（灌）夫不喜文学，好任侠，已然诺。⑤

《史记·儒林列传》：

① 《史记》，第452页。
② 《史记》，第2685页。
③ 《史记》，第3106页。
④ 《史记》，第2763页。
⑤ 《史记》，第2847页。

及今上即位，赵绾、王臧之属明儒学，而上亦乡之，于是招方正贤良文学之士。……及窦太后崩，武安侯田蚡为丞相，绌黄老、刑名百家之言，延文学儒者数百人，而公孙弘以春秋白衣为天子三公，封以平津侯。天下之学士靡然乡风矣。……自此以来，则公卿大夫士吏斌斌多文学之士矣。①

　　最后一例中，儒学、文学、儒者、学士、文学之士交混使用，其义互见，最可看出"文学"一词在魏晋以前的内涵。这种用法，即使在魏晋以后也还保留着。汉朝即有文学掾、诸王文学之官②，魏晋南北朝仍之③，无非是陪王子们读书的人。故《晋书·阎缵传》载缵上书云：

　　非但东宫，历观诸王师友文学，皆豪族力能得者，率（师？）非龚遂、王阳，能以道训。友无亮直三益之节，官以文学为名，实不读书，但共鲜衣好马，纵酒高会，嬉游

---

　　①　《史记》，第3118—3120页。
　　②　例如：《后汉书·儒林列传》载杨伦"为文学掾"（第2654页），魏应"除济阴王文学"（第2571页），张玄"补弘农文学"（第2581页）；《后汉书·文苑列传》载杜笃"仕郡文学掾"（第2609页）。
　　③　例如：《三国志·魏书》载夏侯尚、徐幹、应玚、刘广皆曾为"五官将文学"，荀闳为"太子文学掾"，分别见陈寿《三国志》，北京：中华书局标点本，1959年初版，1975年第七次印刷，第293页，第599页，第601页，第614页，第316页。《晋书》及《宋书》、《南齐书》、《梁书》、《陈书》中例子更多，不枚举。

博弈，岂有切磋，能相长益！臣常恐公族迟陵，以此叹息。①

"官以文学为名，实不读书"，可见这"文学"之意仍是泛指典籍，并非后世意为"文章之学"的文学。"文章之学"的文学当时称为"文章"，曹丕《典论论文》云：

> 盖文章经国之大业，不朽之盛事，年寿有时而尽，荣乐止乎其身，二者必至之常期，未若文章之无穷。是以古之作者，寄身于翰墨，见意于篇籍，不假良史之辞，不托飞驰之势，而声名自传于后。②

这里"文章"尚不与后世之"文学"等义，但已相去不远了。以"文章"专指赋颂文辞等事，其实在汉时已然，如《汉书·公孙弘卜式兒宽传》"赞"中称"汉之得人，于兹为盛"③，提到各式各样的人才，其中云"文章则司马迁、相如"，虽然是文史并论，但把司马迁、司马相如与公孙弘、董仲舒、兒宽等儒者分开，就透露了一些消息了。

　　现在的问题是：刘宋四学中的文学到底是孔门四科的文学呢，还是"文章"之学的文学？换言之，"文学"两字是传统的用法呢，还是另有新意？

------

　　① 《晋书》，第1350—1351页。按：师、友、文学，皆官名，见《宋书·百官志》（第1259页）。"率"字宜当作"师"，从此三句分言师、友、文学皆不得人。龚遂、王阳。皆汉温邑王师辈也。

　　② 萧统《文选》，北京：中华书局影印本，1977年，第720页。

　　③ 《汉书》，第2634页。

从逻辑上来说，答案应该是后者而非前者，因为若是前者，则立儒学一科就够了，何必更立文学？但这个问题现在已经很难找到正面的证据，我们只能从侧面来加以论证，即从刘宋以后，"文学"一词除了传统的用法外，确实有了"文章之学"，亦即与后世"文学"义近的用法了，而这在刘宋"四学"并建以前是没有的。例如《宋书·宗室·刘义庆传》云义庆：

> 为性简素，寡嗜欲，爱好文义，才词虽不多，然足为宗室之表。……招聚文学之士，近远必至。太尉袁淑，文冠当时，义庆在江州，请为卫军谘议参军；其余吴郡陆展，东海何长瑜、鲍照等，并为辞章之美，引为佐史国臣。①

这里的"文学之士"显然已不同于前引《史记》中的"文学之士"，确实是指善为文章者，而非泛指儒生、学士，下文"并为辞章之美"可证，而袁淑、陆展、何长瑜、鲍照也是于史有证的文学家，而不以儒术著称。

如果说，《宋书》的作者沈约（441—513）还是年辈略晚的人，那我们来看刘义庆本人对"文学"一词的用法好了。刘义庆生于公元 403 年，卒于 444 年，主要活动正在元嘉年间。元嘉十六年（439 年），文帝命谢元立文学时，他三十七岁，元嘉十九年（442 年）国子学建立时，他四十岁，两年后就去世了。刘义庆撰的《世说新语》三十六篇中即有《文学》一

---

① 《宋书》，第 1477 页。

篇，从其次于《德行》、《言语》、《政事》三篇之后，可知仍是沿袭孔门四科的旧规，那么文学当然是泛指一般意义上的学术，而非特指的文学。但是值得我们注意的是，《世说新语·文学》篇共一百零四条，却明显地分成两个部分，前六十五条都是跟学术有关的，而后三十九条却都与文章之学，尤其是文学创作有关。可见刘义庆心中确实已有文学（文章之学）不同于一般学术的概念。所以他一方面仍按传统把文学（文章之学）与学术都放在"文学"的名下，但同时又在排列上把二者作一个明显的区隔，不使杂糅，由此我们看出他兼顾传统与新变的良苦用心。这个新变显然也就是元嘉十六年（439年）在玄学、儒学、史学之外另立文学的原因。同时代的史学家范晔（398—445）在他撰写的《后汉书》中有关文人传记的部分，特别于《史记》、《汉书》的《儒林传》外，增立《文苑传》，可见文学应独立于一般学术，特别是儒学之外，已是当时学界之共识。

四、结语："四学并建"的历史意义

刘宋时先后建立玄学馆、儒学馆、文学馆、史学馆，这件事开始或许只是出于偶然，但并入国学后变为"四科"，却实实在在地促成了中国古代学术分科意识的成熟。"玄学"正式得名，从传统儒学中分离出来，带有某种思辨哲学的意味，促进了后来禅宗与理学的发展。"文学"独立成科，从一般学术中结晶出来，不仅促进了文学自身意识的觉醒，尤其促进了中国文学理论的成熟，出现了《文心雕龙》、《诗品》这样的巨著。"史学"也确立为一门独立的学术，不再只是儒学的附庸，于是到了唐代，终于有《史通》这样的史学理论名著出现。

这真是中国学术史上一个划时代的进步。可惜后来的学者鲜少认识到这一点，反而有加以责难的，例如司马光在《资治通鉴·宋纪五·文帝元嘉十五年》叙此事后有一段评语说：

> 臣光曰：《易》曰："君子多识前言往行以蓄其德。"孔子曰："辞达而已矣。"然则史者儒之一端，文者儒之余事；至于老、庄虚无，固非所以为教也。夫学者所以求道，天下无二道，安有四学哉！①

我们对伟大历史学家的这个并不伟大的看法当然只能表示遗憾。

（2003 年 11 月）

---

① 司马光《资治通鉴》，北京：中华书局，1956 年版，1975 年10 月上海第四次印刷，第 3868—3869 页。

附一：评《世说新语》英译本

　　长久以来，西方没有一部《世说新语》的译本。因为这工作实在太艰巨，且不说篇幅的浩大，语言的意义和韵味之难以确切把握，单只想想书中出现的六百二十六个人名（还不包括刘孝标注中提到的其他数量庞大的人名）及其字号、小名、官衔（大都不止一个），就会叫西方的研究者们望而却步。幸而近十年来这种情况有了变化。继 1974 年法文本《世说新语》在巴黎出版之后（译者布鲁诺·波佩尔 [Bruno Belpaire]），1976 年，美国汉学家、明尼苏达大学东亚系教授马瑞志（Richard B. Mather）的《世说新语》英译本（*A New Account of Tales of the World*）也在美国出版了。这是第一部，也是迄今为止唯一的一部《世说新语》英译本。这部长达七百二十六页，经历十八年之久的辛勤劳动始克完成的巨著体现了译者深厚的汉学修养以及他对中华文化的热爱和对学术事业的忠诚。它的出版不仅对西方的汉学研究者是一个福音，就是对中国的文史工作者也是一个喜讯。译者大量吸收了前人和同时代中、日学者研究的成果，在对原文意义的理解和注释，史料的搜罗和去取，注解的排比笺证以及体例的科学安排等方面都付出了艰巨的劳动。而所有这些，对中外学者来说都具有很高的参考价值。

全书由三大部分组成：前言、正文和附录。前言部分又分自序（Preface）、引论（Introduction）和附志（Translator's Note）三项，其中主要的部分是长达十八页的引论。附录则包括传略（Biographical Notices）、释名（Glossary of Terms and Official Title）、缩写（Abbreviations）、书目（Bibliography）和索引（Index）五种。

作者在附志中说：

> 《世说新语》中并没有什么神秘到叫外国人难以理解的东西。记载在这本书里的轶闻逸事、会话言谈乃至人物性格，大部分都是只要稍加替换就可能在任何社会发生的。因此，我在复述它们的时候尽可能做到接近原来的形式，尽管这将导致对于英语惯用法的某种"破格"，但我觉得这样逐字逐句地保留原文的意象和观念较之从英文中寻找虽然接近作者"用意"，却改变了原来意象的相应词句要好。

这种尽量忠实于原文的做法对于那些想把《世说新语》当作《天方夜谭》一类的消闲小品来读的西方读者或许不太惬意，但对于严肃的学术研究者来说则显然具有很大的好处。这个意图的贯彻在全书中随处可见，我们几乎可以不用特别举例，但为了便于暂时还不可能阅读全书的读者，我还是引用几个例子说明一下。

例如《伤逝篇》第十九条（这里的条目编号根据杨勇《世说新语校笺》[香港，1980 年版]）"今腹心丧羊孚，爪牙失索元"，译者不把"腹心"、"爪牙"译作常见的 henchman、 nuderling 或是 trusted subordinate 之类，而是直译为 "Now for 'belly and heart' I've lost Yang Fu，and for 'talons and teeth' I've been deprived of So Yüan."。然后再在注解中注明"腹心"和"爪牙"二语的出处是《诗经》，并引出原诗。（按：二语孝标失注，近代笺证诸家亦未加注，类似这种该注而未注之处还有不少，Mather 的译本补注了不少这样的地方。）

又如《言语篇》第六十二条"年在桑榆，自然至此"，译文作 "Since our years are at the 'mulberry and elm' stage，it's natural we should come to this."，再在注解中说明 "'mulberry and elm' stage" 即 "old age" 之意。并且进一步解释 "'mulberry and elm' stage" 何以有 "old age" 之意。

再如《德行篇》第十七条"王鸡骨支床"，译文作 "Wang，reduced to a skeleton，kept to lie bed."。"鸡骨"在此无法直译，译者只好稍作变通，但他没有忘记在注解中加上一句："Literally，'Chickenboned'."。

当然，在忠实于原文的基础上，作者还是尽可能注意了译文的明白和流畅，并没有弄得诘屈聱牙或半通不通。这种尽量忠实于原文而又明白晓畅的译文不仅对那些想要领略中国古典文学语言的丰富和精妙的西方读者大有好处，就是对于懂得一些英文的中国读者也不无裨益。《世说新语》有些地方不易理解，若取 Mather 的译本对照同读，可以得到启发。

例如《贤媛篇》第二十二条，"庾玉台常因人脚短三寸当复能作贼不"，不太好懂。看 Mather 译文为 "Yü yu（按即庾友，玉台为庾友小字）has always been dependent on others. With one leg three inches short，how could he ever become a rebel?"。我们借着译者的劳动可以比较容易地弄清原文的意思，同时知道有些标点本（例如商务印书馆"诸子集成"本、杨勇《世说新语校笺》本）把此句点作："庾玉台常因人脚短三寸，当复能作贼不？"没有在"因人"后面断句是不对的。

在注释上，作者不仅几乎一字不漏地保存了刘孝标的原注（刘注中的个人传记资料部分作者则将之移到书后附录的传略里，下面还要提到），而且尽可能地吸收了近代学者的研究成果，加以斟酌去取，间亦有自己的新见。

例如，《言语篇》第二十六条，宋本作"陆机诣王武子，武子前置数斛羊酪，指以示陆曰：'卿江东何以敌此？'陆云：'有千里莼羹，但未下盐豉耳。'"末句"未下"为"末下"之误，"但"为衍文，原句应为："有千里莼羹、末下盐豉耳。"千里、末下皆地名。杨勇《世说新语笺证》辨之甚详。Mather译本取杨说，将此句译为"We only have water-lily soup（chunkeng）from Thousand-li Lake（kiangsu），and salted legumes（yenshih）from Mo-hsia，that's all."。并在注解中指出"未下"系"末下"之误。

又如《方正篇》第十六条取吴士鉴说，改"刘淮"为"刘準"，《言语篇》第六十六条取程炎震说，补注"若天之自高"语出《庄子·田子方篇》，《雅量篇》第九条取杨勇说释"闉故"为"斗变"（意为私斗）之误等等，都是适例。

译者吸收前人成果的同时，也注意到慎重去取。例如他在翻译时参考杨勇《世说新语校笺》最多，因为后者堪称集大成之作，但他并不苟从，有些地方他取并存两说的审慎态度，有的仍取旧说，个别地方则纠正了杨书的缺失，或作了一些新的补充。

如《言语篇》第三十一条记周颙的慨叹，宋本作："风景不殊，正自有山河之异！"杨勇《世说新语校笺》据《艺文类聚》、《太平御览》、《景定建康志》卷二十二引《晋书·王导传》、《敦煌本残类书》新亭条等资料改为："风景不殊，举目有江河之异！"但"正自有山河之异"并非不通，宋本必有所承，擅改难免武断之讥。最好是两说并存。Mather译本，正文仍据宋本，而在注解中指出其他资料作"举目有江河之异"。

又如《文学篇》第六条，宋本作"晏闻弼名，因条向者胜理语弼曰"，杨勇《世说新语校笺》据《北堂书钞》、《太平御览》所引古说，定为："晏闻弼来，乃倒屣迎之；因条向者胜理语弼曰"。这当然很有道理，但其中也颇有令人为难的地方，因为所引五段引文竟没有两处是完全相同的，结果只好由校笺者折中酌定了。对于校订古籍而言，这样做不能不说包含着某种风险。Mather译文该条仍据宋本，未作改动，这种慎重态度是可贵的。

《德行篇》第四十七条："吴道助、附子兄弟，居在丹阳郡。后遭母童夫人艰，朝夕哭临，及思至，宾客吊省，号踊哀绝，路人为之落泪。韩康伯时为丹阳尹，母殷在郡，每闻二吴之哭，辄为凄恻。语康伯曰：'汝若为选官，当好料理此人。'康伯亦甚相知。韩后果为吏部尚书。大吴不免哀制，小吴遂大贵达。"其中"大吴不免哀制"一语颇不好懂，刘孝标注中未提及，近代笺注各家亦未加注。Mather译本该条注引《艺文类聚》卷二十引宗躬《孝子传》曰："吴坦之，隐之兄也，母葬，夕设九饭祭，坦之每临一祭，辄号恸断绝，至七祭，吐血而死。"（Mather已译为英文，我这里还原为中文）这个加注实在是十分必要的，译者用功之苦也于此可见一斑。

至于《言语篇》第五十九条记简文帝登阼，荧惑复入太微事，译者引用现代天文学的研究成果证实当时确实发生过那样的行星运动，使《世说新语》记事之可靠得到一个坚强的例证，这更是历来注家没有办到而特别值得我们感谢的。

本书在编排方面的科学安排和附录部分的丰富周密给人非常深刻的印象，这给读者和研究者带来许多便利，我以为特别值得向国内文史工作者推荐。

《世说新语》全书由一千多条轶闻逸事组成，旧本虽亦分条，但混乱纠缠的地方不少，而注文散附正文之下，看得人头昏眼花。杨勇《世说新语校笺》将全书条目厘清，一一编号，又把正文和注文分开排印，显得井井有条，既便于阅览，更便于检索。Mather 的译本在这方面完全吸收了杨书的优点。Mather 还在每段轶闻的后面括号注明该段轶闻又见于何书，这是杨笺所没有的。例如《德行篇》第一条陈蕃礼贤事，括号中的附注告诉我们在《后汉书》卷八十三第四页 b 面和《太平御览》卷四七四可以找到同一事件的记载。虽然 Mather 能够这样做部分地是依靠了前人的研究成果，例如日本学者古田敬一的《世说新语校勘表》，但这样加以编排的结果的确给我们带来莫大的便利。

书后的附录五种都是很有用的资料和工具，我想逐一加以介绍。

（一）传略（Biographical Notes）。

这个传略包括了《世说新语》正文中所出现的全部六百二十六人的小传。每条依次包括下述内容：（1）姓名、字、小名。字和小名置括弧中，英文拼法和中文字母同时标出，如果有异名、异字、异号则同时列出。（2）生卒年月。不能确知者则标出大致年代。（3）小传。现存史书中有传者，则在小传前注明传见何书何页。（4）刘注中此人传记资料来源用缩写标出原来的书名。（5）逐一列出此人在《世说新语》正文中所出现的章节，并用斜体数字标明该节下之刘注有此人的传记资料。

（二）释名（Glossary）。

这部分实际上可说是一部《世说新语汉英小词典》，《世说新语》中出现的各种各样的稍稍特别一点的词语和专有名词，包括官衔之类都可以在这里找到它们的英文解释。

（三）缩写（Abbreviations）。

这一部分是注释中所引用的或牵涉的书名缩写，共三百三十七条。每条包括书名的英文拼法、中文原名、作者姓名及年代（确知生卒年者则注明生卒年）。因为其中有二百八十七条是刘孝标注中所引的，所以我们也可以把这部分看成是刘注所引书目录。

（四）书目（Bibliography）。

这书目包括四部分。第一部分（A Texts of the SSHY）是《世说新语》的各种版本，包括校笺本；第二部分（Translations）是《世说新语》的外文译本；第三部分（Special Studies）是中外学者研究《世说新语》的专书和论文；第四部分（Background Studies）是中外学者研究魏晋时代的社会、政治、思想、文化、风俗习惯等等，与《世说新语》的研究有关的书籍和论文。

这个目录相当完备，对《世说新语》研究者所提供的便利是不言自明的。

（五）索引（Index）。

包括刘注中所提到的人名（正文中出现的人名已见传略部

分）、地名、书名（已见于缩写部分除外）、文章名等等的索引，而对我们特别有用的是关于孔子、佛、道、老子、庄子、易经、清谈、婚、丧、音乐、书法、医药等专条。例如我们要研究魏晋时代的清谈，想从《世说新语》中寻找一些典型的例子，只要利用这个索引，按图索骥，一检便得，用不着把《世说新语》从头翻到尾了。

编辑这些附录的工作是非常繁琐的，需要极大的耐心，付出巨大的劳动，即使有某些前人的成果可资凭借（例如 Mather 译本的索引部分显然主要取自日本学者高桥清的《世说新语索引》），大部分仍然得亲自动手。中国传统的学者历来轻视和忽略这项工作，实际上是一种缺乏科学精神的表现。现在西方的学术著作几乎没有不加上这一类附录的，而中国的学术著作（尤其在古典文学研究领域里）却连一个简单的索引都不编。我很想借此机会大声疾呼一下：我们实在应当在这方面来一个改革。

不可避免的，Mather 的译本也存在某些缺点，这主要表现在译文的准确性上，其中一部分是译者对原文的理解有偏差，一部分是前人已解决过的问题而译者没有注意到或者已注意到而没有采纳，也有个别的地方是从人而误的。下面分别举几个例子，跟译者 Mather 教授商榷。

《德行篇》第四十条："殷仲堪既为荆州，值水俭，食常五碗，盘外无余肴；饭粒脱落盘席间，辄拾以啖之；虽欲率物，亦缘其性真素，每语子弟云：'勿以我受任方州，云我豁平昔时意；今吾处之不易，贫者士之常，焉得登枝而捐其本？尔曹其存之！'""受任方州" Mather 译为"I have accepted office in the present province."。按译者把"方州"理解为"本州"是不对的，后汉以来称刺史曰方伯（古称诸侯之长），因而称刺史所辖之地曰方州。方有大意，如《庄子》"大方之家"，"大方"为联合复词，《世说·言语篇》第八十二条："卿合仗节方州"。"受任方州"应译为 "I have accepted office as the governor of the province."。"今吾处之不易" Mather 译为 "At present the situation in which we are living is not easy."。按从上下文看，这里的"不易"是"不改变"，不是"不容易"，全句的意思是说："现在我虽然当了刺史也不改变我的本色。""尔曹其存之！" Mather 译为 "You all should preserve this principle！"。按"存"在这里的意思是默念，不是"保存"的"存"，《惑溺篇》第五条"内怀存想"可证。

《雅量篇》第十五条："祖士少好财，阮遥集好屐，并恒自经营，同是一累，而未判其得失。人有诣祖，见料视财物；客至，屏当未尽，余两小簏著背后，倾身障之，意未能平。或有诣阮，见自吹火蜡屐，因叹曰：'未知一生当著几量屐？'神色闲畅。于是胜负始分。""同是一累" Mather 译为 "Both were continually. tired out by their labors."。今按这里的"累"是"拖累"、"累赘"的累，不是"疲累"的"累"。古人所谓"盛德之累"就是这个"累"，实际上是"缺失"、"短处"的婉转说法。因此"同是一累"应译为 "Both their hobbies are burdens to them."。"因叹曰：'未知一生当著几量屐？'" Mather 译为 "His guest on this occasion sighed and said, 'I never knew how many pairs of clogs one would wear in one lifetime.'"。今按从上下文看来，"未知一生当著几量屐？"应是阮孚的话，而不是客人的话。祖约好财，而料理时惟恐有人看见，可见他的身心已为钱所役，所以好财对祖约而言，确是一累；反之，阮孚虽好屐，但并未役于屐，客人来时，他神色自若，且能慢条斯理地发出哲理性的感叹。祖阮高下，便从这里看出，若把那句感叹划归客人，就未免令人不得要领了。

《自新篇》第一条下半："（周处）乃自吴寻二陆，平原不在，正见清河。具以情告，并云：'欲自修改，而年已蹉跎，终无所成。'清河曰：'古人贵朝闻夕死，况君前途尚可；且人患志之不立，亦何忧令名不彰邪？'处遂改励，终为忠臣孝子。""欲自修改，而年已蹉跎，终无所成"句，Mather 译为"I've wanted to reform my ways，but the years have already slapped by，and till now I've never accomplished it."。今按周处原话的意思是说自己想改，但又怕年已老大，将来不会有什么结果。译文的意思则是说早就想改，但时间过了很久，至今尚无成效。又"且人患志之不立，亦何忧令名不彰邪？"，Mather 译为"What's more，even though people are distressed that your ambition has never been established，why，in deed，should you worry that your good reputation won't become known?"。按这里"人"是泛指，不是与"周处"相对而言，所以全句应译为"What's more，one should be distressed that his ambition has not yet been established；why should one need to worry that his good reputation won't become known?"。

《言语篇》第十条："刘公幹以失敬罹罪。文帝问曰：'卿何以不谨于文宪？'桢答曰：'臣诚庸短，亦由陛下网目不疏。'"刘孝标注："按诸书咸云桢被刑魏武之世，建安二十年病亡，后七年文帝乃即位；而谓桢得罪黄初之时，谬矣。"Mather 于此段译文后用括号注出：（If "Emperor Wu—Ts'ao

Ts'ao—is substituted for "Emperor Wen" in the text the anachronism could be avoided.）。也就是说，Mather 认为刘孝标的按语是对的，并暗示正文中"文帝"可能是"武帝"之误，今按《世说》正文不误，刘孝标错了，刘桢答语中的"陛下"是对曹丕称呼其父曹操，并不指曹丕本人。刘盼遂《世说新语笺证》指出：

> 按正文陛下，盖指魏武，汉晋之间，通以陛下为人臣私言君上之词。《史记·田儋传》："田横谓其客曰：'陛下所以欲见我者，不过欲一见吾面貌耳。今陛下在洛阳。'"《淮阴侯列传》："淮阴侯谓陈豨曰：'公，陛下之信幸臣也。言公之叛，陛下必不信；再至，陛下乃疑矣。'"皆其证。公幹正谓魏武网目不疏，自与文帝无与；孝标于陛下之称未瞭，认为公幹之斥魏文，因匡临川之谬，失之。

这是很对的，事实上，按情理推之，曹操既然亲自将刘桢判罪，当然不会再在事后当面去问他："你为什么不小心遵守法律？"刘桢更不至于胆子大到当面说曹操法网太密。只有作为第三者，而又是刘桢好友的曹丕（虽然文中称他为文帝，其实他那时还没做皇帝）才可能这样发问，而刘桢也敢斗胆发两句牢骚了。不知译者未见刘笺此说（按杨笺已引）还是见而未从。又刘孝标注中"建安二十年"为"建安二十二年"之误，"后七年"为"后四年"之误，盖刘桢死于公元 217 年，而曹丕于公元 221 年即位也。此点杨勇《世说新语校笺》已经指出，而译者未采。

《德行篇》第七条："客有问陈季方：'足下家君太丘，有何功德，而荷天下重名？'季方曰：'吾家君譬如桂树生泰山之阿，上有万仞之高，下有不测之深；上为甘露所沾，下为渊泉所润；当斯之时，桂树焉知泰山之高，渊泉之深，不知有功德与无也！'"细玩文意，季方是把自己比作桂树，而把父亲比作泰山，以桂树之微，焉知泰山之高，所以我不知父亲有功德与无也，但"吾家君譬如桂树生泰山之阿"一句则直把"家君"比作"桂树"，Mather 照原文译为"My father is like a cassia tree growing on the slopcs of Mt. T'ai."，这样一来，下面就不可理解了。今按王叔岷《世说新语补正》指出曾慥《类说》引此句作"纪于家君犹桂树生泰山之阿"，《类说》为摘抄，错误甚多，当然不能据此校勘，即如此句中"纪"为元方之名，季方名湛，前后也不一，但《类说》所引此句却给我们一个启发，想来原文应当是"吾于家君犹桂树生泰山之阿。"曾慥引时以名代"吾"，而误作"纪"。这样全段意思就豁然贯通了。因此译文当作"In Comparion with my father, I am like a cassia tree growing on the slopes of Mt. T'ai."。

类似上面所列举的译文上的小错误或值得商榷之处尚有不少。虽无损于全书的体制和规模，但究竟是白璧之瑕，倘能于重版时全部校订一遍，一一斟酌厘正，就会显得更完美了。

此外，还有几处抄写上的错误，例如《简傲篇》中文标题误作"轻诋"，而《轻诋篇》又误作"简傲"，附录第 674 页中"Táng-Shih hsu 唐诗序, by Mao cháng 毛苌"，"唐诗"显系"毛诗"之误，等等，也是应当于再版时改正的。

最后，附录中如果能再补上一个《世说新语》家族谱，把《世说新语》所牵涉的几个大族的世系简要标明，对于读者理解《世说新语》的社会背景和魏晋时代的门阀政治一定会有很大的帮助。这工作宋代的汪藻已经做了，现在只需重新核订一遍并以科学的方式标示出来即可，想来是不会太费事的。

（写于 1985 年）

附二：《世说新语》近代校笺注疏择要评议

前　言

　　《世说新语》旧有刘孝标注，孝标前面尚有敬胤注，敬胤注早已亡佚，宋汪藻撰《世说》叙录考异引敬胤者五十一条，有注考三十八条，今本《世说·尤悔篇》尚存一条。孝标注详备赅博，引经史杂著四百余种，诗赋杂文七十余种，几与《世说》正文同等重要，后之读者、研究者，每将《世说》正文与孝标注视为一体。本文打算讨论的近代（民初以来）校笺注疏，即不仅是对《世说》正文的校笺注疏，也包括对孝标注的校笺注疏在内。下面先将笔者知见范围内有关书目资料表列如次，以利读者省览：

《世说新语》近代校笺书目

　　　　　　　　　　　　　　　　　汇编日期：2004 年 7 月
　　按：以出版年代先后为序，年代不详者，置于最后。

（一）对《世说新语》之片段校笺注疏而未作为专书出版者

序号	作者	篇 名	出处或收录书籍	出版地	出版者	时间
1	刘盼遂	《世说新语校笺》	《国学论丛》，第1卷第4号	北京	清华学校研究院	1928
2	李详（李审言）	《世说新语笺释》	原发表于《制言》杂志，第52期，后收于《李审言文集》	南京	江苏古籍出版社	1939；1989
3	程炎震	《世说新语笺证》				1942、1943
4	沈剑知	《世说新语校笺》	《学海》创刊号，第1卷第1册、第2册、第3册、第6册；第2卷第1册	南京	学海月刊社	1944
5	贺昌群	《世说新语札记》				1947
6	王诤	《世说新语校释撷琐》				1957
7	张舜徽	《世说新语注释例》	《广校雠略》	北京	中华书局	1963
8	陈直	《读〈世说新语〉札记》	《文史考古论丛》	天津	天津古籍出版社	1988
9	王利器	《宋本〈世说新语〉校勘记》	《王利器论学杂著》	台北	贯雅文化	1992

（续表）

序号	作者	篇　名	出处或收录书籍	出版地	出版者	时间
10	王利器	《世说新语佚文》	《王利器论学杂著》	台北	贯雅文化	1922
11	周一良	《世说新语札记》	《魏晋南北朝史论集》	北京	北京大学出版社	1997
12	赵　冈	《世说新语刘注考》				

（二）对《世说新语》全书校注且已成书出版者

序号	作者	书　名	出版地	出版者	时间
1	杨　勇	《世说新语校笺》	香港	大众书局	1969
2	王叔岷	《世说新语补正》	台北	艺文印书馆	1975
3	马瑞志（Richard B. Mather）	《世说新语》英译本（*A New Account of Tales of the World*）	Minne-apolis	University of Minnesota Press	1976
4	古田敬一	《世说新语校勘表附佚文》	京都	中文	1977
5	王进祥	《世说新语粹讲》	台北	顶渊文化	1984
6	余嘉锡	《世说新语笺疏》	北京	中华书局	1983
7	徐震堮	《世说新语校笺》	北京	中华书局	1984
8	余嘉锡	《世说新语笺疏》（修订版）	上海	上海古籍出版社	1993
9	吴金华	《世说新语考释》	合肥	安徽教育出版社	1994
10	朱铸禹集注	《世说新语汇校集注》	上海	上海古籍出版社	2002
11	徐南村集释	《世说新语校笺》	香港	大众书局	

（三） 对《世说新语》之全书或部分之释注

序号	作者	书　名	出版地	出版者	时间
1	森三树三郎译	《世说新语》（日译本）	东京	平凡	1969
2	王进祥	《世说新语粹讲》	台北	顶渊文化	1985
3	李毓芙	《世说新语新注》	济南	山东教育出版社	1989
4	许绍早等	《世说新语译注》	长春	吉林教育出版社	1989
5	柳士镇、钱南秀译注	《世说新语》	台北	锦绣出版社	1992
6	曲建文、陈　桦译注	《世说新语译注》	北京	北京燕山出版社	1996
7	柳士镇、刘开骅	《世说新语全译》	贵阳	贵州人民出版社	1996
8	张　之、刘德重	《世说新语译注》	上海	上海古籍出版社	1996
9	刘正浩等译注	《世说新语》	台北	三民书局	1996
10	张万起、刘尚慈	《世说新语译注》	北京	中华书局	1998
11	曹瑛、金川注释	《世说新语》（注释本）	北京	华夏出版社	2000

（四）有关《世说新语》之辞典及语言研究

序号	作者	书名	出版地	出版者	时间
1	詹秀惠	《〈世说新语〉语法研究》	台北	学生书局	1973
2	张永言	《世说新语辞典》	成都	四川人民出版社	1992
3	张万起	《世说新语词典》	北京	商务印书馆	1993
4	张振德、宋子然、苗永川、袁雪梅	《〈世说新语〉语言研究》	成都	巴蜀书社	1995

（五）为《世说新语》编的索引

序号	作者	书名	出版地	出版者	时间
1	哈佛燕京学社引得编纂处	《世说新语引得》	北京	哈佛燕京学社	1933
2	高桥清	《世说新语索引》	广岛	广岛大学中国文学研究室	1959

（六）对《世说新语》加以多方面研究者

序号	作者	书名	出版地	出版者	时间
1	王能宪	《世说新语研究》	南京	江苏古籍出版社	1992
2	萧艾	《世说探幽》	长沙	湖南出版社	1992
3	宁稼雨	《〈世说新语〉与中古文化》	石家庄	河北教育出版社	1994

序号	作者	书　名	出版地	出版者	时间
4	张叔宁	《世说新语整体研究》	南京	南京出版社	1994
5	王守华	《世说新语发微》	上海	上海文艺出版社	1997
6	范子烨	《世说新语研究》	哈尔滨	黑龙江教育出版社	1998
7	蒋　凡	《世说新语研究》	上海	上海学林出版社	1998
8	井波津子著，李庆、张荣谓译	中国人的机智——以《世说新语》为中心	上海	学林出版社	1998
9	杨　勇	《〈世说新语校笺〉论文集》	台北	正文出版社	2003

以上书目中真正属于校笺注疏只是第（一）、（二）、（三）类，第（四）类则与笺注密切相关，第（五）、（六）类虽也与笺注有关，但并不密切，只是附列于此，取便连类研究而已。又第（一）、（二）、（三）类中，第（三）类多是集取前人之研究成果，译注在自我的创获较少，所以本文真的要讨论的只是第（一）类与第（二）类。

第（一）类共收书十二种，其中以刘、李、沈、程、张、陈、王（利器）、周最为重要，本文拟就刘、李、沈、张、陈、王、周七家评议之。第（二）类共收书十一种，其中以杨、余、徐、朱、吴、Mather、古田最重要，本文拟逐一评之。详略不等，各随其文。又大多不能细论，盖本文只是短篇论文，目的是举要示例，尚望读者谅之。

一、刘盼遂《世说新语校笺》

此文 1928 年发表于清华大学研究院《国学论丛》（北京），是近代学者整理《世说新语》之最早者。校笺的底本是《世说新语》明袁褧嘉趣堂本。凡校笺一百五十三处，最后并附《总论校笺凡例》及《后叙》二文。观其内容，显然是以笺注为主，校勘为辅。凡所笺注，大都确实中肯，贡献良多，下面略举数例。

例一，《言语》第十条：

> 刘公幹以失敬罹罪。文帝问曰："卿何以不谨于文宪？"桢答曰："臣诚庸短，亦由陛下网目不疏。"刘孝标注曰："按诸书咸云桢被刑魏武之世，建安二十年病亡，后七年文帝乃即位；而谓桢得罪黄初之时，谬矣。"

刘笺此条云：

> 按正文陛下盖指魏武，汉晋之间通以陛下为人臣私言君上之辞。《史记·田儋传》："田横谓其客曰：'陛下所以欲见我者，不过欲吾面貌耳。今陛下在洛阳。'"《淮阴侯列传》："淮阴侯陈豨曰：'公，陛下之信幸臣也。言公之叛，陛下必不信；再至，陛下乃疑矣。'"《汉书·李陵传》："夜半时，虏骑数千追之，陵曰：'无面目报陛下。'遂降。"《晋书·胡贵嫔传》："入选号泣。左右曰：'陛下闻声。'贵嫔曰：'死且不畏，何畏陛下。'"皆其证

也。公幹正谓魏武网目不疏，自与文帝无与；孝标于陛下之称未瞭，认为公干之斥魏文，因匡临川之谬，失之。①

这个笺注引据详实，对我们读懂此条极有帮助。事实上，如果孝标注是对的，则只有两个可能：一是此条记载失实，根本没有这回事；二是正文中"文帝"乃"武帝"之误（马瑞志［Richard B. Mather］的《世说新语》英译本即取第二说）。第一种可能不必分析，如果是第二种，则于情于理皆不合。试想曹操既然亲自将刘桢判罪，当然不会在事后当面去问他："你为什么不小心遵守法度？"刘桢更不至于胆子大到当面说曹操法网太密。只有作为第三者而又是刘桢好友的曹丕（虽然正文中称他为文帝，那只是古代记事的特点，其时他还未做皇帝）才有可能这样发问，而刘桢也才敢斗胆发两句牢骚了。所以刘义庆正文本来不错，孝标注错了。非常可惜的是刘盼遂这样精彩重要的论证，后来的笺注（包括译注）者除了杨勇之外，都不采用，一直错到现在。

例二，《文学》第十七条：

初，注《庄子》者数十家，莫能究其旨要。向秀于旧注外为解义，妙析奇致，大畅玄风。唯《秋水》、《至乐》二篇未竟，而秀卒。秀子幼，义遂零落，然犹有别本。郭象者，为人薄行，有俊才，见秀义不传于世，遂窃以为己注，乃自注《秋水》、《至乐》二篇，又易《马蹄》一篇，

---

① 刘盼遂《世说新语校笺》，《国学论丛》第 1 卷第 4 号，北京：清华大学研究院，1928 年，第 66 页。

其余众篇，或定点文句而已。后秀义别出，故今有向、郭二《庄》，其义一也。

刘笺此条云：

> 盼遂按：康王此言诬枉之至矣。子玄注《庄》纯出心裁，不因人热，非宋齐邱之剽谭峭，虞预之袭王隐者也。雪此覆盆，凡有三证，今遂依陈兰甫氏申范之例作申郭篇。
>
> （以下三证略）
>
> 自以上三嵩论之，则郭象之不盗向义固已昭昭焉若县魏阙，乃唐修《晋书》于郭象传备载《世说》之谰语，漫不察其情伪，遂使子玄沉冤，千载莫洗，汪子之梦，难通于下泉，攘瀚之嘲，永流于奕叶，悲夫。①

郭象注庄，自出心裁，并非剽窃向秀，这个问题在学术界今已成为定论了，无需再费唇舌，但在 1928 年的时候，刘盼遂发此千年之覆，其功劳是不可磨灭的。

以上仅举二例，其余精彩处甚多，限于篇幅，不能枚举。又刘氏文后有《总论校笺凡例》一篇也很重要，他特别举例指出《世说新语》的注文除孝标注以外，尚有刘义庆自注语及后人校订语阑入原注中者，又说各种类书中引《世说》注文及《世说》校记多混称《世说》，甚至误引刘义庆《幽明录》亦称《世说》，或有引《世说》而以己意剪裁之者。这些，对于

---

① 刘盼遂《世说新语校笺》，第 71—74 页。

后来的《世说新语》研究都有重要的启示意义。

二、李详《世说新语笺释》

李详，字审言。此文发表于 1939 年《制言》杂志第 52 期，后来收入《李审言文集》（南京：江苏古籍出版社，1989 年）。此文并非对《世说》的全面笺注，而是作者认为有问题的条目才笺注，有些篇，如《捷悟》、《伤逝》、《忿狷》、《逸险》四篇，即一字未笺；有些篇，如《规箴》、《豪爽》、《自新》、《术解》、《巧艺》、《宠礼》、《任诞》、《简傲》、《黜免》、《俭啬》、《尤悔》、《仇隙》等十二篇，则各笺一条而已，最多的《文学》也只笺注了十五处，总计凡笺注一百零一处。

此文笺注的重点是考察史实，但亦有训解文字的地方。如《自新》第一条，周处入吴寻二陆事，李详案曰：

> 《晋书·周处传》采此。劳格《读书杂识·晋书校勘记》云："以《处传》及《陆机传》核之，知系小说妄传，非事实也。"按，处殁于惠帝元康七年，年六十有二。推其生年，当在吴大帝之赤乌元年。陆机殁于惠帝泰安二年，年四十三。推其生年，当在吴景帝之永安五年。赤乌与永安纪年相距二十余载，则处弱冠之年，陆机尚未生也。此云"入吴寻二陆"，未免近诬。又考《陆机传》，年二十而吴灭，退居旧里。是吴未亡之前，机未尝还吴也。或以为处寻二陆，当在吴亡之后，亦非也。考吴亡之岁，处年亦四十三，筮仕已久。又据本传，处仕吴为东观左丞、无难督，故王浑之登建邺宫，处有对浑之言。如使

吴亡之后，处方厉志好学，则为东观左丞、无难督者，果何人乎？以此推之，知《世说》此云，尽属谬妄。①

这段辨诬后来为各家所采，徐震堮全引上文，注明是李详之言，余嘉锡、杨勇只引劳格言，而未言来源于李详。

又如《赏誉》第六十四条：

> 刘万安，即道真从子，庾公所谓"灼然玉举"，又云："千人亦见，百人亦见。"

李详按语云：

> 郝懿行《晋宋书故》："《晋书·邓攸传》：'灼然二品（原注：毛本作器，注一作品），不审灼然为何语，读《阮瞻传》'举止灼然'，《温峤传》'举秀才灼然'，乃知灼然为当时科目之名。"案，此之"灼然玉举"，亦似被举灼然之后，庾公加以赞辞，故下云"千人亦见，百人亦见"也。②

这是对"灼然"一词的训解，很对。后来注家如余嘉锡、徐震堮，都采李详之说，但也有注家如杨勇、朱铸禹却未引用，实在可惜。

---

① 李详《世说新语笺释》，《李审言文集》，南京：江苏古籍出版社，1989 年，第 198—199 页。
② 李详《世说新语笺释》，第 193 页。

三、沈剑知《世说新语校笺》

此文连载于 1944 年《学海月刊》（南京）民国三十三年第 1 卷第 1 册（7 月创刊号）、第 1 卷第 2 册（8 月号）、第 1 卷第 3 册（9 月号）、第 1 卷第 6 册（12 月号），及民国三十四年第 2 卷第 1 册（元月号），未完即中辍。看来作者的计划是全书逐条笺注，我们现在看到的只是《德行》篇前三十六条的笺注，已连载五册，若按计划完成，则将三十倍于此也，真是庞然巨帙，可惜不知什么原因却没有完成。

此书校笺的底本是思贤讲舍原刊本，参用明袁氏嘉趣堂本，沈宝砚用传是楼宋椠校嘉趣堂本，以及宋汪藻本。不同于刘盼遂只校笺重要的可能有疑义的地方，沈剑知是逐条校笺，每事必笺，尤其是人名、地名、典故、传闻异辞的地方，大小靡遗，极为详尽。倘若全部完成，其卷帙当不在杨勇、徐震堮、余嘉锡诸书之下也。

下面也举两个例子。

例一，《德行》第三条：

> 郭林宗至汝南，造袁奉高，车不停轨，鸾不辍轭……

"鸾不辍轭"句，沈校笺云：

> 《后汉书》作"銮不辍轭"。按经典多假鸾为銮。《周礼·大驭》："凡驭路仪，以鸾和为节。"郑君注："銮在衡，和在轼，皆以金为铃。"《说文》："轭，辕前也。"段

注："辕前，谓衡也。"軶、辄古今字，知辄亦衡也。《周礼》孔疏引《韩诗传》云："升车则马动，马动则鸾鸣。"此云"鸾不辍轭"者，极言下车之暂，升车之速，铃声犹未止，而人已行也。①

"鸾不辍轭"句观上下文，大意是可知的，但是读了沈笺，我们才真正彻底地明白这四个字到底是什么意思，沈笺真可谓详尽确凿，可惜后来的笺注者（如徐震堮、余嘉锡）皆略去不注或只作极简单的注（如朱铸禹），只有杨勇注云："《周礼》孔疏引《韩诗传》云：'升车则马动，马动则鸾鸣。'此云'鸾不辍轭'者，极言下车之暂，升车之速也。"这显然是参考沈注而加以节缩的，可惜杨勇竟未提到沈注发明之功。

例二，《德行》第十二条：

王朗每以识度推华歆。歆蜡日尝集子侄燕饮，王亦学之……

"蜡日"句下刘孝标注引晋博士张亮议曰：

蜡者，合聚百物索飨之，岁终休老息民也。腊者，祭宗庙五祀。传曰："腊，接也，祭则新故交接也。"秦汉以来，腊之明日为祝岁，古之遗语也。

---

① 沈剑知《世说新语校笺》，《学海月刊》第 1 卷第 1 册，南京：学海月刊社，1944 年 7 月，第 69 页。

这段话有点读不通，沈笺云：

> 《艺文类聚》五、《太平御览》三三同引亮议，作："腊，接也，祭宜在新故交接也。俗谓之腊之明日为初岁，秦汉以来有贺，此古之遗语也。"按《世说》注屡经宋人削改，未必孝标原文，自以《类聚》、《御览》所引为正也。且"祭则新故交接"句，"则"字于词不顺，"宜在"二字故当胜之，"祝岁"，宋本亦作"初岁"，盖以形似而误为"祝"也。然证以崔寔《四民月令》："腊明日谓小岁，进酒尊长，修刺贺君师。"徐爰《家仪》："蜡本施祭，故不贺。其明日为小岁，贺称'初岁福始，馨无不宜。'"则"初岁"当作"小岁"，无论"祝岁"矣。又可证"秦汉以来有贺"一句，亦不应少，而此误夺也。尚疑"有贺"下当有"初岁福始"二语，不然，何以云"此古之遗语"耶？①

沈笺此条亦可谓详尽确凿，读了沈笺，我们才知道孝标注引"晋博士张亮议曰"那一段话复原起来应该是这样：

> 蜡者，合聚百物索飨之，岁终休老息民也。腊者，祭宗庙五祀。传曰："腊，接也，祭宜在新故交接也。"俗谓之腊之明日为小岁，秦汉以来有贺，贺称"初岁福始，馨无不宜"，此古之遗语也。

---

① 沈剑知《世说新语校笺》，《学海月刊》第 1 卷第 3 册，1994 年 9 月，第 75—76 页。

这样就很清楚顺畅了。可惜后来的笺注者，或者没有见到沈笺（如余嘉锡、朱铸禹），或者见到沈笺而没有完全采纳沈氏的意见，甚至也没有提到沈氏首先发明之功（如杨勇）。全引沈氏意见的只有徐震堮一家。

四、张舜徽《世说新语注释例》

此文作于 1943 年 7 月，收入作者《广校雠略》（北京：中华书局，1963 年），作为该书的附录（第 192—212 页），观文前的"叙目"，即知此文乃是发明孝标注《世说新语》之体例，而非对《世说》正文的校笺，也不是对孝标注的校笺。

释例共分六类：（1）校释；（2）阐述；（3）论事；（4）品人；（5）纠谬；（6）阙疑。每类之下皆提纲挈领，各举一例以明之。例如校释类提出十二种刘注校释的体例为：（1）有一字不同者则注之（举《雅量》第二十七条注"帐，一作帏"为例。限于篇幅，以下例略）；（2）有二字不同者则记之（例略）；（3）文字互倒者则记之（例略）；（4）辞句全异者则记之（例略）；（5）内容有出入者则记之（例略）；（6）字义难明者则释之（例略）；（7）字音难明者则释之（例略）；（8）或因文互训（例略）；（9）或说以方言（例略）；（10）解故实则援引旧说（例略）；（11）明制度则征及燕谈（例略）；（12）考名物则上稽《雅》诂（例略）。

其余五类，亦大多仿此，于孝标注书之例，多所发明，对阅读《世说新语》及研究者皆有帮助，就不多说了。

五、陈直《读〈世说新语〉札记》

此文作于 1964 年，收入陈直《文史考古论丛》（天津：天津古籍出版社，1988 年，第 164—173 页）。按此文甚短，仅收札记二十五条，补李详、刘盼遂、沈剑知等人之遗，但自言"多取资于石刻史料"，则确是此文的长处。

例如《德行》第三十九条：

> 王子敬病笃，道家上章应首过，问子敬："由来有何异同得失？"子敬云："不觉有余事，惟忆与郗家离婚。"

陈札记云：

> 按：《淳化阁帖》九，有王献之帖云："虽奉对积年，可以为尽日之欢，常若不尽触颜之畅，方欲与姊极当年之雅，以之谐老，岂谓乖别至此？诸怀怅塞实深，当复何由日夕见姊耶？俯仰悲咽，实无已已，惟当绝气耳。"与本文离婚事完全符合，惟此书则为离婚后与郗夫人者。①

此处引《淳化阁帖》王献之与郗夫人书以证王与郗感情深厚，足证王与郗离婚实出于不得已，故至死引为憾事，一般笺注者都不会注意到这样的资料，实是陈文一大贡献也。

---

① 陈直《读〈世说新语〉札记》，《文史考古论丛》，天津：天津古籍出版社，1988 年，第 165 页。

又如《捷悟》第三条载曹娥碑背有"黄绢幼妇，外孙齑臼"八字，杨修解作"绝妙好辞"，其中"齑臼"释曰"受辛也，于字为辞"，一般注家都无笺注，陈氏云：

按：《说文》"辤"，不受也，与辞赋之"辞"，本是两字，在东汉碑刻上，皆用假借字作"辤"，如郑固、夏承、北海相景君碑等，皆是明证。本文解"辤"为"辞"，亦系从当时之隶体。①

这样就清楚得多了，陈氏于碑帖研究颇深，故能以碑帖证《世说》之文，而言他人之所不能言也。

六、王利器《宋本〈世说新语〉校勘记》

此文作于 1955 年，附在文学古籍刊行社影印的宋绍兴八年（1138 年）《世说新语》刻本之后，收入《王利器论学杂著》（台北：贯雅文化，1992 年）。

据作者自己说，他校勘宋本（即上述绍兴八年本）时参考了以下九种本子，即：（1）唐写本；（2）宋刘应登批本；（3）清蒋篁亭本；（4）清沈宝砚本；（5）明袁氏嘉趣堂本；（6）明太仓曹氏重刻袁本；（7）明王世懋批点本；（8）明凌濛初刻本；（9）明书林余圮孺梓李卓吾批点《世说新语》补本。作者说他的做法是：

---

① 　陈直《读〈世说新语〉札记》，《文史考古论丛》，第 168 页。

这些本子，凡足以校订宋本错误的，现在都把它保存下来；若是意义两都可通，而它本较宋本为佳，或足以帮助理解的，也把它适当地保存下来；至于宋本不误而它本错了的，都没有把它提出。又《世说》引用它书，以及它书引用《世说》的，现在也参考了各种书籍，择其足以说明问题的，随文列入后记。①

此文纯是校勘，不涉笺注。下面举第一条校勘记以见一斑：

一页前九行注"清妙高时"，各本"高时"作"高跱"，是；"高时"与下面"超世绝俗"重复。《太平御览》卷一百六十九引《世说》："郭泰秀立高跱，澹然渊停。"《御览》卷三百八十八引《郭子别传》，"高跱"作"高跱"；是"高跱"为《世说》用语。②

其余各条，或繁或简，大都精审博洽，这里就不枚举了。

七、周一良《世说新语札记》

这其实只是一篇短文，收入作者《魏晋南北朝史论集》

---

①　王利器《宋本〈世说新语〉校勘记》，《王利器论学杂著》，台北：贯雅文化，1992 年，第 259—260 页。

②　王利器《宋本〈世说新语〉校勘记》，《王利器论学杂著》，第 260 页。

（北京：北京大学出版社，1997 年）。文中凡笺《世说》二十处。作者是魏晋史学名家，故凡笺之处都极有参考价值，不可因其短而忽略之也。如说《言语》篇第三十三条"丞相小极"之"极"当"疲乏"讲，解《文学》篇第九十四条中"特作狡狯"之"狡狯"为"顽皮捣蛋开玩笑"之意，《雅量》篇第十五条"未知一生当着几量屐"中的"量"作"两"、"双"讲，《捷悟》篇第七条"唯东亭一人在前觉数十步"及第三条"我才不及卿，乃觉三十里"中的"觉"表比较的程度，《贤媛》篇第二十五条中"人身亦不恶"之"人身"作"人材"讲，等等，① 都是很好的例子。

八、杨勇《世说新语校笺》

此书初版于 1969 年，香港大众书局印行。作为近代全面为《世说新语》作校笺的第一本书，此书有许多首创之功，例如：

第一，此书首创以阿拉伯数字别条，这给读者、研究者带来许多方便。例如说"文学5 条"即知是钟会撰《四本论》那一条，不必如陈寅恪先生的文章一定要写成《书世说新语文学类钟会撰四本论始毕条后》大家才看得明白。而且每篇多少条，全书总共多少条，一看就清楚，实在便利得多。自杨勇先生首创此法后，现在所有《世说新语》版本皆以数字标目，几乎无一例外。

---

① 见周一良《世说新语札记》，《魏晋南北朝史论集》，北京：北京大学出版社，1997 年，第304—307 页。

第二，此书首创《世说》正文与孝标注分开排，孝标注用小字印，读者一目了然，不必因注文而打断对正文的阅读，尤其当正文被打断次数太多，注文又很长的时候。此法的毛病是，有时读正文急需注文补充不能及时获得，未免心有未慊；而且孝标注文与作者笺注字体一致，也易致混淆，笺注与孝标注宜用不同的字体排印，这样当更清楚。

第三，孝标注于人物传记资料除直接注明外，尚有"别见"、"已见"、"已别见"、"已见上"等说法，张舜徽《世说新语注释例》已发其例，但"别见"何处，"已见"何处并未注明，读者阅读仍不方便，此书首次注明此等地方，给读者带来很大方便，例如《德行》第二条注有"子居别见"，杨笺则注明"子居别见——谓见赏誉一注。"

第四，作者校笺此书前后花了八年的时间，搜集来的有关资料多达二百四十余种，凡校笺两千八百多处，约二十五万言，堪称取材宏富，体大思精。感谢作者的辛勤劳动，使广大读者终于有一个完善清楚的《世说新语》本子可读，而后来的研究者也有了一个集大成的文本作进一步考察的基础，在这一方面此书实在功盖前人。

但是，祸福相倚，优点也往往是缺点所附。此书参考诸书，勤于比对，对疏通理解原文（包括《世说》正文与孝标注文）诚有莫大帮助，但作者常常太果于判别，以己意断之，对原文径加增改，这站在校勘学的角度来看，不能不说是一个巨大的风险，即使改得对，还怕湮没久已流传的面貌，如果判断有误，岂非造成新的鲁鱼亥豕了吗？下面略举数例：

例一，《德行》第一条，宋本正文徐孺子句后，孝标注云：

谢承《后汉书》曰："徐稺字孺子，豫章南昌人。清妙高跱，超世绝俗。前后为诸公所辟，虽不就，及其死，万里赴吊。常预炙鸡一只，以绵渍酒中，暴干以裹鸡，径到所赴冢隧外，以水渍绵，斗米饭，白茅为藉，以鸡置前，酹酒毕，留谒即去，不见丧主。"

按此注引谢承《后汉书》（已佚）与班固《后汉书·徐稺传》章怀注引谢承书字句略有小异，沈剑知《世说新语校笺》已指出，而杨笺径将这些小异处依章怀注改过来："及其死，万里赴吊"改为"有死丧，负笈赴吊"，"所赴冢隧"改为"所起冢隧"，"以水渍绵"下增"使有酒气"。① 这里至少有几点值得商榷：第一，改动后并不见得比改动前好，除加"使有酒气"文意更清晰外，其他两处无分高下，且"使有酒气"一句也是意在言中，可加可不加。第二，我们怎么知道章怀注所引比孝标注所引更可靠呢？第三，更为重要的一点，是古人引书常以己意节缩或增改之，所谓"约括其文"，因为古人并无今人直接引语一定要忠于原文的概念，这是一个常识，所以无论章怀注、孝标注都不一定会完全吻合原文，有些与原文"小异"之处是完全可以理解的，如果以此正彼，以彼正此，弄得不好就会天下大乱了。

例二，《言语》第三十一条，宋本中云：

周侯中坐而叹曰："风景不殊，正自有山河之异！"

---

① 参杨勇《世说新语校笺》，台北：正文书局，1992 年，第 1—2 页。

此书根据《艺文类聚》、《太平御览》、《景定建康志》卷二十二引《晋书·王导传》、《敦煌本残类书》新亭条等资料将此句径改为：

> 周侯中坐而叹曰："风景不殊，举目有江河之异！"①

按宋本"正自有山河之异"一点都不比"举目有江河之异"差，甚至味道更悠长。这样的地方最好两说并存，擅自改过来是难免武断之讥的。

例三，《文学》第六条，宋本中云：

> 晏闻弼名，因条向者胜理语弼曰：……

杨校笺曰：

> 宋本作"晏闻弼名"，《书钞》九八引《世说》作"晏乃倒屣迎之"，又一三六引《世说》作"晏闻来，乃倒屣迎"。《御览》四七四引《世说》作"闻弼来，乃倒屣迎之"。又六一七引《世说》作"晏倒屣迎之。"皆与今本《世说》异。今作"晏闻弼来，乃倒屣迎之"。②

除宋本外，这里共引五处之文，作者之校勘不可谓不勤，然竟

---

①　杨勇《世说新语校笺》，第71页。
②　杨勇《世说新语校笺》，第151页。

无两处引文相同，校勘者于是无所适从，照理说应以保留宋本原文为最妥，然而作者不此之图，竟然另外由自己折中，创造出第七种版本来，这叫后之读者如何是好？

杨笺这一类的擅改、擅删、擅增实在太多了，不仅弄乱了《世说》的本来面目，有的还造成明显的错误，如吴金华就指出杨勇多处失误。① 杨笺本来是一本集大成又具开创性的佳作，但因为有这个毛病，使后之读者与研究者都谨慎地避用，这恐怕是校笺者所始料未及的。

九、余嘉锡《世说新语笺疏》

此书作于 1937 年至 1953 年间，历时十六年，作者去世后多年才由其女婿周祖谟、女儿余淑宜等整理出版。初版于 1983 年（北京：中华书局），1993 年又出修订本（上海：上海古籍出版社）。作者是史学名家，精于考证古代文献，著作有《四库提要辨证》、《目录学发微》、《余嘉锡论学杂著》等多种，此书耗时十余年，所笺疏的内容极为广泛，重点不在训解文字而在考察史实，这是与杨、徐、朱各家笺注很不同的地方。

作者"对《世说》原作和刘孝标注所说之人物事迹，一一寻检史籍，考核异同；对原书不备的，略为增补，以广异闻；对事乖情理的，则有所评论，以明是非。同时，对《晋书》也多有驳正。这种作法跟刘孝标注和裴松之《三国志》注的作法

---

① 参看吴金华《世说新语考释》，合肥：安徽教育出版社，1994年，第 12 页"传共饴之"条，第 15 页"叛"条。

如出一辙"①。例如《德行》第一条，仅徐稚"万里赴吊"的故事就引了《御览》卷四〇三所引之《海内先贤行状》、袁宏《后汉记》、谈钥《嘉泰吴兴志》、《三吴土地志》、《风俗通》、《御览》四七四条之谢承《后汉书》及《朱子语类》等七种文献，共笺七百余字，比任何其他《世说新语》的笺注都详实得多。又如《德行》第六条"荀氏八龙"事亦笺八百余字，考证各种资料，辨明荀氏八龙"皆虚美溢量，未可信以为实"，"盖以慈明位至三公，文若及其子孙又显于魏晋故也"。②

此书还有一个与众不同之处就是常发议论。因为"作者注此书时，正当国家多难，剥久未复之际，既'有感于永嘉之事'，则于魏晋风习之浇薄，赏誉之不当不能不有所议论，用意在于砥砺士节，明辨是非。"③ 这些议论，大多精彩深刻读来引人深思，既增添阅读的乐趣，也可供后来的研究者加广思考的向度。但也无需为尊者讳的是，这些议论中也有不少显得迂腐，例如《贤媛》篇前有作者按曰："有晋一代，唯陶母能教子，为有母仪，余多以才智著，于妇德鲜可称者，题为贤媛，殊觉不称其名。""考之传记，晋之妇教，最为衰蔽。夫君子之道，造端夫妇，故关雎以为风始，未有家不齐而国能治者。妇职不修，风俗陵夷，晋之为外族所侵扰，其端未必不由

---

① 周祖谟《前言》，余嘉锡《世说新语校笺》（修订本），上海：上海古籍出版社，1993年，第3页。

② 见余嘉锡《世说新语笺疏》（修订本），第9页。

③ 作者自己在书后有题记称："读之一过，深有感于永嘉之事，后之视今，亦犹今之是昔。他日重读，回思在莒不知其欣戚为何如也。"同注2，见周祖谟《前言》，第2页。

此也。"① 把外族入侵归罪到妇德不修，这也未免太过甚其辞了。

余笺书后尚有附录四种：（1）《世说新语》常见人名异称表；（2）《世说新语》人名索引；（3）《世说新语》引书索引；（4）笔画与四角号码对照表。这四种附录都极有用，给读者带来很多便利，尤其是第三种，等于是一个《世说新语》的引用书目，而又兼索引之功，实在是非常有价值的资料，世说引书达四百余种，看此索引就一目了然了。

十、徐震堮《世说新语校笺》

此书完成于 1978 年，初版于 1984 年，由北京中华书局刊行，平装本分上、下两册。据作者在《前言》中说，此书是"二十余年前的札记，当时读这部分，颇多不易通晓之处，曾取《后汉书》、《三国志》、《晋书》互相参校，遇有异同就写在书眉上，见闻寡陋，挂一漏万，实在不敢自信，偶然被友人见了，以为可存，怂恿整理出版，因又稍加补充，但不能通晓之处还很多，只好付诸阙疑，不敢妄为之说，补遗正谬，有待于高明"②。

此书之笺注详略适中，不臆测、不武断、不擅改，虽尚有未尽善之处，但在目前的几本《世说新语》的校笺书中，是较为好用、适用的书。

---

① 见余嘉锡《世说新语笺疏》，第 663 页。
② 徐震堮《前言》，《世说新语校笺》，北京：中华书局，1984年，第 7 页。

书中有些笺注很有新意，为杨笺、余笺所无，例如《德行》第十一条中"有乘轩冕过门者"，杨笺云："轩下，宋本有冕字，疑衍。《左传·闵公二年》'鹤有乘轩者'，杜预注：'轩，大夫车也。'当无冕字。"① 王叔岷《世说新语补正》纠之曰："察《书钞》九七、一三三，《御览》六——引此皆与宋本同，则冕字非衍。《太平御览》引作'有乘轩冕者过门'，亦有冕字。惟轩可言乘，冕不可言乘，乘字盖衍文耳。《艺文类聚》六九引此正作'有轩冕过门者'。《庄子·缮性篇》：'轩冕在身，非性命之有也；物之傥来寄者也。'"② 其实杨笺出于沈笺，而王之补正亦可商榷，徐笺此条最可取，其说云：

> 沈笺曰："《左传·闵二年》：'鹤有乘轩者。'杜预注：'轩，大夫车也。'冕不当言乘，此乃赘字。盖因行文每轩冕连用，传钞时不觉误入耳。"案此处"轩冕"乃偏义复词，仅取"轩"义，沈说非。③

徐以偏义复词说"轩冕"最妥，同样的例子有《德行》第三十九条：

> 王子敬病笃，道家上章，应首过，问子敬："由来有何异同得失？"子敬云："不觉有余事，惟忆与郗家离婚。"

---

① 杨勇《世说新语校笺》，第 10 页。

② 王叔岷《世说新语补正》，台北：艺文印书馆，1975 年，第 5 页。

③ 徐震堮《世说新语校笺》，第 7 页。

徐笺云："异同得失乃偶辞偏义之例，异同与得失各为一词，此处专着重后者；而得失一词中，又专取一失字，有何异同得失，犹言有何过失。"① 此说甚是，而杨、余二书此条皆失笺，朱铸禹《世说新语汇校集注》则说，异同得失"犹言是非，此言于事情有所违戾否？"② 意思是对的，但显然不及徐笺之清楚透彻。马瑞志（Richard B. Mather）的英译本干脆译作"The master of attendance asked Hsien-Chih what unusual events or successes and failures there had been in the course of his life."③。自然就更错了。

徐笺后有附录二种，一为《世说新语词语简释》，一为《世说新语人名索引》，后者余笺亦有，而前者则系徐氏首创，将《世说》中所用晋宋常语与习见义有出入者及名物之难晓者择要释之，这是后来几本《世说新语辞典》之滥觞。

十一、朱铸禹《世说新语汇校集注》

此书着手于 20 世纪 60 年代，完成于 1980 年，却迟至 2002 年才由上海古籍出版社梓行。从出版的年代看，可说是《世说新语》笺注本中最新的一种。书前有朱一玄先生的一篇序言，就《世说新语》的作者、书名、故事起迄年代、版本、校注等问题作了详细的考证，是一篇很有学术分量的专文，不

---

① 徐震堮《世说新语校笺》，第 24 页。

② 朱铸禹《世说新语汇校集注》，上海：上海古籍出版社，2002年，第 35 页。

③ Richard B. Mather：*A New Account of Tales of the World*，Minneapolis：University of Minnesota Press，1976，p. 19.

同于一般泛泛的序言。

据朱一玄先生在《前言》中说，此书有以下五个特点：

第一，选用了现存的最早的最完整的宋绍兴八年（1138年）刊本为底本；第二，校注范围不限于《世说新语》本文，也包含了刘孝标的注文；第三，采用的各家校注，已包括了近现代人王先谦、李慈铭、陶珙、王利器、周一良等人的论著以及日本恩田仲任、秦士铉两人的注释，其中也有朱先生自己的见解；第四，选录了宋刘辰翁、刘应登，明王世贞、王世懋、杨慎、李贽、凌濛初等人的评语；第五，对于人物的异称都注了本名。

总之，这是一部集众家之长又有自己独创的有价值的笺注本。尤其是第四点是各家所无的（余笺偶有采用），此书将刘辰翁等诸家评语印在各条上方的书眉上，既便于参看，也确对读者有些启发，又能增添若干趣味。

又此书也以阿拉伯数字编条，但不以一篇为断，而是从第一条排下来，一直排到最后一条（1130条）。这样翻检起来有比诸本更便利之处，但不点出篇名却也造成另一种不便。例如说《世说新语》0117条很快便找到了，即是《言语》篇第七十条王羲之与谢安共登冶城论虚谈废务的那个故事，但是单说《世说新语》0117条并不能使人很快想到这在《言语》篇。如能同时标出《言语》篇第七十条及总0117条就会有双重的便利了，以后的笺注者或可注意此点。

此书后有附录两种：（1）《世说新语》人物名字异称索引，共录汉魏至晋宋人物七百一十六人，是已见各种《世说》索引中最完备的；（2）《世说新语》所见版本概况。这个附录亦本书所独有，其他各笺注本俱无，而且至为详尽，厚达十九页之多，对于研究世说版本及校勘可谓功德无量。

十二、吴金华《世说新语考释》

此书出版于 1994 年，由安徽教育出版社梓行。这不是一本全面笺注《世说新语》的著作，但却是一本研究《世说新语》训诂问题不可不读之书。

此书考释《世说新语》疑难问题凡一百七十处，内容牵涉版本校勘（考异、献疑等）、语词训释（难解、歧义、似误而非误等）、名物考辨（社会制度、风俗人情、器具、专名等）等多方面的问题，而且都是前人未能解决或以为解决而实际上解错了的问题。作者往往在这些地方发难析疑，多所创获，其论辩精辟中肯，广征博引，不仅使人耳目一新，豁然开悟，而且能连类贯通，受益良多。

下面且举二例。

例一，《德行》第八条：

> 陈元方子长文，有英才，与季方子孝先，各论其父功德，争之不能决。咨于太丘，太丘曰："元方难为兄，季方难为弟。"

徐笺引严复语曰："此记者述太丘语意耳，古无父字其子之事。"吴书引曹操十年令称其子为"子桓兄弟"，《魏书·王凌传》注引《魏略》单固之母称其子之字"恭夏"，甚至《蜀书·张飞传》中，张飞自称"益德"为例指出父母字其子或自称其字在魏晋时代并不罕见。下面又举《方正》第五十八条王蓝田称其子坦之为"文度"作为内证。① 这样举证历历，令人心服，破除了一个通常的误解。

例二，《雅量》第四十二条云：

> 羊绥第二子少有俊才，与谢益寿相好。尝蚤往谢许……食毕便退。遂苦相留。羊义不住，直云："向者不得从命，中国尚虚。"

其中"义不住"三字不好懂，各本皆失注。吴书解云：

> 义不住，终究不肯停住，类似的说法还有：……（引按：下举《三国志》、《晋诗》、《宋书》、《周易》、《战国策》、《史记》、《抱朴子》等八例，又举《方正》第二十四条"义不为乱伦之始"为内证。)②
>
> "义不敢当"、"义不以身许人"的"义"都表示"按照道义（行事）"；这类"义"字在口语中逐渐虚化，就成了加强否定语气的副词。

这样解得合情合理，也合乎语言发展变化的规律。吴书中这类精彩的例子甚多，例如《德行》第二十八条说"叛"作"逃"讲是汉魏六朝常语，《德行》第四十一条解"下舍"为"官府宿舍"，《言语》第十二条说"托寐"是"訑（即讹）寐"

---

① 参看吴金华《世说新语考释》，合肥：安徽教育出版社，1994年，第6—8页。

② 吴金华《世说新语考释》，第115—117页。

（意为假寐）之误，《文学》第十二条解"清闲"为二人密谈，《雅量》第三十二条说"损米"中的"损"是表敬之词，与"辱赐"、"惠赠"同义，等等①，都是，吴书所解一百七十处，几乎条条可圈，这里就不再枚举了。

十三、马瑞志《世说新语》的英译本

我们用母语读一本书，许多细微之处往往忽略过去，自以为懂了，但倘若要你译成另一种语言（哪怕从古语译为今语），你就会发现，很多地方其实你并没有懂得透彻。从这个角度来读美国明尼苏达大学教授马瑞志（Richard B. Mather）花了十八年的宝贵时间才译成的《世说》英译本（*A New Account of Tales of the World*），其实对我们透彻理解《世说》很有帮助。马氏的书初版于1976年，略晚于杨勇的《世说新语校笺》，却比徐震堮、余嘉锡的书出版更早，我们讨论《世说新语》的近代校笺注疏是不应该忘掉这本书的。我在1986年曾写过一篇题为《评〈世说新语〉英译本》的文章，发表在北京《读书》杂志第二期（已收入本书作为附录一），有兴趣的朋友可以参看该文，这里就不再重复了。

十四、古田敬一《世说新语校勘表附佚文》

最后，我不能不提到日本学者古田敬一的这本书，这本书

---

① 吴金华《世说新语考释》，分别见第15—16，17—20，29—30，63—65，113—115页。

只校不笺，但是它却具有一项别的校笺本都不具备的特殊优点，就是它的校勘全部以表列的方式呈现，使人一目了然，使用起来格外方便。

此书校勘时以影印明袁氏嘉趣堂刊本为底本，校以《类书残卷》、《珊玉集残》、《玉烛宝典》、《艺文类聚》、《北堂书钞》、《文选李善注》、《初学记》、《蒙求原注》、《白氏六帖》、《酉阳杂俎》、《历代名画记》、《事类赋》、《太平御览》、《太平广记》、《续谈助》、《事文类聚》、《弘决外典钞》、《世俗谚文》等十八种书籍。凡有字、词、文句不同处，皆一一表列出来，工作做得极为细致。书后并附有古田氏所辑的《世说新语佚文》，计"前汉以前"十一条，"后汉"九条，"三国"二十八条，"晋"七十七条，"杂"十一条，共计一百三十六条。

据书前《凡例》的落款看，此书完成于 1957 年（昭和三十三年），但不知为什么迟至二十年后的 1977 年才印出来，而且是钢板刻印的，我不知道中国学者在 1977 年前是否知道有此书或者看过此书，如果答案是肯定的，那么此书对他们的帮助应当不小。

（完稿于 2004 年 7 月）